KiWi

Paperback

KiWi

814

**Über das Buch:**

Ein junger Popkritiker, der seine erste Stelle weit weg vom Studienort angetreten hat, lässt seine bildhübsche Freundin Jo zurück und plagt sich so lange mit der Einsamkeit herum, bis er im Schwimmbad die wenig attraktive Claudia kennenlernt.

Als Jo überraschend ankündigt, zu ihm zu ziehen, macht er am Abend vor ihrer Ankunft eine unwiderstehliche Entdeckung beim ersten Sex mit Claudia …

Ein Student verliebt sich auf dem Campus in eine polnische Kommilitonin, die ihm durch ihre fremde Schönheit auffällt. Er fährt mit ihr nach Polen, trifft auf ihre Mutter und im Zusammenleben der drei wird plötzlich klar, dass die kulturellen Unterschiede nur zu einem endgültigen und traurigen Bruch führen können.

Der junge Amerikaner Steve Almond legt mit diesem Debütband zwölf umwerfende Short Storys vor. Beziehungsgeschichten vom Feinsten, sexy und komisch, traurig und weise.

»Dies ist die coolste und frischeste *collection of short stories*, die ich seit den 80er Jahren gelesen habe.« Seattle Times

»Almonds Gesänge auf gescheiterte Lieben sind voll von Melancholie und Humor, aber auch von einem gesunden Enthusiasmus für Sex …« Playboy

**Der Autor:**

Steve Almond wuchs in Palo Alto, Kalifornien auf. Er arbeitete sieben Jahre lang als Zeitungsreporter in El Paso, Phoenix und Miami. Schreibt seit acht Jahren als freier Autor, und seine Storys sind in zahlreichen Magazinen von »Ploughshares«, »Zoetrope« bis »Playboy« erschienen.

**Der Übersetzer:**

Ingo Herzke, geb. 1966 in Alfeld an der Leine, lebt seit 1998 als Literaturübersetzer in Hamburg. Studium der klassischen Philologie, Anglistik und Geschichte in Göttingen und Glasgow. Übersetzte u. a. Werke von A. M. Homes und A. L. Kennedy.

Steve Almond

# Körper in Extremsituationen

Storys

*Aus dem Amerikanischen*
*von Ingo Herzke*

Kiepenheuer & Witsch

1. Auflage 2004


Titel der Originalausgabe: *My Life in Heavy Metal*
Aus dem Amerikanischen von Ingo Herzke

Umschlaggestaltung: Barbara Thoben, Köln
Umschlagfoto: © getty images
Gesetzt aus der Bembo
Satz: Greiner & Reichel, Köln
Druck und Bindearbeiten: Clausen & Bosse, Leck
ISBN 3-462-03377-8

Für meine Großeltern –
Irving und Anne Rosenthal und Dorothea und
Gabriel Almond –,
deren Opfer mir den Luxus der Kunst erlaubten.

*Ich schlafe, aber mein Herz ist wach.*
*Da! Es klopft; mein Liebster kommt.*
DAS HOHELIED SALOMOS

# Inhalt

# My Life in Heavy Metal

Josephine Byron war während meiner ganzen College-Zeit hinter mir her. Niemand wusste warum, ihre Freunde nicht, meine nicht und die großmäuligen *Fraternity*-Studenten nicht, die ihr auf den weitläufigen Rasenflächen ums College hinterherstarrten. Sie war eine Frau, die man unwillkürlich als *auffallend* beschreibt – ein echter Hingucker: glänzendes schwarzes Haar, Kurven wie eine Tulpenblüte. Schneewittchen im modernen Gewand, nur wärmer und sinnlicher. Außerdem war sie voll und ganz von sich überzeugt, von ihrem guten Geschmack, was Kleidung und Männer anging, von ihrer Schönheit und Intelligenz, die sie in ernsten, marxistisch angehauchten Vorträgen ausbreitete, während wir alle an ihren Lippen hingen.

Im schummrigen Bierdunst nach Studentenpartys, im bekifften Panorama auf dem Hope Hill, in den schmuddeligen Straßen unserer Universitätsstadt kam Jo zu mir, mit Geschenken beladen: ein selbst gebackenes Brot, ein *Mardi-Gras*-Halsband, ihr listiges Lächeln und ihre vollen, weißen Brüste. Sie war mir zu Willen, obwohl ich nicht ganz sicher war, ob ich nicht vielmehr ihr zu Willen war. Nachts küsste sie mich am ganzen Körper, und am Morgen backte sie mir Omelettes. Es kam mir vor, als würde mir jeden Tag »Happy Birthday« vorgesungen: erregend, aber auch zutiefst beunruhigend.

Ein paar Monate nach dem Examen zog ich nach El Paso, bei der dortigen Lokalzeitung wurde eine Aushilfe gebraucht. Ich wohnte allein in einer Kellerwohnung, aß gebratene Hähnchenteile aus Pappkartons. Unter der Dusche zu stehen, fühlte sich an wie von oben bespuckt zu werden, deshalb gewöhnte ich mir an, beim YMCA zu duschen, wo ich ein paar Mal die Woche schwimmen ging. Die Bademeisterin war eine stille junge Frau mit einer dicken Brille, die einen roten Einteiler von *Speedo* und ein Handtuch um die Hüften trug. Wenn ich am Mittwoch lange genug blieb, nahm sie das Handtuch ab, um die Grundschulklassen am flachen Ende des Beckens zu betreuen. Sie konnte gut mit den Kindern umgehen, neckte sie auf Spanisch, hielt sie am Bauch, während sie herumstrampelten. Ihr Gesicht war rund und eher gewöhnlich, sie sah aus wie ein Bücherwurm. Ihre Augen wirkten auch ohne Brille weit entfernt. Aber sie zerteilte das Wasser wie eine Nymphe.

Ich saß stundenlang in der Redaktion herum und hoffte, auf mich aufmerksam zu machen. Ich schrieb Jo lange, trübsinnige Briefe. Ich wollte, dass sie mich wieder liebte. Es war falsch von mir gewesen, sie so wenig zu beachten. In der Dämmerung, wenn die Hitze nachließ, wanderte ich in der schmuddeligen Innenstadt von El Paso umher und suhlte mich in meiner Trauer, die ich für tiefsinnig und unheilbar hielt. Die Plaza leerte sich immer gerade: Die fliegenden Händler und Haushaltshilfen zogen heimwärts nach Juárez, süßer, ranziger Fettgeruch schwappte vom mexikanischen Viertel *El Segundo Barrio* herüber, das Dröhnen der Kühlschränke war verstummt. Später heizte die Gießerei ihre Öfen an, und Rauch trieb über die Franklin Mountains, die die Stadt wie eine Reihe brauner Schultern umstanden. Im Osten lagen die geisterhaft gepflegten Straßen von Fort Bliss, im Westen die großzügigen Anwesen von Coronado, wo die Swimmingpools wie Saphire glitzerten.

Sieben Monate lang war ich für Hochzeiten und Nachrufe zuständig. Dann kündigte der Popkritiker, und weil der Chefredakteur keinen anderen fand, durfte ich ihn vertreten. El Paso gehörte – und gehört immer noch – zum Old-School-Metal-Hinterland entlang der Interstate 10. Ich habe über praktisch jede Late-Eighties-Hairband mindestens eine Konzertkritik geschrieben: *Ratt, Poison, Winger, Warrant, Great White, Whitesnake, Kiss, Vixen, Cinderella, Skid Row, Def Leppard, Brittney Foxx* und *Kiss* ohne Make-up. Bei meinem ersten Konzert, *Metallica*, stellte sich der neue Bassist dem Publikum vor, indem er zur Begrüßung ins Mikro furzte: ein Bonmot des Heavy Metal.

Unsere Zeitung erschien morgens, also musste ich meinen Text bis Mitternacht rausgehauen haben. Meine Formel bestand aus einem schlechten Wortspiel zum Einstieg, einer verlängerten Setlist – Adjektiv, Adjektiv, Songtitel – und einer Beschreibung der Frisur des Leadsängers. Der Rest war das Übliche: kotzende Volltrottel, fliegende Unterwäsche, ergreifende Duette mit dem Rhythmusgitarristen, der gerade eine Entziehungskur hinter sich hatte. Mir gefiel die Geschwindigkeit des Prozesses: ein Ereignis, am selben Abend miterlebt und aufgezeichnet. Ich mochte diesen Druck, den Zwang zu schlagfertiger Improvisation; und ich sah liebend gern am nächsten Morgen meine Spalte in der Zeitung, alle meine hübschen Wörter, die nach Tinte und Druckerpresse rochen.

Und um ehrlich zu sein: Auch die Konzerte gefielen mir. Ich weiß noch, wie ich einmal in der ersten Reihe stand, als Sebastian Bach, der Sänger von *Skid Row*,

»Youth Gone Wild« kreischte. Bach war der perfekte Metal-Sänger – eine blonde Mähne und beeindruckende Wangenknochen. Er stolzierte wie eine Drag Queen auf der Bühne hin und her, während der Lead-Gitarrist ein endloses Solo zelebrierte und der Schlagzeuger sich in eine halb nackte Kurbelwelle verwandelte. Es war abgedroschen und ein bisschen jämmerlich. Aber als ich zur Seite blickte, sah ich zwanzig Köpfe im Gleichtakt moschen, wie wütende Staubwedel. Diese Jungs wurden von pubertären Hormonschüben gequält und von ihren trüben Zukunftsaussichten gedemütigt, und dies war ihr Tanz, ihre Eintrittskarte in eine größere, phallische Bruderschaft; die Töne peitschten ihre Brustkörbe und weckten ihre schönsten, wildesten Wünsche.

Ich hatte ein paar Mal mit der Bademeisterin gesprochen, über Arbeitszeiten oder Bahnenteiler. In Gedanken hatte ich ständig Sex mit ihr. Hatte ich allerdings auch mit den Praktikantinnen in der Redaktion, aber mit der Bademeisterin war es aufregender, weil wir beide ohnehin fast nackt waren.

Sie hieß Claudia, herrlich spanisch ausgesprochen, drei deutliche Silben. Sie lebte allein, hatte eine Wohnung nicht weit vom YMCA.

Alle paar Wochen nahm ich sie zu irgendeinem Konzert mit. Der Plan war, dass es zwischen uns funken sollte. Dann würden wir uns ins Schwimmbad schleichen und auf den quietschenden Kacheln vögeln, sie vornüber gebeugt, auf einen Stapel Schwimmbretter gestützt, oder unter Wasser. Aber es war unmöglich, hinter der dicken Brille ihre Gedanken zu lesen. Unsere Dates liefen ab wie in der zehnten Klasse, die verkrampfte Fahrt zum Minigolfplatz, die anstrengenden Formalitäten, das unterdrückte Rülpsen.

Sie sprach wie eine Kindergärtnerin, leise und etwas zu deutlich, doch wenn sie ins Spanische wechselte, blühte ihr Lispeln auf, und ihre Zungenspitze tanzte an den Zähnen entlang. Ich war überzeugt, dass diese Lebendigkeit ein Zeichen versteckter Leidenschaft hinter der zurückhaltenden Fassade war.

Was waren wir eigentlich? Freunde, denke ich. Kameraden in der einsamen Phase nach dem Examen. Platzhalter.

Außerdem war da noch Jo, die schöne Jo, die mich jedes zweite Wochenende anrief, die mir im letzten Jahr am College treu zu bleiben schien, bestimmt gegen den Rat ihrer Freundinnen. Und die wie versprochen wenige Wochen nach ihrer eigenen Abschlussfeier auftauchte, in roten Wildlederstiefeln die Gangway entlangmarschierte und mich beinahe zu Boden riss. Alle Umstehenden starrten uns an.

Wie schön das war, von einer bildhübschen Frau zu Boden gerissen zu werden, die Augen der Welt wieder auf mir zu spüren, einen schlanken, weichen Körper neben mir zu haben, an dem ich mich begeistern konnte. Und wie romantisch El Paso plötzlich wirkte. Die Plaza! Die Ein-Dollar-Vorstellungen im Kino! Das Wüstenmeer! Ich fuhr mit ihr zum Aussichtspunkt in den Franklins, wo wir ein bisschen knutschten und uns zwischen den Schülergruppen und den Creosote-Sträuchern süße Nichtigkeiten von neu erwachter Liebe ins Ohr flüsterten.

Ein paar Tage, nachdem sie wieder Richtung Osten geflogen war, rief Jo an. »Ich habe mein Ticket gekauft«, sagte sie.

»Dein Ticket?«

»Ich ziehe runter nach El Paso. Zu dir.«

In der entstehenden Pause versuchte ich fieberhaft, mich zu erinnern, ob wir über dieses Vorhaben gesprochen hatten, und begriff gleichzeitig, dass eine spontane zustimmende Äußerung von mir erwartet wurde, Danke, Hosianna, so etwas, und während ich das begriff, wurde mir schon klar, dass ich versagt hatte, dass ich den Moment hatte verstreichen lassen und mich nun dafür verantworten und erklären musste, womöglich nicht nur einmal, warum nicht, liebte ich sie denn nicht, hatte ich ihr denn nicht ein ganzes Jahr den Hof gemacht, alles Fragen, die ganz und gar vernünftig klangen, die ich aber absolut nicht beantworten konnte, weil mein Gehirn sich in Pudding verwandelt hatte.

An dem Sonntag nahm ich Claudia mit zum *Metalfest* in Bayshore, einem künstlichen See mitten im Niemandsland von New Mexico. Manchmal ertranken Kinder in Bayshore. Niemand wusste warum: Der See war nur einen Meter tief.

Heavy Metal funktioniert nur drinnen. Die Musik braucht Widerhall, Dunkelheit, drangvolle Enge. Ohne dieses Umfeld verliert die Menge das Gefühl, zu einem mächtigen Stamm zu gehören. Die aufwändige Phantasiewelt aus Nebel, bunten Scheinwerfern und Podesten funktioniert einfach nicht, wenn die Bühne von Gebüsch umgeben ist.

Jon Bon Jovi, der Haupt-Act des Abends, schien das auch zu bemerken. Er warf einen Blick auf das langweilige Publikum und sah sich sofort nach dem Notausgang um. Seine Dauerwelle kräuselte sich in der feuchten, heißen Luft, seine engen Hosen verrutschten. Seine Kopfstimme trieb mit dem Wüstensand davon. Der Auftritt wirkte angestrengt und ein bisschen Mitleid erregend.

Hinterher fuhr ich Claudia zurück in die Stadt. »Na,

jedenfalls«, sagte ich, »kommt diese Freundin aus dem College, Jo, demnächst her.«

Claudia blickte in ihren Schoß. »Dann werde ich dich wohl nicht mehr so oft sehen.«

»Sei nicht albern«, erwiderte ich. »Warum sollten wir uns nicht sehen?« Wir hatten schließlich nichts getan. Wir waren bloß … was auch immer.

»Wird sie bei dir wohnen?«

»Ja. So ist es wohl gedacht.«

»Wann kommt sie denn?«

»Nächsten Sonntag«, sagte ich.

Es entstand eine unangenehme Pause. Claudia starrte aus dem Fenster. Ihre Ohren waren oben von der Sonne gerötet. »Es ist einfach nicht fair«, sagte sie schließlich. Sie schaute zu mir und lächelte ein bisschen. »Du kriegst etwas und ich verliere einen Freund.«

»Ich weiß nicht, wieso du so etwas sagst«, antwortete ich. »So ist es doch gar nicht.«

Claudia rief mich am nächsten Tag bei der Arbeit an. Sie wollte am Samstag mit mir zu Abend essen.

»Klar«, sagte ich. »Wo willst du hin?«

Sie kicherte. »Kannst du mir nicht was kochen?«

Claudia kam in einem schwarzen Kleid und mit blauem Lidschatten. Ihre Stimme hatte einen seltsamen Klang, ein bisschen zu überschwänglich. Sie trank ihren Wein in großen Schlucken und ließ den Saum ihres Kleides hochrutschen – ihre Beine glänzten. Ich hatte nicht viel zu sagen. Sie auch nicht. Wir warteten bloß darauf, dass der Alkohol unsere Körper in Schwung brachte.

Wir setzten uns aufs Schlafsofa, wo wir so lange zueinander rutschten, bis wir schließlich unbeholfen gegeneinander fielen. Ich ließ mein Kinn zu ihrem Bauch hinuntergleiten.

Sie war so viel kleiner als Jo, beinahe zart, aber als sie ihre Knie hinter meinen Kopf schob, klemmte sie mich so heftig ein, dass ich mir von unten auf die Zunge biss. Der Geschmack meines Blutes vermischte sich mit ihrem leicht beißenden Aroma. Allmählich sanken ihre Beine aufs Polster. Ihr Becken bog sich in die Höhe. Mein Mund folgte ihr, mein Druck wurde stärker, und plötzlich strömte eine warme Flüssigkeit aus ihrem Inneren, ein kräftiger Schwall von *irgendwas* rann über meine Wangen, mein Kinn hinunter, und ergoss sich über die Bettdecke. Zuerst dachte ich, sie hätte uriniert. Aber es war einfach zu viel Flüssigkeit. Als Claudia wieder zu sich kam und sich zurück auf die Matratze sinken ließ, war die Pfütze auf der Decke mehr als einen halben Meter groß.

»Alles in Ordnung?«, fragte ich.

Claudia nickte verlegen und stolperte ins Badezimmer.

Meine zweite Theorie war, dass bei ihrer Tätigkeit als Bademeisterin Wasser aus dem Becken irgendwie in sie eingedrungen war und sich ergossen hatte, als sie ihre inneren Muskeln entspannte. Aber die Flüssigkeit war so geschmack- und geruchlos wie Regen.

Und wisst ihr was? Ich fand es verdammt erregend. Es war so abgedreht. Claudia, die stille kleine Meerjungfrau mit ihrer Brille und ihrem Lispeln, mit ihren trüben braunen Augen, die sich noch nicht einmal selbst berührte, soweit ich das beurteilen konnte, hatte mir nicht nur ihren Körper geschenkt, sondern auch mysteriöse orgastische Säfte über mein Gesicht ergossen, gespien, *ejakuliert.* Ich hätte am liebsten eine Ehrenrunde um die Pfütze gedreht.

* * *

Jo fand, meine Kellerwohnung sei »so ein Loch, in dem ein Serienmörder haust«. Sie brauche Sonne, erklärte sie. Und eine Veranda.

Die neue Wohnung war im vierten Stock eines Backsteinhauses in Sunset Heights, El Pasos Altstadt. Das Viertel lag auf einer kleinen Anhöhe oberhalb des Rio Grande. Die Bewohner hatten einst zugesehen, wie Pancho Villa unten in der Ebene mit den *federales* kämpfte. Jetzt blickte man auf die *colonias*, die sich ausbreitenden Hüttensiedlungen aus Sperrholz, die Ciudad Juárez umgaben.

Unsere Wohnung war hell und staubig. Jeden Tag tauchte ein neues Möbelstück oder eine Zimmerpflanze auf. Jo brachte von ihren Expeditionen nach Juárez Masken und Wandbehänge mit, und eine schwarze Lederpeitsche, die ich bei herrlich unbeholfenen Sexpraktiken zu verwenden hoffte, die aber stattdessen geschmackvoll über den Diwan gehängt wurde. Die Küche füllte sich mit Utensilien – nicht bloß Messern und Gabeln, sondern auch Knoblauchpressen und Salatschleudern. Mit großer, vielleicht sogar boshafter Zielstrebigkeit verwischte Jo die Spuren meines Junggesellendaseins. In den Schränken wurde die Kleidung plötzlich *aufgehängt*.

Als ich eines Tages nach Hause kam, strahlte das Bett in neuen Farben. Jo kam aus dem Nebenzimmer hereinspaziert. »Wie findest du es?«

»Nett«, sagte ich. »Sehr bunt.«

»Ich wusste, dass sie dir gefallen würde.« Sie umarmte mich. »Sie ist aus Guatemala.«

Ich schwieg einen Moment. »Was ist mit meiner alten Tagesdecke?«

»Heilsarmee.«

»Du hast sie weggegeben?«

Jo steckte ihre Hand in meine hintere Hosentasche und

kniff mich spielerisch. »Gefällt dir diese nicht? Wir können gleich eine Testfahrt machen, wenn du willst.«

»Ja. Nein. Sie ist hübsch. Ich verstehe bloß nicht, wieso du die alte gleich wegschmeißen musstest.«

»Ich habe sie nicht weggeschmissen. Ich habe sie für einen guten Zweck gespendet. Sie hatte einen Fleck.« Jo begann mein Hemd aufzuknöpfen.

»Was für einen Fleck?«

»Einen riesigen ekligen Fleck. Genau in der Mitte.«

Ich spürte ein Kribbeln in der Brust. »Wäscht man heutzutage nichts mehr?«, murmelte ich.

»Wenn du so an dem Ding gehangen hast«, sagte Jo, »hättest du es selbst mal waschen können.«

Größtenteils aber führten wir ein wunderbares neues Leben. Wir gingen auf viele Partys. Wir setzten uns ins Auto und folgten den heruntergekommenen Straßen von New Mexico, hielten in abgelegenen kleinen Städten an, um Pasteten zu essen. An Sonntagen schliefen wir aus.

Manchmal lagen wir am späten Nachmittag in der Hängematte auf unserem Balkon und beobachteten die aufgetürmten Gewitterwolken über den Franklins, aus denen dünne Blitze zuckten. Der Regen veränderte alles: Die Wüste wurde dunkelbraun und roch verwittert nach Creosote. In den überfluteten Abflusskanälen sprangen nackte Jungen wie Lachse herum. Die Schlackehalden hinter der Gießerei glänzten trübe wie Zinn. In den *colonias* kamen die Mütter aus ihren Hütten, um ihre Kinder zu waschen, Metallwannen mit Trinkwasser zu füllen und dem Herrn zu danken.

Nach dem Regen lauschten wir dem Tröpfeln der Welt und warteten auf die Honigfarben der Dämmerung. Der Smog war aus der Luft gespült, und wir konnten bis zu den *Sierras* südlich von Juárez sehen, die wie riesige Knochen auf der durstigen Erde lagen.

Ich nahm Jo mit zu *Mötley Crüe*. Es wäre wahrscheinlich besser gewesen, sie mit *Poison* oder einer anderen Balladenband anfangen zu lassen. Sie starrte ständig den Frontmann Vince Neil an. Er trug einen schwarzen Lederanzug mit jeder Menge Nieten, Plateaustiefel und ein Würgehalsband. »Das meint er nicht ernst«, rief sie. »Das ist doch ein Witz, oder?«

Neil sprang auf einen Lautsprecherturm. »Wie viele von euch Jungs werden heute Nacht eine Muuuschiii kriegen?«

Das Publikum rastete aus. Der Bass setzte ein, dann die Drums; die Plastiksitze fingen an zu zittern. Dann ein Geräusch wie von einem Fahrwerk, das auf der Landebahn aufsetzt, also die Gitarren, die zum vorgeschriebenen Akkord hinabglitten. Jo sah aus, als hätte ihr jemand von hinten einen toten Aal an den Kopf geschlagen. Ich hatte ihr zwar Ohrstöpsel gegeben, aber 105 Dezibel wirken eher seismisch als akustisch. Stroboskope begannen zu zucken. Neil heulte. Seine Stimme war beseeltes, gewalttätiges Verlangen, das er der Menge entgegenschleuderte und das in Wellen zu ihm zurückschwappte. Um uns herum schüttelten sich magere Jungs den Lärm aus dem Körper. Sie schüttelten nicht nur die Köpfe, sondern alles. *Bang bang bang*. Ihre Haare peitschten, ihre schmalen Arme schnitten durch die Luft.

Ich fand Jo draußen auf den Stufen wieder, den Kopf zwischen den Knien. »Wenn sie bloß ein bisschen leiser wären«, sagte sie.

»Nimm ruhig das Auto«, sagte ich. »Ich lasse mich vom Nachtredakteur nach Hause fahren.«

Ich dachte, Jo würde schlafen, wenn ich nach Hause

käme. Aber sie saß auf dem Bett und hatte ein Handtuch um den Kopf gewickelt.

»Geht's dir besser?«, fragte ich.

»Ja. Wie war der Rest des Konzerts?«

»Nichts Besonderes. Nikki Sixx hat dem Publikum seinen Schwanz gezeigt, das war ganz cool.«

Jo trank einen Schluck Tee und sah mich mit ihrer besorgten Miene an. »Du magst das Zeug doch nicht wirklich.«

Ich hatte gehofft, wir könnten in diesem Fall unsere unterschiedlichen Auffassungen einfach stehen lassen. »Man muss sich nur von der Stimmung mitreißen lassen«, sagte ich.

»Und was ist das für eine Stimmung? Die frauenfeindliche Gehörschadenstimmung?« Sie schüttelte den Kopf. »Du magst es nicht. Du meinst das ironisch.«

»Okay«, sagte ich. »Ich werde mir jetzt ironisch die Zähne putzen.«

»Und dieser Sänger«, sagte Jo. »Was für eine Aufmachung. Er sah aus wie ein geschmackloses Möbelstück. Was soll das darstellen, einen Deckhengst? So ein Frauenverwöhner?«

»Das ist Show«, antwortete ich. »Er ist ein Showman.«

»Was ich wirklich nicht begreifen kann: Die Jungs in der Halle zahlen tatsächlich Geld dafür, sich diesen Dreck anzuhören. So was Überflüssiges. Wo es hier so viel *echtes* Leid gibt.«

»Du darfst das nicht so ernst nehmen.«

Jo hielt einen Moment inne. »Aber du nimmst es doch ernst. Du verbringst dein halbes Leben damit, diese Kerle zu interviewen und ihre Konzerte zu rezensieren.«

»Ich berichte«, sagte ich. »Es ist mein Job, darüber zu berichten. Ich schreibe Konzertberichte.«

»Entschuldige. Ich weiß, es ist dein Job. Aber ist es nicht ein bisschen deprimierend?«

»Ich glaube, du verstehst es einfach nicht.«

»Was gibt es da zu verstehen? Geht da etwas ganz Bedeutsames vor sich? Klär mich auf, David.« Jo nahm das Handtuch vom Kopf und ließ ihr Haar herabfallen. Sie wusste genau um die Wirkung ihrer Waffen.

»Die Musik hilft bestimmten Jugendlichen, mit ihren eigenen Gefühlen in Kontakt zu kommen.«

»Mit ihren *Gefühlen*? Was genau hat *Muuuschiii* mit ihren Gefühlen zu tun?«

»Die Musik selbst. Das Körperliche daran.« Ich hatte mir damals eine recht unvorteilhafte Frisur zugelegt: vorne kurz, hinten lang. Und manchmal ließ ich im Halbdunkel einer Konzerthalle das Notizbuch zur Seite sinken und mich von der Musik packen, und mein Kopf fing sacht an zu nicken. »Was willst du eigentlich von diesen Jungs? Kannst du ihnen nicht einfach ihr Ding lassen?«

Jo sah mich aus großen grünen Augen an. »Sie sollten erwachsen werden. Sie sollten lernen, sich selbst zu respektieren, und sich nicht mit solchen widerwärtigen Phantasien abspeisen lassen.«

»Leichter gesagt als getan.«

Ich ging mit Claudia zu Ted Nugent. Sie mochte Metal auch nicht besonders. Aber sie drückte ihren Abscheu nicht aus, sie sagte kein Wort, nicht einmal, als wir uns in ihrer Wohnung auszogen und im Dunkeln nach einander griffen. Wir wussten, was wir taten. Es war ekelhaft und großartig. Hinterher machte ich mich sauber und schlüpfte in meine Kleider und fühlte mich seltsam beschwingt, als würde ich in verbotenes, aber authentisches Terrain driften.

Zum sechsmonatigen Jubiläum unseres Zusammenlebens kochte Jo Portobello-Pilze in Sahnesauce mit gedünsteten Schalotten. Ich hätte mir gern eine neue örtliche Band namens *Menudo Antichrist* angeschaut, aber wir gingen stattdessen zu Ray Barratto. Das war Jos Musik: Latin Jazz. Jede Art von Jazz. Ich verstand das Zeug nicht. Ich saß bloß da und lauschte und lauschte und fragte mich, wann der Song endlich *anfing*.

Wir waren mit ein paar Freunden dort, eigentlich Jos Freunde, die voller Statistiken und bester Absichten steckten, sich in *Projekten* engagierten und Worte wie *selbstbestimmt* benutzten, und die mit ernster Miene nickten, wenn man ihnen etwas erzählte.

Die Männer gaben Jo ständig Tequilas aus, weil sie wollten, dass sie sich zur Schau stellte. Schließlich stand sie auf und tanzte, und der ganze Club schaute zu, die jungen coolen Typen und die einsamen Lesben mit ihren Bierflaschen, und Barratto selbst, der faltige alte *Conguero*, der über solche einfachen Freuden längst hinaus war, grinste lüstern angesichts ihrer schwingenden Hüften und lenkte sie mit seinen Fingern und seiner Trommel mal hierhin, mal dorthin.

Sie schwankte in ihren roten Wildlederstiefeln, lachte und bestand darauf, dass alles in Ordnung sei. Dann ging sie mit einer Freundin zur Toilette, aber nur die Freundin kam zurück. Die Ritterlichkeit verlangte nun wohl, dass ich die Damentoilette betrat. Das machte mir nichts aus. Ich freute mich sogar darauf! Ich stellte mir ein hell erleuchtetes Boudoir vor, in dem attraktive Frauen ihre Lippen nachzogen und sich über Sex unterhielten. Aber der Raum war leer und roch eher enttäuschend. Aus der letzten Kabine war ein Gurgeln zu hören. Jo sah aus, als wäre sie von einem Hubschrauber abgeworfen worden. Ihr Gesicht war an die Kacheln gedrückt. Die Beine waren in verschiedene Richtungen gekrümmt. Sie lächelte glasig und ließ erkennen, dass sie nicht laufen konnte. Auf der Heimfahrt übergab sie sich noch zweimal, zarte, dünne Kotzfäden.

Wie fantastisch sie ausgestreckt auf dem Bett aussah – wie eine wunderschöne Leiche! Ich drückte ihr einen nassen Waschlappen auf die Stirn.

»Ich sterbe, David. Ich werde sterben.«

»Du wirst nicht sterben, Süße.«

»Ich werde einschlafen und mich übergeben und an meinem Erbrochenen ersticken. Wie der Typ von den Doors.«

»Das war Hendrix«, sagte ich vorsichtig.

»Ich werde *sterben*, David. Sag mir, dass du mich liebst.« Jo schloss die Augen. Ihre Augenlider waren dunkel gerötet und ließen sie ungeheuer verletzlich aussehen. »Lüg mich nicht an«, sagte sie. »Ich liebe dich, David. Lüg mich nicht an.«

»Ja.«

»Ja was?«

»Ja, ich liebe dich.«

»Wie sehr?«

»Sehr.«

»Wie sehr sehr?«

»Unendlich sehr«, sagte ich. »Unendlich hoch unendlich sehr.«

Jo lächelte. Ihre Zähne waren unschlagbar. In diesem Moment konnte ich mir nicht vorstellen, sie zu enttäuschen. Ich wusste, was ihr vorschwebte: sich einrichten, Kinder kriegen, das lang währende, gute Versprechen. Mutterschaft würde sie wie einen Planeten erstrahlen lassen.

»Küss mich«, sagte sie.

Sie dünstete Tequila in gelben Schwaden aus, was ich

durchaus anziehend fand. Ich begann sie auszuziehen. Sie räkelte sich. Der Mond hing im Fenster und ließ sein Licht über ihren Körper wandern. Über dem Herzen erzitterte ihre Haut.

»Wo gehst du hin?«, fragte Jo.

»Nirgends.«

»Geh nicht.«

»Ich ziehe mich bloß aus.«

»Tu's nicht. Ich schlafe ein. Ich werde ersticken.«

»Ich bin doch hier.«

»Du darfst mich nie verlassen. Kuss. *Mmmmm*. Noch einen Kuss.«

Claudia konnte nicht kochen. Ihre Spezialität waren *flautas*, ein Gebäck, das nach verbranntem Schmalz schmeckte. Sie behauptete, das Rezept stamme von ihrer Mutter. Wir hatten nie viel Gesprächsstoff. Ihre Schwester verlobte sich. Ein Konzert von Ozzy Osbourne stand bevor. Wir tranken Wein aus grünen Kelchen.

Ohne Brille sah Claudias Gesicht nackt aus. Sie zwinkerte häufig. Ihre Haut roch immer schwach nach Chlor. Unsere sexuelle Vereinigung vollzog sich weiterhin hastig und unbeholfen. Claudia hatte es gerne dunkel. Wir sprachen dabei nie ein Wort. Aber es kam stets der Moment, wo ihr Körper losließ, ihre Augen glasig wurden und der Sturzbach zu strömen begann. Sie war einfach so gebaut, obwohl ich überzeugt war, dass es etwas zu *bedeuten* hatte.

Ich hatte den Einfall, es im Badezimmer zu tun. Ich fand es toll, wie sich ihre Schenkel auf dem weißen Waschbecken wölbten. Mir gefiel das etwas zu helle Licht, das unserer Haut einen gelblichen Schimmer verlieh und mich an ein Verhör denken ließ.

Ich wusste, dass in Claudias Körper ein kompliziertes

Wesen zu Hause war. Deshalb wohnte sie nicht mehr bei ihrer Familie, deshalb hatte sie sich mit mir eingelassen. Irgendwo hielt sie ihre ganz eigenen Hoffnungen verborgen. Aber die interessierten mich nicht. Ich wollte bloß eine Komplizin.

Ich schob meine Hand nach unten, und Claudia spreizte die Beine ein bisschen weiter. Ihr Mund öffnete sich. Ihre Augen schlossen sich halb. Wasser lief über die weiche Haut ihrer Schenkel. Ich drückte mich weiter hinein, und das Wasser drückte nach draußen. Es war ein warmes, beinahe schmerzhaftes Gefühl. Dann spürte ich, dass ich bald kommen würde, und schob mich ganz in sie hinein. Claudia schrie auf. Ihr Kopf schlug gegen den Spiegel. Es gab ein lautes Krachen, eine heftige Bewegung nach unten, und dann kam Wasser. Ganze Fontänen, die emporsprudelten und herabrauschten. Wir lagen verknotet auf dem Fußboden, und in der Pfütze neben meinem Kopf sah ich blutige Schlieren. Ich war überzeugt, dass Claudia explodiert war. Dann sah ich das Waschbecken, das neben uns auf dem Boden lag. Die Wasserleitungen waren glatt gebrochen.

Jo erwartete mich an der Tür. Es war vielleicht ein Uhr nachts. Ich war inzwischen wieder sehr nüchtern.

»Was ist denn bitte schön mit dir passiert?«

»Wie meinst du das?«

»Ich meine, dass du vor vier Stunden die Redaktion verlassen hast und dass deine Haare nass sind.«

»Bei Claudia ist die verdammte Toilette übergelaufen«, sagte ich. »Ich musste duschen.«

Jo stand direkt vor mir. Sie sagte kein Wort. Ich sah das Blut in ihren Wangen zirkulieren.

»Es war wirklich eklig«, sagte ich. »Das kannst du mir glauben. Du kannst froh sein, dass ich geduscht habe.«

»Ich möchte wissen, was zum Teufel mit dieser Frau läuft, David.«

»Mit Claudia? Was mit Claudia läuft? Ich schätze, im Moment ist sie noch beim Aufwischen.«

»Wenn du mich anlügst, David, wenn du diese Frau vögelst –«

»Moment mal«, warf ich ein. »Beruhige dich.«

»Sieh mich an, David.«

»Ich sehe dich an. Ich sehe dir in die Augen.« Ich spürte einen schrecklichen, erregenden Wirbel in mir aufsteigen. »Jetzt hör mir mal zu«, sagte ich. »Wenn ich fremdgehen würde, wenn ich mich davonstehlen würde, um diese Frau zu vögeln, meinst du nicht, dass ich die Sache dann ein bisschen raffinierter angehen würde? Dass ich es nicht direkt vor deiner Nase tun würde?«

Jo trat einen halben Schritt zurück. »Und warum darf ich sie dann nicht kennen lernen?«

»Kannst du doch«, antwortete ich. »Du kannst sie jederzeit kennen lernen. Willst du sie gleich anrufen und bitten rüberzukommen, damit du sie fragen kannst, ob ich sie vögele und dann nach Hause gehe und mit dir schlafe? Möchtest du das?« Ich atmete jetzt durch die Nase und plusterte mich auf wie ein Gockel. »Offenbar glaubst du mir nicht. Du glaubst einfach nicht, dass ich mit dieser Frau eben nur befreundet sein könnte.«

»Ich habe nicht gesagt, dass ich dir nicht glaube.«

»Aber so gut wie.« Hinter ihr ragte El Pasos neues Bürgerzentrum auf, das wie ein Sombrero aussehen sollte, aber eher an einen platten Reifen erinnerte. Weiter draußen tanzten die Feuer in den Ölfässern der *colonias* wie Streichholzflammen. »Hör zu«, sagte ich. »Claudia gehörte schon zu meinem Leben hier, bevor du angekommen bist. Vielleicht habe ich sie deshalb von dir fern gehalten. Sie ist einfach ziemlich unglücklich. Hat eine Menge

Probleme. Und ich habe ein bisschen das Gefühl, dass sie meine Gesellschaft braucht. Sie ist nicht wie du, Liebling. Die Welt liegt ihr nicht zu Füßen.«

»Wer sagt, dass mir die Welt zu Füßen liegt?«, fragte Jo leise.

Ich streifte mit den Fingern ihre Wange. »Du darfst dir so etwas nicht antun. Du musst mir vertrauen, Baby.«

War es falsch, dass ich Jo diesen schrecklichen Schmerz ersparen wollte? Dass ich diesen Teil von mir vor ihr verborgen halten wollte? War es falsch, ihren Glauben an mich aufrechterhalten zu wollen? Ich wollte schließlich genauso gern glauben wie sie – an meine Anständigkeit, an unsere strahlende gemeinsame Zukunft. Ich wollte sie glücklich machen. Diese andere Sache war bloß eine Art Ventil, etwas, das ich herauslassen musste. Ich wäre damals nie darauf gekommen, dass hinter meinen kleinen Schwindeleien eine dunklere Sünde lauerte: Ich liebte Jo nicht so, wie sie mich liebte. Mir war nur klar, dass ich mir die ganze Zeit schuldig und unwürdig vorkam, dass ich mich ärgerte und schwierig wurde. Also ging ich alle paar Wochen weg und ertränkte mein schlechtes Gewissen in lauter Musik und Sex, um mich klarer zu fühlen. Und wenn ich nach Hause kam, tischte ich Jo heldenhafte Lügen auf, die uns beide vor der zerstörerischen Wahrheit schützten.

Ich liebte sie nicht so, wie sie mich liebte. Welche andere Sünde kann es eigentlich zwischen zwei Menschen geben?

Jo telefonierte im Nebenzimmer. »Mein Gott!«, rief sie. »Das ist ja unglaublich!« Ein paar Minuten später kam sie atemlos und aufgeregt ins Schlafzimmer.

»Das war Kirsten.«

»Wer?«

»*Kirsten.* Meine beste Freundin aus der High School. Sie *heiratet.* Und ich soll *Brautjungfer* sein.«

Ich nickte in Richtung Kleiderschrank, wo ihre Kleider hingen. »Und? Pfirsich oder Flaschengrün?«

»Sehr witzig«, antwortete sie.

»Und wann ist der große Tag?«

»Am zwanzigsten November.«

»Aber nicht diesen zwanzigsten November?« Ich lächelte gequält.

»Wag es nicht«, sagte Jo. »Fang bloß nicht so an. Ich werde nicht allein zu dieser Hochzeit fahren, weil du über irgendeine schwachsinnige Band schreiben musst.«

»*Guns N'Roses*«, sagte ich, »sind nicht irgendeine Band.«

Das muss man verstehen: Ich hatte Kip Winger schon drei Mal interviewt. Ich kannte die Namen seiner Haustiere. Ich konnte den gesamten Text von »Headed for a Heartbreak« auswendig, ohne das je beabsichtigt zu haben. Ich konnte wahrscheinlich besser als irgendein anderer Mensch *auf der ganzen Welt* ermessen, in welche Abgründe Heavy Metal gesunken war. Die Intensität und Musikalität der früheren Protagonisten war von hübschen Jungs mit synthetischen Songs abgelöst worden. Deshalb waren *Guns N'Roses* so mitreißend. Sie symbolisierten die Rückkehr zu den Wurzeln des Genres: wütender Hedonismus, dramatische Entladung. Ich möchte bezweifeln, dass Axl Rose sich als aristotelisch bezeichnet haben würde, aber er war es zweifelsohne. Seine Stimme stieg unaufhaltsam bis zur Katharsis empor.

Das alles hatte ich Jo schon mehrmals zu erklären versucht. Aber sie sah mich nur an, als stünden meine Haare in Flammen. »Worum es hier geht, David, ist die Frage, ob du mit mir zur Hochzeit kommst oder nicht.«

»Ich komme nicht mit.«

»Es geht um Kirsten«, sagte sie in dramatischem Ton. »Eine meiner besten Freundinnen.«

Die beste Methode bei Jo war, ihre Selbstachtung ein wenig absinken zu lassen, dabei zu schweigen, auf jeden Fall zu schweigen, weil das den Eindruck von Nachdenklichkeit vermittelte, und dann einen sanfteren Ton anzuschlagen. »Ich weiß, dass es wichtig ist«, sagte ich. »Ich verstehe dich ja. Aber dies ist wichtig für mich, Schatz. Das ist mein Job. Ich weiß auch, dass du es bloß für albernen Schwachsinn hältst, aber mir bedeutet es etwas. Kannst du das nicht verstehen?«

Wir befanden uns in einer Phase erwartungsvoller Kompromisse. Die Zeitung hatte mich für ein dreimonatiges Praktikum bei *USA Today* in Washington, D. C. vorgeschlagen, und ich hoffte mir dort meine Sporen in der Welt des ernsthaften und doch glamourösen Journalismus zu verdienen. Jo hatte einen Job bei der Verbraucherschutz-Organisation von Ralph Nader in Aussicht. Über Heirat wurde noch nicht gesprochen, aber sie lag schon in der Luft. Jedenfalls – darauf wies ich sie jetzt vorsichtig hin – war das Ende meiner Heavy-Metal-Zeiten in Sicht. Wollte sie mir nicht eine letzte Sause gönnen?

Später, im Bett, nahm sie mir ein Versprechen ab. »Ich möchte, dass Washington anders wird.«

»Natürlich wird es anders«, sagte ich. »Ist doch eine ganz andere Stadt.«

»Du weißt schon, was ich meine«, sagte sie.

Sie schloss die Augen und lächelte ein wenig, und eine Sekunde lang konnte ich sie mir mit sechzig vorstellen, mit weißen Strähnen im Haar und einer Haut, die zu müde war, um ständig zu leuchten.

»Mit wem wirst du hingehen?«, fragte sie.

»Wahrscheinlich mit einem von den Jungs aus der Sportredaktion.«

»Und was ist mit Claudia? Von ihr habe ich lange nichts mehr gehört.«

»Sie hat einen neuen Freund«, antwortete ich. »Einen Polizisten, glaube ich.«

Man konnte das Konzert mit Fug und Recht als Enttäuschung bezeichnen. Außerhalb des Studios klang Axls Stimme kratzig und eintönig, wie das Krächzen einer hungrigen Möwe. Slash war so betrunken, dass er ständig umfiel. Dann musste ein Roadie auf die Bühne huschen und ihn wieder aufrichten. Das war nicht gerade erhebend.

Mein Artikel war voller Empörung. Die Band kümmerte sich einen Dreck um ihre Fans, verschleuderte ihre großartigen Möglichkeiten, verspielte das Vertrauen und so weiter. Ich hackte auf der Tribüne der leeren Halle in die Tasten meines Laptops, während unten die Roadies Scheinwerfer, Schlagzeugpodeste und Mikrofonständer einpackten.

Claudia saß noch dort, wo ich sie sitzen lassen hatte, auf einer Bank beim Ausgang. Sie hatte bloß den Blick gesenkt und genickt, als ich ihr von Washington erzählte. Sie hatte es wahrscheinlich längst erwartet. Aber als ich jetzt auf sie zuging und sie in ihrer traurigen Bluse dasaß, wollte ich unbedingt etwas für sie tun, etwas Großartiges, Unangreifbares, das ihre Zauberkraft als Lebensretterin im Schwimmbad wiederherstellen könnte, die sie so lange still ausgestrahlt hatte.

»Lass uns was trinken gehen«, sagte ich.

»Ich glaube, ich gehe besser nach Hause.«

»Ach was.« Ich nahm ihre Hand. »Wir trinken noch ein Glas Wein. Wir gehen zu mir und trinken ein Glas Wein.« Und als wir hinausgingen in die rauchige Nacht unter einer schmalen Mondsichel, begriff ich, dass Claudia immer Dinge mit sich geschehen ließ; sie wollte das Risiko nicht eingehen, das die Durchsetzung ihrer eigenen Wünsche mit sich gebracht hätte.

Als ich zum letzten Mal in sie eindrang, schloss sie die Augen und ließ sich zurückfallen, und ihr Geruch nach Chlor und Hautcreme vermischte sich mit Jos Parfüm, das aus den Laken aufstieg. Ich hatte keine Eile. Ich hatte Jo vor sechs Stunden am Flughafen abgesetzt. Sie würde jetzt gerade in New York landen, sich die Haare kämmen, mit der Gepäckablage kämpfen. Ich dachte nicht einen Moment an das Wetter an der Ostküste. In El Paso herrschte schließlich brütende Hitze.

Claudias Knie begannen zu zittern. Ihre Zehen gruben sich in meine Waden, ihre Lippen öffneten sich. Bei jedem Stoß hörte ich das leise Klacken ihrer Zähne. Und als ihre Hüften sich mir entgegenbogen, begann ich sie mit der Hand zu liebkosen, damit ihr Körper sich öffnete und mir das Wunder des Wassers schenkte. Selbst da hatte ich noch die Vorstellung, dass ich meinen Kopf zwischen ihre Beine legen und reingewaschen werden könnte.

Wenn man mit Menschen zusammenlebt, bekommt man ein Gefühl für ihre Bewegungen, die Geschwindigkeit und das Gewicht ihrer Schritte. Wir können nicht anders: wir müssen uns einfach zu erkennen geben. Jo nahm auf der Treppe immer zwei Stufen auf einmal und legte dabei wegen einer alten Ballettverletzung mehr Gewicht aufs rechte Bein, sodass sie an jedem Treppenabsatz einen kleinen Hüpfer einlegen musste. Und obwohl sie Tausende von Meilen entfernt war, hörte ich jetzt den gefährlichen Rhythmus ihrer Schritte näher kommen. Claudia begann zu stöhnen, ihr Körper öffnete sich, das Wasser floss, und ich spürte, wie auch mein Körper sich ekstatisch dem Höhepunkt entgegenbewegte.

Die Tür schlug zu. Unsere Körper prallten aufeinander. Jos Stimme rief meinen Namen. Claudia griff nach meinem Gesicht, um mich zu küssen. Ein roter Wildlederstiefel erschien in der Schlafzimmertür. Ich sah hinab auf Claudias glänzenden Körper, der sich unter mir wand. Ich glaubte immer noch, dass ich Zeit hätte, so viel Zeit, mich so zu benehmen. Und dann betrat Jo das Zimmer, sah uns und die Luft schien aus ihr zu entweichen.

Sie begann zu schluchzen und sich dann an ihrem Schluchzen zu verschlucken. Sie wurde dunkelrot. Es war offensichtlich, dass sie keine Luft bekam. Claudias Hüften lösten sich von meinen und fielen mit einem feuchten Klatsch auf die Matratze. Ihr Gesicht war von der Tür abgewandt und strahlte immer noch von unschuldigem Genuss. Dann bemerkte sie meinen Gesichtsausdruck und ihr Kopf schnellte herum und sie sah Jo und begann ebenfalls zu weinen, ein leiser Ton wie ein Wiehern. Sie zog die Beine an und rollte sich zusammen. Ihre lackierten Zehennägel sahen aus wie kleine Blutstropfen. Es gab nichts zu sagen. Es gab nur dieses Zimmer und die drei Körper darin. Claudia hyperventilierte. Jo atmete nicht.

Besser gesagt, sie versuchte zu atmen, aber ohne Erfolg. Ihr Körper schluckte leise, hundert Mal; ihre Lippen waren grimassenartig nach innen gesogen, ihre Augen fest zusammengekniffen. Hätten wir ein Baby bekommen, ein kleines Mädchen, hätte sie bei der Geburt genau so ausgesehen: in einem kalten, weißen Zimmer an der Luft erstickend.

Ich muss eine Bewegung in ihre Richtung gemacht haben, denn sie zuckte zurück und ging rückwärts hinaus, wie ein Diener, der auf unverzeihliche Weise die Privatsphäre seiner Herrschaft verletzt hat. Ich stand neben dem Bett. Ein Luftzug vom Fenster strich über meinen lächerlich geschrumpften Penis. Ich spürte einen leichten Stich in der Seite. Ich hatte mir vorher ein Handtuch zurechtgelegt, das ich Claudia unterschieben wollte, aber jetzt schlang ich es mir um die Hüften und lief hinter Jo her. Ich bildete mir tatsächlich ein, dass ich noch etwas mit ihr zu tun hätte.

Sie war im Flur und stolperte auf die Treppe zu. Wenn ich nur ihr Gesicht sehen könnte – ich wünschte mir so sehr, ihr Gesicht zu sehen.

»Atme«, sagte ich. »Du musst atmen, Liebling.« Ich streckte meine Hand nach den schwarzen Strähnen aus, die an ihren Wangen klebten. Ihr Kehlkopf knackte, und ihre Stimme kehrte endlich zurück, doch sie brachte nur das belegte Stammeln tödlichen Schmerzes hervor. Ihre Finger zerkratzten mein Gesicht.

Dann rannte sie die Treppe hinunter und ich hinterher, ich schrie *Warte, warte* und *Mein Gott, Liebling.* Die Nachbarn hingen an ihren Türklinken. Im zweiten Stock erreichte ich sie, berührte mit der Hand ihre Schulter und versuchte sie irgendwie aufzuhalten, aber sie schüttelte mich ab, und ich landete auf dem Steißbein. Ein paar Sekunden später knallte unten die Tür zu. Ich richtete mich mühsam auf, rannte hinunter und sprang nach draußen. Mein Handtuch war von meinen Hüften geglitten. Ich stand nackt mit blutverschmierter Wange auf der Straße.

Jemand musste die Polizei gerufen haben, denn ein Streifenwagen rollte heran und hielt vor unserem Haus. Der Polizist blinzelte mich durch die getönte Scheibe an, und ich duckte mich, versteckte mich im Schatten der Tür und sah Jo hinterher, die in die Nacht rannte und verschwand.

Auch Claudia war verschwunden. *Paff.* Da war nur der Fleck auf dem Bett. Ich sah im Badezimmer nach, in den Schränken, überall. Und dann ging mir auf, was passiert war: Sie war aus dem Schlafzimmerfenster gesprungen.

Ihre Leiche lag auf dem Bürgersteig, und die Polizei würde mir eine Menge Fragen stellen.

Aber das war natürlich eine übertriebene Männerphantasie. Da unten stand der Polizist allein neben seinem Streifenwagen. Er hatte die Hand geistesabwesend auf den Pistolengriff gelegt. Und weiter draußen, in der Wüste, lief ein Radio; Axl Roses Stimme klang dünn herüber und sang: »*Take me down to the Paradise City where the grass is green and the girls are pretty.*«

Und jetzt hört gut zu, all ihr Leute mit aufrechter Haltung und wohl bedachten Urteilen: Diese Dinge habe ich getan. Und ich bin dafür bestraft worden, wie wir alle am Ende für die Demütigungen bestraft werden, die wir geliebten Menschen zufügen. Kummer wartet mit der Geduld eines Psalms auf jeden Ungläubigen.

Doch was jetzt in meiner Erinnerung aufsteigt, ist das Gefühl, das ich an gewissen Abenden hatte, wenn ich zu Jo nach Hause fuhr, zu meiner süßen Jo, immer noch ein bisschen angetrunken, an den Lippen den Duft von Claudia, im Slalom auf den leeren Spuren der I-10, Lagerhäuser glitten rechts und links vorbei, El Pasos Innenstadt sah aus wie eine Insel bunter Laternen, der Rio Grande floss schwarz dahin, und dahinter glitzerten die bläulich gesprenkelten Lichter von Juárez. Wie mein Herz vor Dankbarkeit überströmte! *Danke!*, wollte ich ausrufen. *Danke! Danke!*

Und wenn, wie so oft, eine Kassette lief, dann sammelte sich der stumpfe Überschwang der Band, das Heulen und Trommeln ihres wilden Verlangens im nächtlichen Himmel über mir und vereinigte sich mit meinem Verlangen und bestätigte mir, dass ich mit den Augen der Jugend gesehen sogar etwas Edles tat, etwas Radikales, Hemmungsloses, dass ich die Liebe an allen Orten suchte, dass ich mich über die mühseligen Ebenen der Einsamkeit und des Versagens erhob und ins gesegnete Reich der Muschi eintrat.

In diesen Momenten zärtlicher und lächerlicher Nostalgie weiß ich, dass immer noch etwas in mir zerbrochen ist.

# Bei den Ik

Rodgers war ein nervöser Mensch, und jetzt, wo seine Frau tot war, war es noch schlimmer geworden. Er wollte eine Geschichte erzählen, bestand aber darauf, dass er nicht gut Geschichten erzählen könne. Seine Hände flatterten herum wie dünne Pappe. Seine enorme Nase, die einem anderen Mann womöglich ein Gefühl von Macht verliehen hätte, glühte rot vor Aufregung.

»Das war, ach Gott, das war noch in den Sechzigern. Ist das schon so lange her? Ja, muss es wohl. Wir hatten gerade an der University of Chicago unser Examen gemacht und suchten Arbeit. Oder besser gesagt: *Ich* suchte Arbeit. Das war noch bevor Connie und ich geheiratet hatten. Ich bin zu irgendeinem Kongress gefahren und habe da einen netten älteren Professor kennen gelernt, na ja, damals suchten alle Arbeit. Er sagte, ich solle ihm doch mal meine Unterlagen schicken, wäre das möglich, und ein paar Monate später rief er an und fragte mich, ob ich am Newton College unterrichten wolle. Damals gab es noch keine Berufungskommissionen und Vorstellungsgespräche. Ich war dreiundzwanzig oder vielleicht vierundzwanzig. Ein albernes Alter.« Rodgers kicherte zögernd. Er redete mit einem Freund seiner Tochter, einem großen Burschen namens Ken, der am Nachmittag unter stürmischen, wenn auch leicht gezwungenen Willkommensgrüßen eingetroffen war.

Sie saßen am Küchentisch und sahen einander über die Reste des Abendessens hinweg an: zerknüllte Servietten, Risotto, das auf Tellern erstarrte, ein Schenkelknochen, dessen Gelenk im Licht der Halogenleuchten bläulich schimmerte. Der Tisch selbst war aus Gelbkiefer, ein strenges Möbelstück, das Rodgers einmal mit Einsätzen vergrößern lassen und ins Esszimmer stellen wollte. Während er mit Ken sprach, stellte er sich vor, wie er mit der Hand über die Tischplatte fuhr, doch das Holz war in den letzten Jahren ausgetrocknet und gesplittert. Das war das Problem bei Gelbkiefer.

Rodgers' drei Kinder saßen im Wohnzimmer um den Kamin, pellten Mandarinen und spielten mit seiner kleinen Enkelin. Sie waren über die Feiertage bei ihm eingefallen, eine hilfreich gemeinte Geste, die jedoch vor allem für Hektik sorgte.

Connie war gar nicht plötzlich gestorben. Aber Rodgers war es irgendwie plötzlich vorgekommen, weil er so lange nicht daran geglaubt hatte, bis es nicht mehr eine Frage des Glaubens, sondern der Akzeptanz geworden war. Wenn sie nicht an seiner Seite war, jagten ihm seine Kinder Angst ein. Er blieb am Rande ihrer lebhaften Gespräche, warf ab und zu eine Bemerkung oder einen Witz ein, damit man ihn nicht der Verzweiflung verdächtigte.

Ken war Medizinstudent, wusste jedoch genug über Ethnologie, um Verständnis vortäuschen zu können, und beim Abendessen hatten sie über Malraux und Veblen und S. C. Dube geplaudert. Rodgers hatte sein Weinglas zwei Mal geleert. Er redete zu viel, wenn er betrunken oder unsicher war, und im Moment war er beides.

»Haben Sie den Job angenommen?«

»Oh ja, natürlich. Ich habe meine Bücher und meine Siebensachen zusammengepackt und bin nach Newton gefahren, um zwei Vorlesungen pro Woche zu halten.

Mein Gehalt betrug einhundertfünfundneunzig Dollar plus Fakultätsprivilegien.«

»Hundertfünfundneunzig?«

»Plus Fakultätsprivilegien. Das waren damals beinahe königliche Vorrechte. Es gab eine Fakultätsspeisung und ein Hallenbad nur für die Lehrenden. Es war alles sehr aufregend. Jemand hatte mich angestellt. Der erste Job, verstehen Sie? Da ist man einfach glücklich. Man erwartet nichts. Das kommt erst später.« Rodgers griff nach seinem Weinglas. Er konnte nicht ausmachen, ob der junge Mann fasziniert war oder nur ihm zuliebe zuhörte. Er hatte Reaktionen nie besonders gut beurteilen können. Das hatte er Connie überlassen.

»Newton war damals wirklich wild. Alles wurde im Konsens entschieden. Die Studenten protestierten andauernd gegen irgendwas und rannten nackt herum. Wie auch immer, eines Abends, ich war ungefähr zwei Monate dort, klingelte das Telefon. Es war schon spät am Samstagabend, ich war auf einer Party gewesen, und offen gesagt: Ich war bekifft. Sogar völlig zugekifft.« Rodgers schlug sich einen imaginären Vorschlaghammer über den Schädel. »Das war auch typisch für Newton zu der Zeit: Es gab eine ganze Menge erstklassiges Gras. Ich nahm an, dass Connie anrufen würde. Aber die Stimme im Hörer hatte ich noch nie gehört; eine tiefe, offiziell klingende Stimme. ›Hallo, Alex‹, sagte der Mann. ›Hier ist Joseph van Buskirk. Es tut mir sehr Leid, dass ich so spät noch stören muss.‹ Ich überlegte: Wer ist Joseph van Buskirk? Der Name klang so vertraut. ›Wie gesagt, Alex‹, fuhr dieser van Buskirk fort, ›es ist mir wirklich unangenehm, Sie zu Hause zu belästigen.‹ ›Das ist schon in Ordnung‹, sagte ich. Meine Gedanken rasten: *van Buskirk, van Buskirk.* Dann fiel es mir wie Schuppen von den Augen: Der Präsident der Universität! Präsident van Buskirk! So ein richtiger Wall-Street-Typ. ›Ich fürchte, ich brauche in einer sehr unerfreulichen Angelegenheit Ihre Hilfe, Alex. Eine Ihrer Studentinnen, Mary Martin, hatte einen Verkehrsunfall. Sie haben leider keine Wahl.‹ ›Keine Wahl wobei?‹, fragte ich, und er antwortete, ›Sie müssen die Leiche identifizieren.‹

Oh Gott. Also, ich hatte wirklich starkes Gras geraucht. Sehr starkes Zeug. Ich hätte mich vielleicht noch mit Connie auseinander setzen können. Ich hätte mich sogar gern mit ihr unterhalten. Aber das war wirklich Wahnsinn. Der Präsident fuhr fort, ›Wir können die Angehörigen nicht benachrichtigen, Alex, solange niemand die Leiche identifiziert hat. Wir wollten keine von ihren Freundinnen oder Freunden fragen, verstehen Sie. So eine Situation kann emotional ziemlich hart werden. Ich konnte wirklich niemand anderen fragen. Sie ist noch im ersten Semester. Sie sind ihr Tutor. Sie besuchte sogar eine Ihrer Vorlesungen.‹

›Die am Vormittag‹, sagte ich.

Darauf sprang er sofort an. ›Dann kennen Sie sie also? Sie könnten sie identifizieren?‹

›Ich weiß, wie sie aussieht.‹

›Gut‹, sagte der Präsident. ›Ich komme in einer Viertelstunde vorbei.‹

Herrgott. Was soll das denn bedeuten? Er kommt vorbei? Hat er die Leiche im Kofferraum? Nein, das bedeutet, dass er mich irgendwohin fahren muss. Ich muss zu ihm ins Auto steigen, und wir müssen irgendwohin fahren. Zu einem Bestattungsinstitut. Ich muss mit ihm zu einem Bestattungsinstitut fahren. Um die Leiche zu identifizieren. So in der Art funktionierte mein Denken in dem Moment. Alles ziemlich zusammenhanglos. Ich versuchte mir vorzustellen, ob ich mich zusammenreißen können werde. Wenn ich es nämlich nicht schaffe, wenn ich irgendwie vor ihm die Beherrschung verliere oder er sonstwie bemerkt, dass ich zugekifft bin … dann war's das. Kein Job mehr. Die Karriere ruiniert. Sie wissen schon, wie paranoid man werden kann, wenn man Gras geraucht hat.«

»Moment mal«, sagte Ken. »Hatte sie keinen Ausweis bei sich? Wozu hat man Sie überhaupt benötigt?«

Rodgers zuckte die Achseln. »Weiß ich auch nicht genau. Danach habe ich nicht gefragt. Das war wahrscheinlich Vorschrift, dass irgendjemand, der das Opfer persönlich kannte, die Leiche in Augenschein nehmen musste. Ich wusste nur, dass der Präsident mich dabeihaben wollte. Bestimmt ein Gesetz des Staates Massachusetts.« Rodgers nippte an seinem Wein. »Ich wohnte in so einem kleinen Kutschenhaus auf dem Land, sechzig Dollar Miete im Monat, inklusive Nebenkosten. Wenn Sie sich das vorstellen können. Sehr friedlich. Fünf Minuten später hörte ich ein Auto auf dem Kies der Auffahrt. Das ging viel zu schnell. Wenn jemand eine Viertelstunde sagt, meint er normalerweise eine halbe. Damit rechnet man doch, oder? Ich fühlte mich total überfallen. Man sagt doch nicht zu jemandem, in einer Viertelstunde, und dann steht man fünf Minuten später vor der Tür? Wahrscheinlich wäre ich in einer Viertelstunde oder einer halben auch nicht besser vorbereitet gewesen, aber ich hätte mich wenigstens ein bisschen an den Gedanken gewöhnen können. Mein Gesicht waschen, die Zähne putzen. Vielleicht war es auch eine Viertelstunde, aber es kam mir nicht so vor.

Und dann sehe ich farbige Lichter vor meinem Fenster blinken. Vor meiner Tür steht ein Polizeiwagen. Jetzt bin ich überzeugt, dass ich gefeuert werde. Der Präsident fährt in seinem Rolls Royce vor, während ich von den Bullen abgeführt werde – nicht schlecht. Es klopft an der Tür, und ich erstarre. Völlig gelähmt. Wie in einem Film, wo man die Uhr an der Wand ticken hören kann. Tick tick tick. Dabei hatte ich gar keine Wanduhr. Es vergeht ungefähr eine Minute, dann klopft es nochmal. Diesmal lauter. Was habe ich schon für eine Wahl? Ich stehe auf und mache die Tür auf, und da steht Präsident van Buskirk, ein großer, dicker Mann in einem schwarzen Mantel. Er macht ein sehr besorgtes Gesicht, so wie Walter Cronkite bei schlechten Nachrichten, und er hat irgendwas Längliches in der Hand. Ich schwöre, einen Moment dachte ich, es sei eine Sense. Aber es war bloß ein Regenschirm. Hinter ihm steht der Polizeiwagen und es regnet und er sieht mich an und ich sehe ihn an. Ich vermutete, dass er das Gras vielleicht gerochen haben könnte. Das war meine Befürchtung. Eine Sekunde stehen wir beide reglos da. Er beugt sich ein bisschen vor und betrachtet mich mit seinem großen Republikanergesicht von oben bis unten, und ich frage mich, wie ich das alles Connie oder meiner Familie erklären soll.

›Sie werden was Wärmeres brauchen‹, sagt er schließlich. ›Es ist ziemlich kalt.‹

Ich hole mir also einen Mantel und wir gehen zusammen raus und steigen in den Wagen, in dem schon drei Polizisten sitzen. State Trooper. Mit ihren glänzenden Stiefeln bis zum Knie. Sitzen alle drei im Wagen und sagen kein Wort. Ich setze mich nach hinten, zwischen einen Trooper und den Präsidenten, und vorne sitzen noch zwei Polizisten, und ich bin so was von zugedröhnt, und jetzt soll ich Mary Martins Leiche identifizieren. Ich meine, was für eine beschissene Situation.«

Ken fragte, »Wieso waren so viele Bullen da?«

»Ich weiß nicht. Das habe ich mich später auch gefragt. Hätte nicht einer gereicht? Wieso drei? Aber sie waren eben da. Nicht einer der drei begrüßte mich. Der Fahrer ließ den Wagen an und fuhr los. Und ich war immer noch bekifft. Ich hätte mir keinen schlechteren Ort dafür denken können. Die Polizisten musterten meine Kleidung – Jeans und so ein Ledermantel mit Fransen – und meine Haare. Sie wussten, was ich getrieben hatte, da war ich ganz sicher. ›Ich hoffe, ich habe Sie nicht geweckt‹, sagte der Präsident. ›Oh nein‹, antwortete ich, ›ich habe Arbeiten korrigiert.‹ ›Am Samstagabend?‹, fragte der Präsident und pfiff anerkennend. Der Polizist neben mir kicherte, und einen Moment war es unbehaglich still, aber der Präsident rettete die Situation. ›Ich muss mich noch einmal für die Unannehmlichkeiten entschuldigen, Alex. Wir werden direkt zur Leichenhalle fahren und die Sache hinter uns bringen. Ich denke, in einer Stunde können wir Sie wieder zu Hause abliefern.‹ ›Klar‹, sagte ich. ›Ich weiß es wirklich zu schätzen, dass Sie sich zur Verfügung stellen.‹ ›Kein Problem, es tut mir nur sehr Leid, dass es nötig ist‹, sagte ich.

Der Fahrer war anscheinend der ranghöchste Beamte, und er sagte, ›Es ist eine verdammte Schande. Diese jungen Leute. Was die für ein Risiko eingehen.‹ Er sah mich im Rückspiegel an. ›Sie denken, ihnen kann nichts passieren.‹

Ich fragte, ›Was ist denn passiert?‹.

›Unfall ohne Fremdbeteiligung. Draußen auf der 41. Fahrer alkoholisiert. Kontrolle über das Fahrzeug verloren. In eine Schlucht gestürzt. Die Beifahrerin, diese Mary Martin, ist durch die Windschutzscheibe geflogen. Gegen einen Baum. Genick gebrochen. Sofort tot.‹

›Und was ist mit dem Fahrer?‹, fragte ich.

›*Der*‹, sagte der Polizist, ›der ist unverletzt.‹

›Was für eine Schweinerei‹, sagte der Polizist neben mir.

›Genau‹, sagte der Dritte. ›Was für ein Schweinejob.‹«

Rodgers schwieg und griff nach seinem Weinglas, überlegte es sich dann aber anders. Aus dem Nebenzimmer hörte er seinen Sohn mit seinem Baby schäkern: »Na, tut ein Mädchen denn so was? Was für ein albernes kleines Mädchen!«

Sein Sohn war offensichtlich rettungslos begeistert von der Kleinen. Er konnte die Finger nicht von ihr lassen. »Lämmchen« nannte er sie. »Liebe meines Lebens«. Er trug sie in einer lächerlichen Schlinge herum, mit der das Baby rücklings auf seinen Bauch gebunden war, so dass der Kopf albern wippte. Rodgers hörte seinen Sohn nebenan neckisch schwatzen, während er die Windeln wechselte.

Seine Töchter hatten ihm das Baby natürlich in die Arme gedrückt, kaum dass sie das Haus betreten hatten, und mit den Händen gewedelt, als würden sie Salat waschen. Sie wollten andeuten, dass er mit der Kleinen kommunizieren solle. Das Ganze hatte etwas unterschwellig Aggressives; Rodgers hatte das Gefühl, er solle geprüft werden. *Sieh nur*, sagten seine Töchter damit: *Das Leben geht weiter.*

Aber der Säugling lag in seinen Armen wie ein steinerner Brotlaib. Er murmelte ein, zwei unbeholfene Worte. Das Baby schien sein Unbehagen zu spüren und wand sich plötzlich mit erschreckender Energie. Rodgers fürchtete, es fallen zu lassen, und stellte sich kurz den Tumult vor, den das hervorrufen würde. Das Kind begann zu spucken, dann zu weinen, und das Zahnfleisch glänzte wie winzige rosa Speckschwarten. Seine Schwiegertochter eilte sofort herbei und nahm ihm die Kleine schwungvoll aus den Armen. »Sie hat bloß Hunger«, sagte seine älteste Tochter, und alle pflichteten ihr bei. Dennoch fühlte sich Rodgers durch den Vorfall erniedrigt. Er war nicht Connie.

Ken sagte, »Die Bullen ändern sich auch nie.«

Rodgers nickte. »Genau. Sie redeten in genau dem Ton

weiter. Ich war ehrlich gesagt ganz froh darüber, ich konnte mich zurücklehnen und den Mund halten. Der Präsident starrte aus dem Fenster in den Regen. Er war ein adretter Kerl, aber aus der Nähe sah man, dass er als Kind Akne gehabt haben musste. Er hatte diese kleinen Narben. Die Hände waren im Schoß gefaltet und die Schultern sehr angespannt. Ich glaube, er hatte auch Angst.«

»Aber das muss Sie doch ernüchtert haben.«

»Eigentlich nicht«, erwiderte Rodgers. »Meine Gedanken rasten einfach zu schnell. Meine größte Sorge war, dass ich plötzlich zu reden anfangen könnte, verstehen Sie? Einfach losplappern und nicht mehr aufhören können. Sie wissen doch, wie so was manchmal passiert?«

»Na klar«, sagte Ken.

»Ich bekam richtige Paranoia. Ich war mir zum Beispiel sicher, dass die Polizisten wussten, was mit mir los war. Aber wir steckten jetzt gemeinsam in dieser komischen Lage. Was sollten sie schon sagen? Ich fing an, mir vorzustellen, was als Nächstes passieren könnte, mir Pläne zurechtzulegen, wirklich. Wir würden jetzt also gleich bei dem Bestattungsinstitut vorfahren –«

»Ich dachte, es war eine Leichenhalle?«

»Ja, natürlich. War es auch. Aber in meiner Vorstellung habe ich etwas anderes gesehen.« Rodgers lächelte, und seine kugelförmige Nasenspitze wurde rot. »Ich stellte mir so ein kleinstädtisches Bestattungsinstitut vor, von innen beleuchtet, wie in einem Hopper-Gemälde. Wir würden hineingehen, in ein warmes Foyer mit Blumen und Kränzen und so. Dann käme ein weiterer Raum, eine Art Kapelle, mit Sitzbänken wie in einer Kirche und einem Podium, wo Reden gehalten werden konnten. Und dort würden wir einen Moment warten, vielleicht einen Kaffee bekommen. Und dann würden wir weitergehen, in ein Hinterzimmer, wo die Särge stehen. Und die Leichen wären alle ordentlich gekleidet, und dann würden sie Mary Martin nach vorn rollen, und ich würde auf sie hinabschauen, wie sie in diesem rosa ausgeschlagenen Sarg liegt, und nicken, und das wäre es dann. Dieses Szenario spielte ich immer wieder in Gedanken durch. Das Foyer, die Kapelle, den Kaffee.«

»Wie heißt noch diese Theorie von Malraux? Die Aneignung des Todes?«

»Ja, genau, die Aneignung des Todes. Wie man versucht, sich darauf einzustellen, ihn in seine Welt zu holen. Das muss ich wohl im Kopf gehabt haben«, sagte Rodgers. Einen Augenblick sah er Connie vor sich, wie sie aussah, als er in ihr Arbeitszimmer trat, unter einer Decke liegend, das Blut zum Stillstand gekommen, das Gesicht eine wächserne Maske.

»Wie gut kannten Sie die Studentin?«, fragte Ken.

Rodgers schüttelte den Kopf und stützte die Hände auf die Tischkante. Er wollte noch mehr Wein, aber er befürchtete, ihn zu verschütten. »Mary Martin? Ach, eigentlich kaum. Sie war ein stilles Mädchen. Sehr still. Sie sah ein bisschen wie diese Schauspielerin aus, die aus *Love Story*. Hübsch. Dunkles Haar. Aber still.«

Im Nebenzimmer war es leise geworden. Nur das Kaminfeuer, das sein Sohn vor einiger Zeit entfacht hatte, knackte ab und zu. Rodgers hatte vergessen, wie man die Zugklappe öffnete, und hatte sich deshalb einigen freundlichen Spott anhören müssen. Jetzt lauschte er dem Feuer, lehnte sich zurück und starrte die gelbroten Schatten an, die auf den Türrahmen zwischen den beiden Räumen geworfen wurden.

Mary Martin hatte in seiner Vorlesung nur einmal das Wort ergriffen. Aber zu seinem Schrecken war seine Erinnerung an diesen Vorfall noch sehr lebendig. Rodgers hatte über die Ik doziert, einen afrikanischen Stamm, der unter Ethnologen wegen seiner losen Gemeinschaftsstruktur berühmt war. Mary Martin saß wie üblich in der letzten Reihe. Nach und nach, als koste es große Anstrengung, nahm ihr Gesicht einen verstörten Ausdruck an.

»Wollen Sie damit sagen, sie lassen die Sterbenden einfach zurück?«, fragte sie.

»Ja, das kommt oft vor.«

»Auch Verwandte oder Freunde?«

»Ich fürchte ja.«

Mary Martin schüttelte den Kopf und starrte ihn böse an, als sei er irgendwie für das Verhalten der Ik verantwortlich.

Rodgers versuchte, das Ganze etwas versöhnlicher klingen zu lassen: »Natürlich stellt das Verhalten der Ik ein Extrem dar und läuft unserer Vorstellung von Mitgefühl total entgegen. Aber in jeder Gesellschaft und Kultur ist die Liebe ein konzentrisches System, wie Mead es genannt hat. Wir treffen alle unsere Entscheidungen darüber, für wen wir uns Gefühle leisten können. Letztendlich wählen auch wir, wen wir lieben wollen. Und das tun wir jeden Tag, ohne darüber nachzudenken. Vielleicht haben wir ein schlechtes Gewissen einem Menschen gegenüber, aber das bedeutet nicht, dass wir ihm gegenüber wirkliche Gefühle entwickeln oder ihn gar lieben. Vielleicht gehen wir sogar jeden Tag achtlos an ihm vorüber. Wenn jemand von Ihnen schon einmal in Mexiko gewesen ist, oder gar in Indien, dann wissen Sie, es ist unmöglich, nicht ständig auf Bettler zu treffen, auf Menschen, die echte Not leiden.«

»Aber das ist doch etwas anderes«, warf ein anderer Student ein. »Dieser Stamm, von dem Sie sprechen –«

»Die Ik.«

»Genau, die Ik, die lassen ihre eigenen Verwandten sterben. Eltern lassen ihre *Kinder* im Stich.«

»Ja, das kommt vor. Ich weiß, das ist bestürzend. Aber so müssen sie ihr Leben führen. Sie leben in einer äußerst feindlichen, harten Umwelt und müssen harte Entscheidungen treffen, welchen Grad an Liebe sie sich leisten können. Manchmal entscheidet ein Vater oder eine Mutter, dass die Nahrung nur für sie beide reicht und nicht für die Kinder. Oder sie beschließen, dass ein Kind zu krank ist, um es weiter zu pflegen, und dann lassen sie es tatsächlich zurück. Aber das ist keine Grausamkeit. Vielleicht Schwäche. Aber keine Grausamkeit.«

»Sie meinen, es ist nicht grausam, sein Kind so dem Tod zu überlassen?«

»Nein. Was ich sagen will, ist, dass die Ik, genau wie wir, ein endliches Reservoir an Liebe besitzen und dass wir alle nur ein beschränktes Maß an innerer Kraft haben, diese Liebe zu beweisen. Und manchmal entscheiden sich Menschen eben ... sich selbst, oder einander, mehr zu lieben als ihre Kinder.«

Mary Martin saß mit zusammengepressten Lippen in der hintersten Reihe. Rodgers fuhr stockend fort, aber den Rest seiner Vorlesung konnte er abschreiben. Er fühlte sich von ihrem stumm verachtenden Blick überstimmt, verurteilt.

Ken räusperte sich. Er sah Rodgers unbewegt an. »Alles in Ordnung mit Ihnen?«

»Ja. Sicher.«

»Wollen Sie Ihre Geschichte zu Ende erzählen?«

»Meine Geschichte?«

»Ja. Haben Sie die Leiche nun identifiziert?«

»Ach ja. Ja. Wo war ich stehen geblieben? Im Auto? Okay. Im Polizeiwagen mit den Polizisten und dem Uni-Präsidenten, nicht wahr?« Rodgers deutete auf den Wein und tippte sich an die Stirn. »Wir sind eine ganze Weile gefahren, das weiß ich noch. Dann hielt der Wagen hinter einem Gebäude. Ein niedriger Klinkerbau mit einer Betonrampe und einer großen Tür. Einen Moment dachte ich, die Polizisten hätten unterwegs noch irgendwas zu erledigen, denn es war offensichtlich der Hintereingang. Der Parkplatz war nicht gepflastert. Der Präsident sagte, ›Bringen wir es hinter uns‹ und stieg aus. Die Polizisten stiegen auch aus. Ich schaute durchs Seitenfenster und sah gleißende Lichtkegel, die durch die Tür fielen, und in der Mitte der Lichtkegel, am Ende der Rampe, stand eine Liege, und darauf lag der Körper, dieser weiße Körper, der sehr klein aussah. Der Präsident beugte sich herab, steckte sein großes Gesicht durchs Fenster und fragte, ›Sind Sie so weit, mein Junge?‹, und ich stieg aus. Die Polizisten nahmen mich in die Mitte, als wäre ich ein Verdächtiger oder jemand, den sie schützen müssten, und dann marschierten sie mit mir die Rampe hinauf zur Tür, und ich schaute nach unten.«

»Herrgott«, sagte Ken.

»Herrgott ist genau das richtige Wort.« Es war wirklich empörend, was man ihm da aufgebürdet hatte. Das wurde ihm jetzt klar. Was für ein Recht hatte der kurzatmige alte Präsident van Buskirk, ihn in diese Sache hineinzuziehen? Er war ein junger Nachwuchswissenschaftler mit einer hübschen Verlobten, die nicht viel älter war als seine Studentinnen. Es war spät am Samstagabend. Er hatte ganz unschuldig zu Hause gesessen und auf ihren Anruf gewartet, hatte ihre Stimme hören wollen.

Er hatte mit alldem nichts zu tun. Besonders gut erinnerte er sich daran, wie hell die Szene erleuchtet war, wie er die Rampe hinaufgeführt worden war, wie ein Verdächtiger.

»Ich schaute nach unten. Sie sah wirklich furchtbar aus, eine Schweinerei, wie der Polizist sich ausgedrückt hatte. Sie lag nackt auf der Liege, und man konnte eine gebrochene Rippe sehen, die durch die Haut stach. Ihre Augen waren geschlossen, und ich weiß noch, dass einer der Aufseher sie aufklappte und gleichzeitig ihren Kiefer hochzog. Der war nämlich gebrochen, verstehen Sie, und hing lose herab; er hielt ihn hoch, damit ich sie erkennen konnte. Der andere Aufseher fragte: ›Ist das die Frau, die Ihnen unter dem Namen Mary Martin bekannt ist?‹ Ich konnte nicht sprechen. Ich nickte und wandte mich ab. Aber da sagte der Aufseher, ›Entschuldigen Sie, Sir, aber Sie müssen wirklich ganz sicher sein. Könnten Sie noch einmal hinsehen?‹ Mir wurde schlecht. Das lag nicht am Blut. Das Blut hatten sie abgewaschen. Aber an manchen Stellen konnte man die Fettschicht sehen, so gelbliche Einschnitte, und ihr Gesicht … ich meine, es musste zusammengehalten werden. Sie hatten mir keine Gelegenheit gegeben, mich darauf einzustellen, das war es. Bloß: raus aus dem Auto, die Rampe rauf und dann: Ja oder Nein.«

»Herrgott«, sagte Ken noch einmal.

»Ich starrte dieses junge Mädchen an und sagte mir: Das ist sie. Sie ist tot. Sie wird nie wieder lebendig. Aber ich konnte es nicht glauben, nicht fühlen. Ich begriff es nicht.«

»Sie müssen sich einfach geschützt haben.«

»Ja, genau. Sicher.« Rodgers nickte. Er versuchte sich zu erinnern, warum er mit dieser Geschichte überhaupt angefangen hatte. Vielleicht wollte er den jugendlichen Überschwang illustrieren, dieses Gefühl, dass alles möglich ist, das man nur als junger Mensch hat. Aber jetzt spürte er nichts mehr davon. Eher das Gegenteil. Er fuhr sich mit dem Finger unter den Rollkragen des neuen Pullovers, den ihm seine Töchter geschenkt hatten. Ein Schweißtropfen lief seine Rippen hinab. Wie war es bloß so unerträglich heiß in seinem Haus geworden?

Ken machte noch ein paar Bemerkungen über die Polizei und ihre üblen Angewohnheiten. Rodgers lauschte seinen Kindern vorm Kamin. Sie waren natürlich mit dem Baby beschäftigt. Zum vielleicht hundertsten Mal stellten seine Töchter fest, wie sehr die Kleine Connie ähnelte.

Zuletzt hatten sie sich kurz vor dem Abendessen vor seiner Zimmertür darüber ausgelassen. Das gleiche Knopfkinn und die breite Stirn. War das nicht erstaunlich? Rodgers hatte sich über seinen Schreibtisch gebeugt und das Blut wütend hinter seinen Augen pochen gespürt. Er stellte sich vor, wie er in den Flur hinausstürmte und ihnen erzählte, was er wirklich dachte: dass das Kind mit seinen Hängebacken und den dicken Lippen aussah wie ein kleiner jüdischer Gangster. Dass er beinahe erwartete, eine Zigarre in seinem Mundwinkel hängen zu sehen.

In solchen Momenten wünschte er sich nichts sehnlicher als den Frieden eines leeren Hauses, das Ende der höflichen Bestürzung, die seine Kinder ihm aufzwangen.

Sie erwarteten, dass er sich bald zu ihnen gesellen und seinen Platz am Rand ihres Kreises finden werde: seine beiden Töchter und sein Sohn mit dem Neugeborenen. Aber er wusste, ohne es wirklich wissen zu wollen, dass sie ihn nicht besonders vermissen würden, wenn er hier sitzen bliebe.

Es war nicht so, dass er seine Kinder nicht liebte. Er liebte sie. Überall standen und hingen Fotos, Fotos mit dem richtigen Lächeln, oder beinahe richtig. Aber er hatte sich schon immer von ihren Forderungen nach Liebe überfordert gefühlt, von den rot schreienden Mündern und den verschmierten kleinen Händen, und später von den erwartungsvollen Blicken und dem schmollenden Protest. Nur für Connie verspürte er echte Zuneigung. Und sie hatte die Defizite zwischen ihm und der Welt überbrückt.

Er konnte sie hören, die sanfte Melodie ihrer Stimme, wie sie am Herd stand und einen Beatles-Song summte, den über den *Silver Hammer*. Wäre Connie damals in Newton bei ihm gewesen, sie hätte gewusst, wie die Sache mit Mary Martin geregelt, wie seine Panik gedämpft werden konnte. Er wäre überhaupt nicht bekifft gewesen, wenn sie da gewesen wäre. Oder er wäre gar nicht erst ans Telefon gegangen. Und wenn sie jetzt hier wäre, würde er mit ihr und den Kindern zusammen im Nebenzimmer sitzen. Sie hatte das möglich gemacht, sie hatte ihm Gefühle entlockt, die ihn näher ans Zentrum des Geschehens brachten.

Ken schüttelte den Kopf. »Das ist eine verrückte Geschichte«, sagte er. »Verrückt.«

Rodgers sagte nichts. Er wollte antworten, aber er konnte nicht. Es fühlte sich nicht wie Ertrinken an, eher, als wäre ihm die Luft aus den Lungen gesaugt worden. Er verspürte den Drang, sich den neuen Rollkragenpullover vom Leib zu reißen, weil es ihm das Atmen erleichtern und seine Haut kühlen könnte, doch er schaute nur auf den Tisch in der Hoffnung, dort Wasser zu entdecken.

»Wir sollten vielleicht zu den anderen rübergehen, was?«, sagte Ken.

»Ja, natürlich.«

Der junge Mann stand auf, winkte unbeholfen und ging.

Rodgers hörte abwesend dem Gespräch im Nebenzimmer zu. »Wo warst du denn?«, fragte Rodgers' Sohn Ken, und Ken murmelte etwas, und alle lachten. »Vielleicht sollten wir ihm öfter Wein zu trinken geben«, sagte sein Sohn. Dann diskutierten sie die Pläne für den nächsten Tag. Spätes Frühstück, ein Ausflug zum Nautischen Museum. Das Baby fing an zu weinen und wurde der Mutter zum Stillen gereicht. Eine Weile hörte er nur leises Summen. Er wusste, dass sie seine Abwesenheit besprachen.

Die letzten Monate waren so still gewesen. Die Kinder waren fort, von ihrem hektischen Leben beansprucht und von der Krankheit ihrer Mutter wahrhaftig eingeschüchtert, oder vielleicht auch aus Angst, sich in seine Trauer einzumischen. Das ganze letzte Jahr hatten sie es geschafft, sein Schweigen mit Schweigen zu erwidern. Ihre Gespräche waren steif und ein wenig hohl geblieben. Bisweilen hatte er sich gefragt: Ist das alles, was Vatersein ausmacht, oder habe ich was verpasst?

Connie war schrecklich still gewesen. Den Morgen hatte sie in ihrem Lieblingsschaukelstuhl am Terrassenfenster verbracht, und den Nachmittag schlafend im Arbeitszimmer. Sie bewegte sich vorsichtig, wie jemand, der Schmerzen zu verbergen hofft. Rodgers sah zu, wie sie immer hagerer wurde. In ihrer Gegenwart fühlte er sich klein und kraftlos.

In den schwereren Momenten, zum Beispiel nach einer Behandlung, rückte er ihre Kissen zurecht und sagte die richtigen Worte, aber diese Worte unterstrichen nur die Unnatürlichkeit seiner Bemühungen. Er wusste, wie sehr sie die Sonne liebte, und er verfluchte die grauen Herbsttage, bis ihm die Kehle schmerzte.

Und dann ihr Arbeitszimmer; jener Nachmittag im Arbeitszimmer. Am Tag vorher war es ihr noch recht gut gegangen, sie hatte alle ihre Kartoffeln gegessen und sogar ein oder zwei Bissen vom Hühnchen. Am Morgen hatte er in ihrem Gesicht eine Spur von Farbe entdeckt. Und als er sie dann so fand, reglos und ohne Atem, die Hand an der weißen Wange geballt – da fielen alle Türen bei ihm ins Schloss. Erst die Anrufe und später ein Besuch des Nachbarn brachten sein Leben wieder in Bewegung.

Seine Kinder kamen, eins nach dem anderen, zu ihm in

die Küche, bis er umstellt war. Hier waren sie also, sein lieber Sohn und seine Töchter, und sie fragten ihn, was er denn habe, und ihre Stimmen, die alle gleichzeitig erklangen, hörten sich an wie ein Kinderlied. »Alles-in-Ordnung-alles-in-Ordnung-Dad-was-ist-los-Dad-was-ist-los?« Er versuchte ihnen zu sagen: »Habt keine Angst«, aber er konnte es nicht. Er begriff, dass es seine Rolle als Vater war, Sicherheit und Halt zu geben, wenn die Welle der Trauer sie wie jetzt zu überschwemmen drohte. Aber die Sache mit dem Atem hinderte ihn daran, er hatte seinen Atem verloren.

Um sich zu beruhigen, schloss Rodgers die Augen. Das Baby jammerte und Ken entschuldigte sich und irgendjemand streichelte ihm über den armen alten kahlen Kopf und seine Jüngste, Amy, weinte sogar. Er spürte, wie ihm Hände aufgelegt wurden, ein Paar, dann noch eins, die warmen, klebrigen Finger seiner Kinder. Sie waren gute Kinder, bessere, als er verdiente, denn in ihnen lebte eine Verbindung zu ihr weiter; auf diese Verbindung setzte er seine Hoffnung.

Es gab ein ziemliches Durcheinander, das muss man schon sagen, eine Menge Tränen, eine Menge Lärm, und er spürte, wie seine Kinder sich um ihn scharten, und er hörte das Baby in der Nähe schreien, und er musste die Hände nach der Kleinen ausgestreckt haben, denn jemand legte sie in seinen Schoß. Rodgers öffnete die Augen. Sie sah mit schläfrigen Augen zu ihm hoch, hatte eine winzige Faust aus ihrer Decke befreit und an ihre Wange gedrückt. Rodgers betrachtete die Feinheiten ihres Gesichts und ihrer Hände, richtete sich ein wenig auf und sagte dann leise: »Warum weinen diese verrückten Menschen so viel? Kannst du mir das sagen? Warum weinen alle immer so viel, mein kleines Mädchen?«

# Computer Playboy

Computer Boy kommt zu meiner Kabine geschlendert, weil er mir wegen so einer saudummen E-Mail helfen muss, die mir Phoenix geschickt hat, und nur circa zwei Sekunden später könnte ich ihm schon die Cargo-Hose vom prächtigen Leib reißen und ihm auf der Stelle einen blasen. Er beugt sich über meine Tastatur, tipp-tipp-di-tipp, aus seinen herrlich bescheuerten Koteletten wehen Unmengen billigen Aftershaves, und darunter dieser Hauch von Moschus, der meine Brustwarzen in die Höhe schnellen lässt, und diese Zähne, die ich alle einzeln ablecken möchte, weil sie so verdammt gesund aussehen. Ich hab ihm übrigens schon meinen Stuhl angeboten. Aber den kann er natürlich nicht annehmen. Nein nein nein. Beweg deinen hübschen Hintern nicht von der Stelle, sagt er zu mir, und mein Nachbar Brisby fängt an loszuprusten, und ich denke mir, Herrgott im Himmel, warum muss diese verabscheuungswürdige Kreatur, dieser dämliche Klumpen gut gebauter Männlichkeit, der auch noch (bitte nicht lachen) Lance heißt und den ich im Stillen Lancelot nenne, der Ritter von der prächtigen Lanze, warum muss dieser absolut heiße Leckerbissen so ein Vollidiot sein?

Ich sitze also bloß herum, atme seinen Geruch ein und betrachte seinen unverschämt wohlgestalten Trizeps, wie er sich spannt und entspannt, bemerke die blonden Härchen auf seinen Ohrläppchen, wie winzige Grannen von Gerste, und seinen festen kleinen Hintern, der sich zusammenzieht, als der Computer einen Systemfehler anzeigt. Und das Schlimmste ist, dass er ständig diese Sprüche fallen lässt: Ich müsse ja einiges mit meinem Maschinchen anstellen, und meine zarten Finger würden vielleicht ein bisschen zu energetisch die Tasten streicheln, und auch wenn mich sein Gebrauch des Wortes *energetisch* ein bisschen wundert, kann ich doch nicht ernsthaft mit ihm flirten, ohne mich in Kollege Brisbys Augen total lächerlich zu machen, denn der lacht sich jetzt unverhohlen schlapp in seiner Nachbarkabine. Und ich habe sowieso keine Zeit für so einen Mist; die Deadline droht. Aber das wirklich Schlimmste ist meine lüsterne Phantasie, in der Lancelot mich wie ein Sägeblatt nach hinten biegt, und das darf doch wohl nicht wahr sein, *das darf doch wohl nicht wahr sein.* Ich kann doch wohl nicht scharf auf den Computer Boy werden, wo ich eine Deadline vor Augen habe, das ist sogar für meine Verhältnisse zu abgeschmackt.

Aber jetzt telefoniert Brisby mit seiner Verlobten, zum mindestens zwölften Mal in der letzten Stunde, und Lancey sagt, er muss neu starten, und dann lässt er sich plötzlich herab und *kriecht unter meinen Schreibtisch*, und ich vergesse völlig, meinen Stuhl zurückzurollen, weil ich seinen Rücken anstarren und die Muskelgruppen zählen muss, eine Art Diagramm anlegen, und dann berührt mich was am Knie, sein Handgelenk, nehme ich an, aber Mist, ich habe natürlich Jeans an, denn im Büro sind ungefähr fünf Grad; je heißer es draußen wird, desto kälter stellen sie die Klimaanlage. Und dann stützt sich Lancey auf meinen Spann, wahrscheinlich nur, um nicht umzufallen, und er fängt an, ein bisschen zu drücken und zu tasten, als wollte er meine Maße für ein Paar Pumps nehmen, und ich möchte ihm am liebsten sagen: Hey, Superhirn, wo der Fuß herkommt, gibt's noch eine ganze Wade und einen Oberschenkel dazu! Aber bevor ich etwas sagen kann, dreht er sich um und teilt mir mit, ich hätte *wirklich Klasse*, und ich möchte gleichzeitig laut schreien und die rosa leuchtenden Adern hinter seinen Ohren ablecken, und ich höre Brisby seine Ich-liebe-dich-auch-Mantras murmeln und auflegen, und mein Monitor wird schwarz. Lancey lässt sich auf die Hacken zurückfallen, und die Muskeln spielen unter seinem Hemd, und ich stelle mir vor, wie ich meine Arme um ihn schlinge, das Fleisch seiner Schultern in die Hände nehme, wie seine Schneidezähne, seine – wie ich noch einmal betonen möchte – *unverschämt perfekten Schneidezähne* in mein Schlüsselbein beißen, und ich weiß genau, dass Brisby mich bis in alle Ewigkeit damit aufziehen wird, bis dass der Tod uns scheidet, aber es ist zu spät, ich bin schon halb aus dem Stuhl, wie ein freudig erregtes Hündchen, und meine Knie zittern.

Ähem.

Alles bereit bei dir, sagt Lance. Du musst ihn nur wieder hochfahren. Er beugt sich wieder über meine Schulter. Im Hochfahren kennst du dich doch aus, oder, sagt er. Und ich sag, klar, das Hochfahren ist nicht das Problem, wenn er nur nicht immer wieder abstürzen würde. Und noch bevor Brisby anfängt zu glucksen, bereue ich, mich auf dieses Niveau schlüpfriger Sprüche mit Computer Boy herabgelassen zu haben, und der schenkt mir ein drohendes, billiges Grinsen, was eine entzückende Vertiefung auf seine Wange zaubert, nicht direkt ein Grübchen, eine kleine Delle, ein *Dellchen*, welches er mit seinem nächsten Satz natürlich sofort wieder ruiniert: Vielleicht solltest du mal in mein Büro kommen, dann können wir *daran arbeiten*. Und ich rudere inzwischen zurück, um mich wieder zu fangen, hoffe, dass er einfach verschwindet, und murmele: Ja, und wenn wir die neuen Laptops kriegen, Lance, dann könnte ich vorbeischauen und dir meinen berühmten Laptop Dance zeigen.

Das würde mir gefallen, sagt er, das würde mir sogar *sehr* gefallen, und dann – haltet euch fest – dann *zwinkert* er, und endlich kann ich verächtlich lachen, ein echtes Ho-ho-ho-du-Schwachkopf-hau-ab-und-spiel-mit-deinem-Joystick-Lachen, aber das reicht nicht, um Brisby zu besänftigen, denn kaum ist Computer Boy mit seinem Filetstück von Hintern abgezogen, schickt er mir eine Message: *Und wann krieg ich meinen?* Er meint Laptop Dance, der Arsch.

Was mich wirklich interessiert: Seit wann gibt es diese traurige neue Spezies, den Computerplayboy? Denn noch vor zwei Jahren war der Systemadministrator ein unscheinbarer Furz, der aufgeregt von *mainframes* schwärmte, sich am wohlsten unter seinen Computerkumpeln fühlte und höchstens mal online bei *MacWarehouse* mit geschiedenen Mittvierzigerinnen flirtete. Er besaß zwar eine erbärmliche, nach innen gekehrte Arroganz, weil er genau wusste, dass das ganze Büro von ihm abhängig war, aber im *Grunde* hatte er Angst vor Menschen. Und dann tauchte diese neue Sorte auf, Männer wie Lance, die nicht mehr Systemadministratoren heißen: Sie sind jetzt die Computerjungs, und deshalb können sie auch süß und umgänglich und manchmal, wie Lance, sogar total sexy sein. Sie stolzieren durchs Büro und retten uns digitale Analphabeten, sogar den Herausgeber selbst, dessen Glatze rot wie Salsa wird, wenn sein Mac abstürzt, und der den Boden unter Lances Füßen anbetet, denn ohne Lance *würde sein Cursor stillstehen.* Wenn Lance also nicht den Mädels in der Produktion oder in der Werbung oder sogar dem einzigen Mädel in der Redaktion (mir) nachstellt, wenn er sich also nicht unter seine Untertanen mischt, sitzt er in seinem Büro und plaudert über die Freisprechanlage mit den anderen Computerplayboys, und alle sind furchtbar laut, spielen *Büro-Basketball* gegeneinander und schummeln dabei.

Wie sind die Computerjungs plötzlich zu Rettungsschwimmern geworden? Wie ist der stille und brave Computerfreak zum omnipotenten Computerplayboy und Sexgott mutiert? Brisby und ich haben folgende Theorien entwickelt:

*Computerella*: Die SysAds der Welt haben das sexuelle Potenzial des Softwaremeisters erkannt und sich einer unheimlichen *Fit-for-Fun*-Verwandlung unterzogen – inklusive Gesichtspeeling, Hanteltraining, Rhetorikseminar und neuen Klamotten von *Structure*.

*Trittbrettfahrer mit Klasse*: Da einem schon eine vage Ahnung von computertechnischen Zusammenhängen heutzutage Macht und Reichtum verheißt, haben sich abgebrühte und skrupellose Männer (die sich früher zum Beispiel eher für den Verkauf von Eigentumswohnungen interessierten) dem Studium der Informatik zugewandt.

*Nicht allzu große Erwartungen*: Die Bevölkerung ist so sehr an den schleimigen Autismus des Systemadministrators gewöhnt, dass die Coolness des Computerplayboys oft übersteigert wahrgenommen wird. Oder, wie Brisby sich ausdrückt: Wenn man eigentlich Bill Gates erwartet, sieht Steve Jobs schon wie Brad Pitt aus. Ein verwandtes Phänomen ist der *Außen-brav-innen-scharf-Effekt*: Die Oberfläche des Fachidioten hebt den Sexappeal ironisch hervor. Aus dem gleichen Grund verwandeln sich bebrillte Bibliothekarinnen in Pornos so gerne in willige Nymphomaninnen.

Aber wie weit wird dieser Paradigmenwechsel noch gehen? Was steht uns noch bevor? Computermafiosi? Computer-Supermodels? Computer-Gangsta-Rapper? Wie viel kulturelle Macht wird der Computerplayboy noch an sich reißen, bevor die Leute merken, dass er bloß ein Typ ist, *der mit Maschinen reden kann?* Und konkret: Wieso verfolgen mich Computer Boy und sein Grübchen in allen Tagträumen?

Wir sind alle bei so einem Happy-Hour-Büro-Abend, der die Arbeitsmoral verbessern soll, tatsächlich jedoch – jedenfalls auf Brisby und mich – wie eine Belohnung für ruhiges Verhalten wirkt. Natürlich schleicht sich Brisby, ganz der brave Monogamist, wegen irgendeiner Verpflichtung davon, die ihm seine Verlobte aufgehalst hat, und überlässt mich allein und schutzlos den bösen Büromächten, gegen die ich mich nur mit Alkohol zur Wehr setzen kann, und als dann irgendwas meine Haare berührt, wirbele ich herum wie ein angetrunkenes Schulmädchen und knalle gegen eine Art Baumstamm mit gut gebräunter Haut. Es ist Computer Boy mit seinen Kinozähnen, der sehr träge ein Augenlid schließt, so ein halbes Blinzeln, das ihn wie eine Katze in der Sonne aussehen lässt.

*Ciao bella*, sagt er. Hab ich dich erschreckt?

Ich dachte, du wärst eine Fliege, sage ich.

Bin ich ja vielleicht. Eine Spanische Fliege.

Oh bitte nicht, sage ich. Geh zum Zauberer und lass dir ein Hirn schenken.

Und das sollte ihm doch das Maul stopfen, denkt man, aber nein, er redet weiter, irgendeinen albernen Scheiß über was weiß ich, Herrgott, *irgendwas*.

Was ist mit deinem Fanclub los?, frage ich. Die letzte halbe Stunde hat Marcie, die Schlampe aus der Herstellung, ihm ihre Körbchen (Größe C) ins Gesicht geschoben, und während ich mich jetzt mit ihm unterhalte, senden ihre Augen mir von gegenüber »Finger weg von meinem Kerl«-Todesstrahlen, und das macht die Sache noch erbärmlicher, denn ich kann doch nicht ernsthaft mit einer Frau konkurrieren, die in ihrem Lebenslauf unter *Weitere Kenntnisse* Brustwarzen-Piercing angibt.

Was trinkst du, fragt er.

G&T.

Er schüttelt seinen hübschen, hohlen Schädel.

Gin, sage ich langsam, und Tonic.

Gin, sagt er. Weckt der Gin die Sünderin?

Um ehrlich zu sein, weckt er den Wunsch, dich einen Kopf kürzer zu machen. Macht mich das zur Sünderin? Oder eher zur Wohltäterin der Menschheit?

Aber der gute alte Lancey gibt nicht so schnell auf. Er stellt eine Frage nach der anderen. Als hätte er mal irgendwo gelesen: Stell möglichst viele Fragen. Die Mädels stehen drauf, dass du dich für ihr Leben interessierst. Wann habe ich bei der Zeitung angefangen? Wie bin ich zum Journalismus gekommen? Wo wohne ich? Man merkt, dass er nicht richtig zuhört, ich allerdings der Drinks wegen auch nicht.

Dann fängt er an, mein Haar anzufassen, spielt damit rum, und ich sage ihm, er soll das lassen, wenn auch nicht sehr überzeugend. Er lässt die Lider wieder ein wenig sinken, und er sieht mich mit gespielter Reue an, aber so, dass ich nicht so sehr sein falsches Schuldbewusstsein bemerke, sondern die beiden Muskelstränge, die an seinem Hals vorstehen, beinahe wie Kiemen. Mein Gott, trainiert Lancey sogar seine Halsmuskeln? Hat er ein spezielles Halsprogramm im Fitnesscenter? Es durchzuckt mich wie ein Blitz (ich möchte es allerdings nicht als Epiphanie bezeichnen), dass er wahrscheinlich meinen ganzen (nackten) Körper allein mit dem Hals stemmen könnte. Ich könnte mich direkt auf sein Gesicht setzen, auf seine feuchten weißen Zähne, und er könnte mich hochstemmen.

Ich schaue mich hilflos nach Brisby oder sonst jemandem aus der Redaktion um, mit dem ich dieses Gefühl wegkichern könnte. Aber es sind bloß noch die Lüstlinge aus der Anzeigenabteilung da mit ihrem Vertretergrinsen, und der Abschaum aus der Herstellung. Marcie? Wo zum Teufel ist Marcie?

Computer Boy macht sich zum Sprung bereit und rückt näher, sein Atem riecht nach *White Russians* süß, milchig und alkoholisch, und dann sein widerliches Aftershave/Deo, und sein herrlicher Adamsapfel verschwindet beim Schlucken. Doch kurz bevor ich mich vom Strom einfältiger Emotionen davontragen lasse, wirft mir mein kleiner innerer Tugendwächter eine Rettungsleine zu, und ich sage: Wie alt bist du? Sag mir, wie alt du bist.

Was *glaubst* du, wie alt ich bin?

Keine Ahnung, Lance. Sieben?

Siebenundzwanzig, sagt er. Im Dezember. Wieso, wie alt bist du?

Ich meine, wie kann man in unserem Kulturkreis siebenundzwanzig Jahre alt werden, ohne zu begreifen, dass *das* eine ganz schlechte Frage ist? Wie ist das möglich?

Wo wohnst du?, frage ich.

Diese Frage scheint ihn zu beunruhigen. Er fährt sich mit der Hand durchs knisternde Haar und zeigt mir dabei seinen Bizeps, auf dem sich zwei Adern kreuzen wie Landstraßen auf einer Karte. Er hofft, mich damit so zu fesseln, dass ich die Frage vergesse.

Hier in der Nähe, sagt er und deutet vage in eine Richtung.

Tatsächlich? Ich beiße in meine Zitronenscheibe. Wo?

Jetzt lehnt er sich zurück, sehr viel unsicherer, nimmt meine Haare zwischen Daumen und Zeigefinger, als würde er den Stoff eines Anzugs prüfen. Ja, sagt er, ich hab ein kleines Zimmer gleich hinter der Bar. Echt cool. Muss mir nie Gedanken wegen Trunkenheit am Steuer machen.

Der Spruch ist so lahm, dass ich beinahe für ihn hoffe, er spreche auf der Stelle in einer fremden Sprache. Und dann dämmert es mir, fällt mir wie Schuppen von den Augen, oder eher wie ein Ziegel auf den Schädel: Lancey wohnt noch bei seinen Eltern. Ein Nesthocker von siebenundzwanzig Jahren. Computer Boy zwängt seinen muskulösen Körper auf ein schmales Jugendbett, an der Wand hängen Cindy-Crawford-Poster, auf dem Kleiderschrank liegt ein Zauberwürfel, und seine Mutter kommt ohne anzuklopfen ins Zimmer, mit seiner gewaschenen, zusammengelegten Unterwäsche, und sie kocht ihm Makkaroni mit Käse, und sein Vater ruft, er soll den Müll rausbringen. Nur die immense Trostlosigkeit dieser Erkenntnis rettet mich vor dem widerstreitenden Verlangen, an seinen Lippen zu knabbern, doch bevor ich das tun kann, fährt Gott sei Dank Marcie dazwischen, pikiert und gepierct, und ich husche zur Toilette, bevor es zum Austausch von Zickigkeiten kommen kann, lausche, wie meine Blase sich von Gin und Tonic leert, und frage mich, warum Brisby nicht wenigstens lange genug bleiben konnte, um mich vor mir selbst zu retten.

Ich rede mit Gala über den Schlamassel, denn sie kennt meine Lage, die ganzen hoffnungsvollen Geschichten, *wirklich ein netter Typ, zum Abschied hat er mich geküsst*, und ich sage, jetzt kann ich ihn doch unmöglich ranlassen, oder? Oder, Gala? Wenn er noch zu Hause wohnt?

Wieso nicht?, fragt sie.

Weil, na ja, so sind doch die Regeln, oder? Hatten wir nicht so eine Regel?

Obwohl Gala meine allerbeste Freundin ist, sollte ich sie im Moment vielleicht nicht in solchen Angelegenheiten um Rat fragen, weil sie vor fünf Monaten ihren Mann beim Fremdgehen erwischt und rausgeschmissen hat, und jetzt ist ihr Weltbild ein bisschen aus dem Lot geraten. Früher hat sie mir strenge Vorträge gehalten, dass ich meinen Körper nicht wie einen Wischlappen behandeln soll; er gehöre mir, ich solle stolz auf ihn sein und so weiter. Jetzt fragt sie bloß: Was willst du denn gern?

Ich will ihn bis zur Ohnmacht ficken, sage ich. Oh Gott, Gala, du kannst es dir nicht vorstellen. Heute bin ich in der Mittagspause an seinem Büro vorbeigegangen, und da saß er auf dem Fußboden, um ihn herum lauter Ersatzteile, einen großen Schraubenzieher in der Hand, und diese Unterarme …

Ein Handarbeiter, sagt Gala.

Ein Handarbeiter, der bei seinen Eltern wohnt.

Das weißt du doch gar nicht.

Deshalb benimmt er sich doch wie ein Hengst, sage ich. *Überkompensation.*

Vielleicht ist er aber auch ein Hengst. Vielleicht ist er gut bestückt, sagt Gala.

Also wirklich: Wie sind wir von *Wischlappen* zu *gut bestückt* gelangt?

Ruf ihn an, sagt Gala. Ihr habt doch eine Telefonliste, oder? Ruf ihn einfach an.

Und wenn seine Mutter drangeht? Was soll ich dann sagen? Hallo, Ma'am, Sie kennen mich zwar nicht, aber ich möchte Ihrem Sohn die Eiern lecken; wann wird er wohl nach Hause kommen?

Bei ihr knallt eine Tür, es ist mein Patensohn Justin (der so süß ist, dass ich ihn am liebsten verspeisen würde, wenn seine Mutter nicht hinsieht), der heulend reinkommt. Gala entschuldigt sich eine Sekunde und schreit Justin an, er soll bitte ins andere Zimmer gehen, Mama telefoniert gerade, und ich fühle mich dabei wie die verdorbene Tante.

Mit Computern kommt er ja sehr gut klar, sage ich, also muss er doch so was wie Intelligenz besitzen, oder? Außerdem war ich doch selbst immer so eine Art Freak, stimmt's, Gal? In der Schule, war ich da nicht auch immer so ein Freak?

Aber jetzt rastet Justin völlig aus und schreit irgendwas von Pizza, bei Daddy kriegt er immer Pizza, er will Pizza. Er benimmt sich so sehr wie ein kleiner *Mann*, dass ich am liebsten laut loslachen würde, tatsächlich muss ich aber ein bisschen heulen, weil ich daran denke, wie Gala im Brautkleid aussah, wie sie John beim ersten Tanz ansah, so träumerisch und vertrauensselig, dass die anderen Brautjungfern und ich unsere Herzen klopfen hören konnten. Ich weiß, dass die Ehe kein Puddingschlecken ist, aber irgendwann wird dir klar, dass sie besser ist als das ständige Um-die-Häuser-Ziehen, mit dem großen scharlachroten *L* wie Ledig auf der Brust. Sich mit Männern einlassen, die entweder richtige Schweine sind oder sensible Typen, was bloß bedeutet, dass ihr verkommener frauenfeindlicher Kern ein bisschen besser versteckt ist, man tiefer danach graben muss, bis man morgens in irgendeinem lausigen Diner frühstückt, nach einer Nacht mit wildem, wütendem Sex, wenigstens haben wir immer noch Sex, oder auch überhaupt keinen Sex mehr, und du willst ihn fragen: *Und was ist mit dem Rest passiert, den wir gemeinsam hatten?* Aber er starrt auf seinen Teller, zerhackt einen Pfannkuchen, und sein Gesicht zwinkert leblos wie ein Cursor, und dir bleibt nur, ihn um den Sirup zu bitten.

Aber leider ist es noch schlimmer, denn vielleicht liegt es gar nicht an ihnen. Vielleicht liegt es an mir. Vielleicht mach ich alles kaputt, verlange zu viel, brauche zu viel, werde zu wütend, weinerlich, launisch. Vielleicht bin ich in Wahrheit gar nicht liebenswert, und ich stürze in einen dieser Augenblicke, wo man alles sieht, was man niemals kriegen wird – den Mann, das Kleid, den einen Tanz –, und Justin heult immer noch, und Gala sagt, sie muss Schluss machen, also lege ich auf.

Brisby und ich wollen zusammen Tacos essen gehen, aber der Aufzug braucht Stunden, und das ganze Büro liegt unter einer spätnachmittäglichen Glocke der Unzufriedenheit, abgesehen von Computer Boy, den wir lachen hören, so ein unechtes Maschinengewehrlachen – *chh-chh-chh* –, wie es die Rock-DJs im Radio immer draufhaben. Brisby schaut mich an, und wir driften in Richtung seines mit Tittenbildern geschmückten Büros. Wir lauschen nicht wirklich, denn er brüllt ohnehin laut genug: *Ist nicht wahr, Alter! Ihr Arsch war echt geil. Und hast du ihre Maße genommen? Scheiße, du lügst doch! Pilze? Chh-chh-chh. Alter, ich an deiner Stelle würde das Zeug sofort in die Reinigung schleppen! Moment, wo hast du das gefunden? In der Spalte? Auskochen, Alter! Domestos drauf! Chh-chh-chh. Ernsthaft, Alter. Davon wird man blind. Kein Scheiß. Penicillin, Alter. Penis chillen. Chh-chh-chh.*

Und das Erstaunliche daran ist nicht so sehr, dass jemand, der seit fast drei Jahrzehnten am Leben ist, noch so redet (obwohl das erstaunlich genug ist), sondern dass es immer so weitergeht, dieser postpubertäre Jungsquatsch, der nach einer Weile nicht mehr abstoßend, eher traurig wirkt, Zeugnis der tief sitzenden, einsamen Wut des Computerplayboys.

Im Aufzug bringen Brisby und ich nicht mehr heraus als: *Wow*.

Ich versuche beim Essen ein paar *Chh-chh-chhs* einzustreuen, aber Brisby will über seine Verlobte reden, die ich zwei Mal gesehen habe und die ganz okay ist, auf natürliche, gesunde, zurückhaltende Weise hübsch, vielleicht ein bisschen verklemmt. Sie möchte, dass Brisby vor der Trauung einen Kurs besucht, so ihre neuste Idee, und zwar bei ihrem Pfarrer. (Sie hat einen Pfarrer!) Das wird sie einander näher bringen, meint sie, aber ich bin mir nicht so sicher, denn Brisby ist eigentlich kein Kirchentyp. Selbst nach dem Schlaganfall seiner Mutter, als er aus Dallas hierher zurückziehen musste, hat er nicht von Gottes unerforschlichen Wegen oder ähnlichem Mist angefangen. Er meinte einfach: Soll ich sie etwa in ihrer Spucke ertrinken lassen?

Aber jetzt sieht er mich an, der arme Kerl, als müsste ich ihm sagen, was er tun soll. Plötzlich werde ich nervös. Hast du die Maße des Pfarrers?, frage ich.

Brisby setzt seine Politkommentatorenmiene auf, die er sonst für Telefongespräche mit hohen Tieren reserviert, und eine Sekunde lang fürchte ich, dass er stocksauer auf mich ist.

Jedenfalls hat er im Moment keine Pilze, sagt er. Das weiß ich sicher.

Und sein Penis? Kann er seinen Penis chillen?

Scheiße. Brisby schlägt sich an die Stirn. Das habe ich vergessen zu fragen.

Und wie wir da so unsere Tacos verspeisen, saure Sahne auf den Lippen und scharfe Soße in der Kehle, da bin ich so froh, dass Brisby hier ist, ein Freund ist. Dass wir beide Computer Boy zugehört haben und Brisby mir vielleicht keine moralische Stütze sein kann, aber doch einen Vorgeschmack auf die Scham gibt, die ich nach einer Nummer mit ihm empfinden würde.

⋆ ⋆ ⋆

Dann ist Halloween, und die Zeitung schmeißt eine dieser typischen Kostümpartys, um Anzeigenkunden zu ködern, Teilnahme verbindlich. Ich denke mir, was soll's, es ist Samstag, ich werde auch nicht jünger, und gehe als Lolita: Kniestrümpfe, Faltenrock, zwei Zöpfe, und alle männlichen Wesen des Planeten heulen mich an wie den Mond; irgendwie scheint die Aussicht auf Sex mit einer Minderjährigen die Spermaproduktion zu vervielfachen.

Jede Menge Alkohol, ganz anständige Shrimps-Häppchen und ein DJ, der gar nicht so übel ist. Sie haben einen kleinen Club mit einer winzigen tiefer gelegten Tanzfläche gemietet, das *Sub Rosa*, und sämtliche Mädels, mich eingeschlossen, schütteln dort alles, was sie haben, sobald sich die Chefetage verabschiedet hat, und grölen bei »Got To Be Real« und »I Will Survive« mit. Die Trottel aus der Finanzabteilung stehen drum herum und feuern uns an. Und dann wird es tatsächlich ein bisschen sexy und schweißtreibend, der Moment, wo Computer Boy seinen großen Auftritt hat. Er trägt so ein Kostüm, halb Zorro, halb Liberace, schwarze Augenmaske, Ringe an den Fingern, ein strassbesetztes Cape, das er beim Posieren auf der Tanzfläche herumschwingt, und alles jubelt, und wir ungezogenen Mädels reißen ihm das Cape weg, und darunter trägt er nichts als eine weiße Lederweste und einen dazu passenden *Tanga*, und da sieht man seine Lanze in voller Pracht, Männchen machend wie ein freudig erregtes Hündchen. Jetzt wird alles klar: Er ist eine Schwuchtel. Ein selbstverliebter, Eisen pumpender Waschbrettbauch-Homo. Perfekt.

Dann taucht sein Date auf, Marcie die Herstellungsschlampe, im knappen Mieder, aus dem ihre Titten quellen, fingerdick blauer Lidschatten, die pure Dreistigkeit. Was für ein Paar: wie die *Rocky Horror Picture Show* ohne Gesang.

Aber was soll's! Die Musik ist okay, der Gin hat genug alberne Stimmung verbreitet, und mir macht es richtig Spaß, mich sexy zu fühlen, was durch die Sprüche der Kerle nur verstärkt wird, die mich fragen, ob ich ein unartiges Mädchen bin und ob ich Züchtigung brauche, und mir unter den Rock fassen und meine Haare anstarren, als wären sie vom Himmel gefallen. Will sagen, wie viele solcher Nächte sind einem schon vergönnt?

Ich spüre, dass Brisby mich vom anderen Ende des Clubs aus beobachtet, wo er mit seiner Verlobten in den restlichen Häppchen herumstochert. Sie haben beide Sträflingskleidung an, alberne kleine Hütchen auf und sind mit einer kleinen Plastikkette mit Kugel aneinander gekettet (alles klar?), und ganz offensichtlich hat Fräulein Pastorentochter einen ihrer schlechteren Tage und will bloß raus hier, weg von dieser verdorbenen Gesellschaft, und auch wenn Brisby wahrscheinlich der letzte Rettungsanker ist, der mich vor atemberaubenden Dummheiten bewahren könnte, sollen sie sich von mir aus davonmachen, in ihr blutleeres Heim, und uns unserer Wollust überlassen. Vor allem gefällt mir Brisbys Blick nicht: schmollend, aber selbstgerecht, und ich möchte am liebsten hingehen und ihm eine scheuern, aber bevor ich so weit komme, ist er verschwunden. Na klar.

Ich wende mich wieder der Party zu, und Lancelot steht vor mir und fängt ausgelassen an zu tanzen, wie die Jungs in den Ganzkörperanzügen in der Pentium-Chip-Werbung. Schon irgendwie sexy, aber auch ein bisschen spastisch, vor allem gut geeignet, um ein Opfer in die

Enge zu treiben. Er schiebt mich mit seinem verdammt beeindruckenden Schwanz in eine dunkle Ecke, weg von der Tanzfläche, aber immer noch vor aller Augen, und ich spüre, wie meine Zunge vom Alkohol schwer wird und mein Widerstand sich in Pudding verwandelt.

Wo ist denn dein Date?, frage ich lahm.

Er sieht sich um. Wer? Marcie? Ja, sieht echt cool aus, oder?

Sehr professionell, sage ich. Und nach Geschlechtskrankheiten.

Ich sehe deine bessere Hälfte auch nicht, sagt er. Wie heißt er noch? Bixby?

Und ich muss beinahe lachen, denn Lancey denkt offenbar, wir wären zusammen, so wenig checkt er. Aber bevor ich einen dummen Spruch anbringen kann, macht er einen Schritt auf mich zu und, na ja, schmiegt sich an mich.

Du bist cool, sagt er. Weißt du das? Ich mag dich.

Eine Sekunde lang trete ich gedanklich beiseite und schaue mir die hirnlose Kreatur in ihrem sehr knappen Lederhöschen an: Wo sind bloß Feingefühl, Zurückhaltung, die Kunst der Eroberung geblieben, der zarte, raffinierte Tanz gezügelten Verlangens? Dann beugt sich Lancelot vor und presst seinen Mund auf meinen, und seine Lippen sind weich und innen feucht, und ich schmecke das Atemspray des Computerplayboys, als er sich in meinen Mund vorarbeitet und sein Körper sich warm und fest an meinem reibt. Wir fangen an rumzumachen, vor fast aller Augen, und Simsalabim habe ich mich vom Frühreifen Katholischen Schulmädchen in die Büroschlampe verwandelt, und mehr noch, ich bin *froh* darüber, weil ich die komplexen Stränge seiner Rückenmuskeln spüren kann, seine Schenkel, sein seidiges Achselhaar, und ich merke, dass dieses Erlebnis einerseits völlig bescheuert ist, andererseits aber auch absolut perfekt, wie im Film, all unsere Unterschiede ergänzen sich plötzlich, und alle sagen: Ach ja, klar, warum ist uns das nicht gleich aufgefallen? Sie sind *Seelenverwandte*. Wohingegen sie im richtigen Leben sagen: *Wo* hast du dich von ihm hinfassen lassen?

In Computer Boys sehnigen Armen lasse ich bereitwillig die Vorstellung vom vollkommenen Mann fahren, von einem, mit dem ich über alles reden kann, denn irgendwie wird Reden doch meist überbewertet. Ist Reden nicht bloß Teil einer romantischen Idee, die sowieso nie funktioniert? Und außerdem könnte ich ja Computersprech lernen, die ganzen Einsen und Nullen, und vielleicht könnte ich Lance sogar beibringen, mit geschlossenem Mund zu rülpsen und nicht mehr ganz so oft *Schnalle* zu sagen, und Kinder würden ihn schließlich auch reifen lassen; ich spüre, dass er ein guter Vater wäre, ich merke schon, wie sehr er auf die Mutterrolle steht, denn er knetet meine Hüften, als wären wir bei der Schwangerschaftsgymnastik.

Dann macht es laut *Plopp* und knackt elektrisch, die Musik verstummt, und der ganze Saal dreht sich zu uns um, als hätten wir mit unserem Gefummel die Anlage zum Schweigen gebracht, und tatsächlich ... dieser kleine Vorsprung, auf den ich mein Becken gestützt habe, war wohl ein Stecker, nein, gar der Hauptstecker von DJ Dennis' (DJ Dennis?) verdächtig nach Karaoke aussehender *DK2 Partymaster* Anlage.

Schlimm genug, sich jetzt wieder in die Mitte der schrumpfenden Partygemeinde zu begeben, aber der gute alte Lancelot entblödet sich nicht, Danke für den Tanz, Baby! zu rufen, bevor er sich und seine *vor Erregung schwellende Männlichkeit* hinterm Häppchentisch versteckt.

Das einzig Positive ist: Marcie, die Herstellungsschlampe, hat Ecstasy genommen, weshalb sie mir nichts Schlimmeres antun kann als eine heftige Umarmung und das Angebot, meine Nasenscheidewand zu durchlöchern.

Ich schlüpfe nach draußen, in die schmuddelig kalte Luft. Alle sehen mir nach: das alternde Flittchen aus der Redaktion, und wäre ich noch betrunken, würde ich das als Verbesserung gegenüber Alternde Tussi aus der Redaktion betrachten, aber der Alkohol hat meine Blutbahn schon wieder verlassen und steigt dampfend aus meinen Poren, und der Parkplatz ist leer, und ich gehe allein nach Hause.

Ich will mir keine Gedanken darüber machen, was alle anderen von mir halten, denn darum geht es gar nicht. Ich mache mir Gedanken darüber, was *ich* von mir halte, was aus mir geworden ist, warum ich die wertvollen Jahre, die in meiner Vorstellung immer mit einem guten Mann und ein oder zwei kleinen Kindern verbunden waren, damit verbringe, einem Schleimer aus Gaga-Land hinterherzuschmachten.

Ein roter Toyota Tercel rast auf den Parkplatz, komisch, Brisby fährt einen roten Tercel, und dann springt Brisby selbst aus dem Wagen, immer noch in seiner Knacki-Kluft, geht auf den Club zu und sieht seltsam missgelaunt aus, die kleine Plastikkugel schleift auf dem Boden hinter ihm her. Er muss irgendwas vergessen haben, Schlüssel oder Brieftasche. Er vergisst ständig irgendwas. Eine Minute später kommt er wieder raus, und ich verstecke mich hinter einer Art Säule, aber ich höre ihn über den Parkplatz schlurfen und stelle mir seinen komischen Gang vor, die zusammengekniffenen Mundwinkel, die Enttäuschung in seinen Augen, und das allein bringt mich schon zum Heulen. Als er auf meiner Höhe ist, falle ich in seine Arme und schluchze, tut mir Leid. Tut mir Leid. Ich kann nichts dafür, dass ich auf Computer Boy reingefallen bin. Ich wollte ja gar nicht, aber er ist so süß, und er mag mich, und ich werde auch nicht jünger, Bris. Ich bin dreiunddreißig Jahre alt, Scheiße, weißt du das? Und außerdem, außerdem warst du nicht da. Du solltest mich doch retten. Du solltest mich doch von Dummheiten abhalten. Was sollte ich ohne dich machen?

Ich weiß nicht, wie viel man davon verstehen kann, denn mein Kopf liegt auf seiner Brust, und ich klinge total verrotzt. Brisby legt seine Arme um mich und sagt, *Sssch*, alles okay, und streicht mir übers Haar. Ich habe mir Sorgen um dich gemacht. Das ist alles. Du hast ganz schön viel getrunken.

Dann lässt er mich heulen, bis ich mich ausgeheult habe.

Vielleicht können wir irgendwo einen Kaffee trinken, sagt er schließlich. Okay?

Und das ist so eine liebe Geste, genau das, was ich will. Einfach mit Brisby dasitzen und nüchtern werden und dummes Zeug reden. Was ist mit Christine?, frage ich. Wartet sie nicht auf dich?

Brisby schaut einen Moment nach unten, schüttelt den Kopf. Mach dir keine Gedanken.

Alles klar?, frage ich.

Und ich merke, dass *er* jetzt um Haltung ringen muss. Er greift nach der Plastikkette um seinen Knöchel. Was für ein dämliches Kostüm, sagt er. Ich hätte als Oskar aus der Mülltonne gehen sollen, was ich eigentlich vorhatte.

In den Streifen wirkst du größer, sage ich.

Wahrscheinlich. War nicht meine Idee.

Er hält mich immer noch locker in den Armen, aber nicht zu locker, und ich denke die ganze Zeit darüber nach, dass es eigentlich doch irgendwie blöd sein muss, wie wir uns berühren, weil wir so gute Kumpel sind. Und dann tut Brisby etwas Wunderbares. Er hebt mein Kinn mit Daumen und Zeigefinger, drückt seine Lippen auf meine Stirn, lässt sie eine Minute dort, atmet durch die Nase. Ich weiß nicht genau, was das bedeutet; dass Brisby mich im Arm hält und es nicht blöd ist, dass er mich hält und *Sssch* sagt, dass sein Atem durch mein Haar streicht, dass wir beide einen Kaffee trinken gehen, um zu reden, dass wir aber noch nicht reden, einfach nur schwankend auf diesem leeren Parkplatz stehen, und das ist alles.

# Die letzten Junggesellentage des Don Viktor Potapenko

Der Don hatte einen schlechten Lauf. Man konnte es schon an seinem Gang sehen. »Wie'n Leierkastenmann«, sagte Peck, der verbitterte Barkeeper. »Wie'n Typ, der 'nen beschissenen Affen hält.« Peck führte hinter der Theke ein Tänzchen auf. Niemand sah hin. »Was hat er je geleistet?«, fragte Peck. »Kannst du mir das verraten?«

So schlimm war es nicht, obwohl – eigentlich schon.

Das Markenzeichen des Don war seine Geschmeidigkeit. Punkt zehn glitt er in die Bar, schnippte sich eine Kippe von der Handfläche auf die Unterlippe, wo er sie einen Augenblick hängen ließ, während er mit der anderen Hand ein Zinnfeuerzeug aus seinem Cape fischte, die Flamme an die Zigarette hielt und schön langsam einatmete. Dann blies er den Rauch wieder aus und kratzte sich über den Schnurrbart, der rechts und links am Kinn entlangwuchs. Er sah leicht melancholisch, aber lässig aus, wie ein Mann, der die Lage im Griff hat, bei dem die Leute Schlange stehen auf der Suche nach Antworten, die nur er geben kann.

Ich verehrte den Don, seinen Stil, seinen Glauben an Stil, den Teil seines Wesens, den man scheinbar nicht unterkriegen konnte. Er bestellte immer Cuba Libre, und wenn er draußen auf der Promenade einen schlechten Tag gehabt hatte, Whiskey Sour. Er konnte tanzen, jeden Schritt, den man sich denken konnte, und er wusste mit

Frauen umzugehen. Oder er tat so als ob, was für mich damals das Gleiche war.

»Was läuft?«, wollte er wissen.

Und ich sagte es ihm: die schmollende Blondine, die an ihrem Barhocker klebte, seit sie sich mit ihrem Freund gestritten hatte, die beiden Krankenschwestern, die ihre Schicht hinunterspülten, die Touristin in Sandalen, die versonnen in ihren Manhattan starrte.

»Wer will meine Lippen spüren?«, pflegte der Don zu fragen. »Wer will die Lippen des Don spüren?«

»Die Blondine?«

»Die Krankenschwester mit dem großen Hintern. Die Krankenschwester mit dem großen Hintern. Denk dran, Pancho: Nicht die Hübscheste. Die mit dem meisten Sex. Ist ein echtes Mysterium«, erklärte er mir, »aber die will es wirklich. Schau dir an, wie sie die Flasche hält. Die Flasche ist wie mein Schwanz, klar? Nicht so dick wie mein Schwanz, klar? Aber die Richtung.«

Ich starrte die dralle Krankenschwester an, die an ihrem Heineken hing, und versuchte sie mir in einer lächerlich hingebungsvollen Haltung vorzustellen.

»Gib's zu«, sagte er. »Es liegt auf der Hand.«

Aber jetzt waren die Rumänen das Problem. Sie wollten, dass er aus Einbürgerungsgründen eine ihrer Cousinen heiratete, sagte der Don. Sie war ein zitterndes kleines Ding, kaum größer als ein Streichholz, und ihr Hut sah aus wie ein Lampenschirm mit Troddeln. Eines Tages schoben sie sie in die Bar wie ein Päckchen, das sie gern loswerden wollten. Der Don machte sich durch den Hinterausgang davon.

Die Männer waren ein paar Mal wiedergekommen. In ihren Ledersakkos wirkten sie wie Springmesser. Sie bestellten Drinks und versuchten gelassen auszusehen, drückten die Handballen auf die Theke, behielten die Uhr im Auge und machten Witze. Dann schmissen sie ihre Gläser auf den Boden und warfen Peck Geld zu.

»Verdammte Romas«, sagte Peck. »Verdammte rumänische Tomatenfresser.« Aber nicht zu laut. Der Barbesitzer war ebenfalls Rumäne.

»Hey, Busboy«, sagte Peck. »Schieb deinen faulen Arsch hier rüber. Und bring deine Freundin mit, den Besen.«

Das war ich. Der Busboy. Der Abräumer.

Natürlich war die Situation Gift für den Don, für seinen Stil, für seine Geschäfte. »Was soll das für ein Plan sein?«, fragte er. »Verfolgen mich wie einen Verbrecher.«

»Bist du doch«, sagte Peck.

»Und sie haben wirklich ihre Gläser zerschmissen?«

»Klirr«, sagte Peck. »Schepper.«

Der Don nahm einen Schluck Cuba Libre. Braune Tropfen hingen in seinem Schnauzer. »Meinst du, deshalb fang ich an zu schlottern? Meinst du das?«

Peck war fertig mit dem Verdünnen des Wodkas und fummelte am Nippel der Flasche herum. Manchmal ertappte ich ihn nach Feierabend dabei, wie er an ihnen lutschte; nicht wegen des Alkohols, bloß wegen des Gefühls. Rund um seinen Mund blühten Bläschen, rot wie Kirschdrops. Er konnte nicht für fünf Cent zuhören. Er war Barkeeper geworden, weil sein Vorgänger mit einem Messer auf Scoonie, einen Stammgast, losgegangen war. Davor war Peck Busboy gewesen.

»Meinst du, deshalb fang ich an zu schlottern?«, fragte der Don wieder.

»Wie 'n gezinkter Würfel«, sagte Peck. »Klar.«

»Willst du 'n Zehner drauf wetten?«

»Mach 'n Zwanziger draus.«

Der Don verzog kurz das Gesicht und legte einen nach

Zwiebeln riechenden Zwanziger auf die Theke. Er zog einen Beutel aus Aalhaut hervor, der mit den Buchstaben DVP verziert war – Peck behauptete, er habe ihn einem demokratischen Senator aus Vermont abgenommen, der auf Wahlkampftour war. Er stellte einen Rasierspiegel auf die Bar und ordnete seinen Schnauzer mit einem zierlichen Kamm, als wollte er Krümel ausbürsten. Dann strich er mit dem kleinen Finger etwas Bienenwachs aus einer Dose auf die buschigen Augenbrauen. Seine Bewegungen waren flüssig, wie bei einem abergläubischen Ritual.

»Es kommt drauf an, wie man im Profil aussieht«, sagte er zu seinem Spiegelbild. »Wer du bist, was du an dir hast: Sex aus allen Poren. Was kann sie schon tun? Sie hat keine Wahl, Don. Sie will deine Lippen. Lass sie. Gib sie ihr.«

Und fort segelte der Don, von der eigenen Brise getragen, fort von Peck und auf seine Erwählte zu: eine sonnenverbrannte Frau aus dem Mittelwesten mit krausen roten Haaren. Sie trug ein Sommerkleid und einen fliederfarbenen BH, dessen Träger wie ein Holster um ihre runden Schultern lagen. Der Don nannte diesen Typ Frau eine echte *Minerva*. Er verbeugte sich, bevor er Platz nahm, und lächelte. (Peck hasste vor allem die Zähne des Don; seine eigenen sahen aus wie vertrocknete Zitronenkerne.)

Sie unterhielten sich eine Weile, meist redete der Don, stellte Fragen, wie es seine Art war, mit von geteiltem Kummer hängenden Augenlidern und geschürzten Lippen, die Mitgefühl ausdrückten. Er zündete ihre Menthol 100er an und erzählte ihr, dass der Laden mal Meyer Lansky gehört habe, dass im Hinterzimmer eine Delle in der Wand sei, wo der große Gangster persönlich nach einem Besuch der Steuerfahnder gegen den Putz getreten habe.

Leider saß ihm die Angst vor den Rumänen im Nacken. Jedes Mal, wenn die Tür aufschwang, verlor er den Faden, sein Verführungszauber verflog und seine Hände zitterten wie nervöse Kaninchen. Er kam zur Theke und holte sich seinen dritten Drink. Hinter ihm stand Minerva plötzlich auf und schloss ihre Handtasche.

Peck setzte sein abstoßendes Lächeln auf. »Kleiner Hinweis«, sagte er. »Du verlierst gerade.«

Der Don versuchte ungeheuer gelangweilt auszusehen. »Schwester Sapphos«, sagte er, als sie ihren hübschen Hintern nach draußen schwang. »Von der Insel Lesbos.«

»Willst du mir erzählen, dass sie eine Lesbe ist?« Peck lachte, und es klang wie Fingernägel auf Blech. Er ließ den Zwanziger des Don verschwinden. »Plus zehn fünfzig für die Drinks, Casanova.«

Die Tür ging auf, und der Don, der bemüht war, seine Haare in Form zu bringen, erstarrte in der Haltung eines Mannes, der Shampoo in den Augen hat. Herein kam Balanchine, einer der Quartalssäufer.

Peck lachte wieder. »Jetzt guck dir den Kerl an. Sieht aus wie 'n Geist, der 'n andern Geist gesehen hat. 'N größeren Geist.«

Es fiel mir schwer, das mit ansehen zu müssen: wie die Angst den Don aus dem Gleichgewicht brachte. Ich fand, er müsse über Angst erhaben sein.

»Was ist passiert?«, fragte Scoonie. »Du hattest sie doch am Haken.«

»Ich habe ihr gesagt, dass sie rauchig und süß duftet. Wie geräucherter Schinken.«

»Kleiner Hinweis«, sagte Peck. »Vergleiche eine Frau nie mit Schweinefleisch.«

»Jeder mag Schinken«, sagte der Don leise. »Zeig mir jemanden, der keinen Schinken mag.«

»Dumm«, sagte Peck. »Dummer Don. Frag deinen Fan.«

Ich zählte gerade Zitronen – eine der vielen hirnlosen Aufgaben, die Peck mir zuzuweisen beliebte.

Der Don sagte: »Was weißt du denn, Pancho?«.

Was *wusste* ich denn? Ich war neunzehn, rannte vor dem College davon, war bloß einen halben Schritt davon entfernt, mein altes Leben für immer hinzuschmeißen. Ich war mir nur weniger Sachen sicher: zum Beispiel, dass meine Eltern mich irgendwie im Stich gelassen hatten. Es kam darauf an, genug Abstand zu gewinnen, um die Dinge klarer zu sehen. »Vielleicht lebt sie koscher oder so was«, sagte ich. »Ich jedenfalls liebe Schinken.«

Die Rumänen waren Furcht einflößend. Sie bewegten sich wie Männer mit versteckten Waffen: an den falschen Stellen unbeweglich. Sie wirkten dunkler und dünner und irgendwie böser als die russischen Mafiosi am anderen Ende der Promenade. Sie unterhielten sich in einer Sprache, die streitsüchtig und betrunken klang und auf rohe Formen von Gewalt schließen ließ.

Jede Woche verblasste der Glanz des Don ein bisschen mehr. Seine Nase begann zu zucken; sein Bariton klang stockend. Sogar die Touristen, die auf der Suche nach närrischen Abenteuern in die Stadt kamen – die dauergewellten, Kaugummi kauenden Hinterwäldlerinnen, die schüchternen geschiedenen Kanadierinnen, die leicht schmuddeligen Au-pair-Mädchen –, begannen ihn misstrauisch zu mustern.

Der Don wusste, dass der einzige Weg aus dem Loch war, weiterzumachen, bis der Glaube an sich selbst zurückkam und ihn wieder nach oben trug. Am Vierten Juli rauschte er mit frisch gebügeltem Cape und glänzend rasiertem Kinn herein. Das schäbige, von der Handelskammer bezahlte Feuerwerk krachte und knatterte und perlte vorm Fenster herab.

»Heute Abend«, sagte der Don. »Sag mir, was heute Abend läuft.«

Aber ich musste ihm gar nichts erzählen. Er entdeckte sie sofort, und sein Kinn klappte hungrig nach unten. Eine Cancan-Tänzerin aus dem *Shuck'n'Jive* namens Aura. Sie hatte wundervolle chinesische Augen und geschwungene Lippen. Ihre Nase war nicht mehr als ein eleganter kleiner Tupfer. Ich hielt mich gern in der Nähe ihres Tisches auf, um das süße Bukett ihres Körpers zu atmen – blumige Lotionen und Zigarettenrauch.

»Kennst du sie?«, fragte ich. Das schien höchst erstaunlich.

Der Don setzte sich im Profil ihr gegenüber. »Ich weiß«, sagte er. »Ich weiß. Ich weiß. Beachte mich gar nicht, okay? Hör nicht hin. Ich bin bloß ein schmalziger Liebesbrief von der Insel der Männer. Eine Frau von deiner Schönheit. Klar. Ich habe dich tanzen sehen. Wunderschön. Deine Hüften haben wirklich Grazie, echten Schwung. Aber es fehlt etwas. Und darüber mache ich mir Gedanken.«

Aura sah den Don an, als müsse er eigentlich schon im Bett liegen.

»Du hast schon alles gehört, oder? Was kann es dir schon schaden? Wir sind doch nur zwei Fremde, die sich die Zeit vertreiben. Was grinst du so? Glaubst du nicht, dass du hübsch bist? Okay. Ich bin nicht blöd genug, mich zum Narren zu machen. Weißt du, was ich jetzt mache? Ich hole zwei Drinks, stelle einen vor dich hin. Und du machst, was du willst. Du kannst ihn mir auf die Hose schütten, wenn du magst. Du bist toll genug, um damit durchzukommen. Aber da ist immer noch etwas, dieses Etwas, was fehlt.«

Ich wusste genau, was der Don meinte. Das gleiche Gefühl überkam mich jedes Mal, wenn meine Familie über meine Zukunft sprach. Sie meinten es gar nicht böse, aber sie hatten eben ein paar Berufe im Kopf – am häufigsten wurde Immobilienmakler genannt –, die so öde wirkten wie die Weiten der Prärie. Aber ich fühlte mich vom Strand angezogen, vom schaumigen Rand des Ozeans, der nach Salz und Sex und verwegenen Unternehmungen roch.

Der Don nahm die Drinks in eine Hand, bewegte sich wie in alten Tagen, wie Maisfelder im Wind, und schob ihr das Glas hinüber. Eiswürfel stießen klirrend an den Glasrand, fielen wieder zurück. Seine Vorstellung, seine Haltung zu beobachten, ließ mich an meine glorreiche Zukunft glauben. Ich musste nur aufmerksam zuschauen, bestimmte Bewegungen auswendig lernen, die Einstellung hinter den Bewegungen aufsaugen.

Er fuhr mit einem Finger die Nase hinab. »Wie gesagt, es liegt bei dir. Wir reden bloß. Reden und reden. Frage und Antwort. Das ökologische Gleichgewicht halten. Es ist doch sowieso alles Verhandlungssache, stimmt's? Jemand wie du lässt sich nicht zwingen. Ich sage bloß, dass du vielleicht einen Teil von dir zurückhältst. Ich bin Versager genug, um das zu erkennen.«

Aura blickte hoch, inzwischen amüsiert. »Klingt fair.«

»Peng. Voll auf die Zwölf.« Der Don tippte sich anerkennend ans Kinn. »Was ich meine, ich spreche über Träume, Aura. Diese Phantasien, die man hat, wenn man jung ist. Mit diesen Fingern« – er spreizte sie im bernsteinfarbenen Lampenlicht – »hätte ich ein meisterhafter Edelsteinschleifer werden können.«

»Statt Taschendieb?«

»Was für ein Ausdruck«, sagte der Don pikiert. »Wie gewöhnlich.«

Aura kicherte und nippte an ihrem Drink.

»Was ich sagen will: Du hast dir doch nicht vorgenommen, die sexyste Puppe an diesem Strand zu werden. Du hattest doch bestimmt andere Ideen, Poster an den Wänden. Ballerina. Filmstar.«

»Ein Engel für Charlie«, sagte Aura.

»Eben. Eine Schönheit mit einer Knarre. Genau was ich meine.«

Peck rief mich zu sich und blickte mürrisch. »Niemals«, sagte er. »In tausend Jahren nicht.«

Aber der Don gab nicht auf. Er murmelte weiter, reu- und demütig, weigerte sich, ihr ins Dekolleté zu schauen. Und wie immer, wenn der Don in Fahrt war, blieb Aura bei ihm, sein Glaube hatte sie am Haken. Kein Gedanke an die Rumänen, nicht mit Aura neben sich am Tisch, die mit dem Fingernagel seine Lebenslinie nachzeichnete, sich an seinen Arm lehnte.

Bis sie auftauchten, dieselben beiden, und sich rechts und links vom Don aufbauten wie böse Engel. »Wenn du mich entschuldigen willst«, sagte der Don, »die beiden Herren scheinen mich sprechen zu wollen.«

Ich duckte mich in den Hintereingang, während die beiden den Don anschrien, der mit seinen zarten Fingern wedelte und ihnen flüsternd antwortete. Ich fragte mich, ob der Don wohl rumänisch sprach oder gar selbst Rumäne sei, was er immer vage verneint hatte, wenn Peck ihn Zigeunerbaron genannt hatte.

Was er auch sagte, seine Gegner waren nicht beeindruckt. Einer hielt ihn fest, der andere schlug ihm mit der Faust direkt übers linke Auge. Es klang furchtbar, das weiche Nachgeben des Fleisches. Dann sagte einer der beiden: »Nächstes Mal die Nase.«

Sie zogen ab und der Don rauschte schwer atmend wieder herein, wehrte mich ab, schwankte durchs schummerige Hinterzimmer und zurück an den Tisch, wo Aura hübsch und verwirrt auf ihn wartete. »Ich bitte um Verzeihung«, sagte er. Sein Cape hing herunter, der Saum war nass.

»*Oh!* Du meine Güte!« Aura starrte auf das Blut, das langsam die Wange des Don hinuntertröpfelte.

»Das ist nichts«, sagte er und betupfte seine Schläfe mit einer Cocktailserviette. »Nichts.«

»Hast du irgendwelchen Ärger?«, fragte Aura.

»Sei nicht albern«, sagte der Don. »Du bist albern.«

Ende Juli suchte er in seinen Drinks die Vergangenheit. »Weißt du noch, Lucinda Durban?«, sagte er. »Weißt du noch, Gloria Apodoca?«

Gloria Apodoca mit ihrer butterzarten Haut und dem nach Kokos duftenden Atem, mit ihrer felsenfesten Fönwelle und geschnürten Taille. Gloria auf einem nur eintägigen Zwischenstopp von unendlich weit her, eine Erbin philippinischer Abstammung, angenehm angeheitert und von schlichteren Gestaden träumend. Der Don umgarnte sie mit jeder Faser seines Wesens, mit allem, was er zu sein hoffte und doch nicht war, wie er wusste, bestürmte sie mit seinen Mängeln, redete ihr den übermäßigen Alkoholgenuss aus, entlockte ihr ihre ungeheure Einsamkeit, in die er sich dann hineinschmiegte. Um ein Uhr morgens tanzten sie einen süßen, nachlässigen Tango, der Don schmeichelte ihr ins Ohr, trug ihre Arme wie einen weiten Pullover, ihre Füße glitten über die rissigen Dielen, bis Peck grunzte, die Lichter löschte und den Schlüssel auf der Theke liegen ließ.

Der Don fragte mich, ob ich mich erinnerte, und ich erinnerte mich.

An Gloria und an alles andere, den eklig grünlichen Gestank der Soleier neben der Kasse, der stark an den Geruch der Wellenbrecher bei Niedrigwasser erinnerte, der hereinwehte, wenn wir die Bar öffneten, die Dämmerung auf den groben Sand fiel und Glanzpunkte auf dem Atlantik spielten, silberne Hauben gefallenen Sonnenlichts, das sanfte Grollen der Brandung, Verkaufsstände unter gestreiften Sonnenschirmen, der Duft von Hot Dogs und Zimtbrötchen, schwindlige Kinder aus der Schiffschaukel und dem Kettenkarussell, die mit frisch geröteter Haut die Promenade entlangstapften, junge Mütter, die in peinlicher Leibesfülle Buggys schoben, alte Paare, die sich wie Tauben über ein paar Krümel Klatsch beugten. Ich sah mich selbst an diesem Ort alt werden, ein Stammgast seiner hinterhältigen Hoffnungen. Und der Don war der Mittelpunkt des Ganzen, die erste und letzte Hoffnung auf Verführung. Nie kam mir der Gedanke, dass er selbst nur vorübergehend von seinem vorgezeichneten Weg abgekommen war. Er schien sich den nächsten Schritt erst beim vorherigen zu überlegen.

Auf dem einzigen verbliebenen Foto aus diesen Monaten – einer Zeit, die meine Eltern immer noch »diesen unseligen Sommer« nennen – sieht man den Don in der Menge, am Rand einer längst vergessenen Parade. Zwischen seinen Fingern steckt das Bündel Geldscheine des rundlichen Deutschen vor ihm. Ein Ausdruck freudiger Überraschung erhellt die untere Hälfte seines Gesichts: *Sieh an, was ich gefunden habe.*

Als der August seine Farbe verlor, wehte der Geist des Abschieds durch die Markisen. Die Kundschaft verlor an Klasse. Die Geschenkläden begannen mit dem Ausverkauf. Und der Don wurde dreist. Er heulte langweilige Touristinnen aus Pennsylvania an, schwor den blutjungen Drink-Lockvögeln vom *Shore* seine Liebe, schüttete einem Pärchen aus Ithaca Rum über. Er schwankte im Glanze unbeabsichtigter Slapstick-Einlagen.

»Ein Narr«, sagte Peck. »Ein Narr für Narren.«

Ich widersprach nicht, obwohl sein vergebliches Mühen mich irgendwie aufheiterte. Er versuchte es. Er versuchte es immer noch.

Am zweiten Wochenende im August tauchten die Rumänen wieder auf und packten ihn mitten in der Bar am Kragen. »Haben ihm den dämlichen Schädel eingeschlagen«, sagte Peck. »Mit so einem Scheiß-, so einem Spazierstock, so geschnitzt mit 'nem Silberknauf. Er ist umgefallen wie 'n Sack Kartoffeln, und das Mädel, das er gerade angräbt, heult los wie 'ne Sirene, und die Romas schreien *grumek* hier und *grumek* da.« Peck schüttelte seinen Lappen aus. »Ich ruf die Bullen, und was macht der bescheuerte Dieb? Verschwindet durch die Hintertür.«

Ich konnte das Gefühl nicht abschütteln, dass meine Abwesenheit für den Zwischenfall verantwortlich war. Ich hätte den Don schützen können, da war ich sicher, hätte die Rumänen lang genug hinhalten können, dass er entwischt wäre. Es wäre eine aufregende, gefährliche Nummer gewesen, eine Verfolgungsjagd, vorbei an surrenden Neonröhren und über knorrige Bohlen.

Stattdessen war ich oben in Connecticut und schlich mürrisch durchs Haus meiner Eltern, schwang die Golfschläger meines Vaters knapp an Lampen vorbei, fischte kleine Prämien aus dem Portemonnaie meiner Mutter. Ich stellte mir vor, wie ich beim Abendessen den Tisch umwarf oder meinem Vater die Brieftasche aus der Hosentasche stahl. Aber nichts dergleichen geschah. Ich reichte ihm das Lammfleisch, er reichte mir die Erbsen. Wir vollzogen unsere kleinen Transaktionen unter einer Wolke der Enttäuschung.

»Ungelogen«, versicherte mir Peck. »Er sollte die Sache mit diesen Psychos besser klären. Ich werde mir von so einem Scheiß nicht unseren guten Namen in den Dreck ziehen lassen.«

Als der Don am nächsten Abend erschien, schüttelten die Stammgäste den Kopf und rückten beiseite. Aber es war seine Bar. Hierher kam er, hier war seine öffentliche Residenz, und sogar Peck, der sich in seinen zähen Hass eingrub, sogar Peck begriff das.

»Alles in Ordnung?«, fragte ich.

Der Don hatte seinen Verband wie ein Barett angelegt, auch wenn er ein bisschen durchgeblutet war. »Hör zu. Dahinten sitzt meine Minerva, ganz allein, siehst du? Ein Gin&Tonic-Mädchen, jede Wette. Wenn sie feucht wird, riecht sogar ihre Muschi nach Gin. Bring ihr diesen Drink, Pancho, mit meinen Empfehlungen. Guck mich nicht so an. Übertriebenes Verantwortungsgefühl macht Falten. Na los.« Er hielt mir das Glas hin.

»Erstaunlich«, sagte Peck, als er abzog. »Ekelhaft. Die Romas werden ihm den Schädel spalten wie eine Wassermelone.«

Aber nicht die Rumänen erwischten ihn. Jedenfalls nicht die, die wir erwarteten.

Es war das Wochenende des *Labor Day*, frühmorgens stieg Nebel vom Wasser auf, abends rollte kühle Luft von seinem salzigen Rücken landeinwärts und zeigte das Ende des Sommers an. Der Don hatte die vorherige Woche im Knast verbracht, nachdem er dem Freund eines Freundes eines örtlichen Polizisten ein goldenes Medaillon gestohlen und zu allem Überfluss direkt an den neuen Chef der Drogenabteilung vertickt hatte. Er war gierig geworden, als er die Touristen verschwinden sah, die zu ihren Tackern und Spanplatten zurückkehrten. Den Rest des Jahres arbeitete der Don als Hoteldiener, sagte Peck.

An diesem Sonntag gierte er also nach einem Happen, nach einem letzten neuen Gesicht, und wirkte immer noch rastlos, als er sich schon einer jungen Saisonkellnerin widmete, die ausgelaugt und mit trüben Augen ständig von ihrer Abreise redete, langweilig, gelangweilt und leicht zu haben. Der Don stärkte ihre Drinks aus den Flachmännern, die in Samtschlaufen in seinem Cape steckten. Er zeigte keinerlei Reaktion, als das andere Mädchen – die kleine Rumänin nämlich – im Eingang erschien.

Ihr Schmerz, ihre Trauer wirkten sehr echt, und ohne ihren Hut war sie sogar beinahe schön. Von ihren Schultern stieg ein sanftes Leuchten auf. Ihr Haar, zu einem dicken Zopf geflochten, schwang über ihren Rücken wie ein schwarzes Seil.

Der Don ignorierte sie. Er ignorierte sie mit großer Entschlossenheit, was seiner Vorstellung jeden Schwung raubte. Die anderen Gäste, sogar die Stammgäste, die ernsthaft damit beschäftigt waren, sich mit Alkohol umzubringen, begannen sie mitleidig zu betrachten. Das lag auch daran, dass sie nicht mehr als ihr weißes Kleidchen trug und sehr zu frieren schien. Man wollte ihr sofort einen Schal über die Schultern werfen.

»Schwanger wie nur was«, höhnte Peck. »Guck dir die Kugel an. Was hab ich dir gesagt?« Peck behauptete das schon seit Wochen, aber ich hatte ihm nicht glauben wollen, weil ich es für neidisches Gerede hielt. Aber es war nicht zu leugnen: Ihr angeschwollener Bauch glänzte im Licht der Straßenlampe. Ihre Augen waren düster und unbewegt aus drei Metern Entfernung auf den Don gerichtet.

»Sag mal, kennst du dieses Mädchen?«, fragte die Kellnerin schließlich.

»Quatsch«, sagte der Don. »Du bist das einzige Mädchen, das ich kenne.«

»Ich glaube, das solltest du erst mal klären, Romeo«, sagte die Kellnerin.

Der Don nahm ihre Hand, und bei dieser Geste verlor

er seine Fassung. Er wirbelte herum und zog die Lippen zurück, als wollte er die kleine Rumänin anknurren, und sie trat aus dem Lichtkegel zurück und sah dabei schrecklich jung und traurig und kein bisschen überrascht aus.

In den drei Monaten unserer Bekanntschaft hatte ich den Don einige ungehörige Dinge tun sehen, hatte ihm sogar bei kleineren Vergehen beigestanden. Aber ich glaube nicht, dass ich ihn je etwas wirklich Unehrenhaftes tun sah. Dieses Verhalten allerdings erschien mir unmittelbar als Verrat.

Die Kellnerin, das muss zu ihrer Ehre gesagt werden, verschwand sofort.

Jetzt ließ der Don seinen Blick rasch durch die Bar schweifen, wobei er für einen Moment – nicht mal einen Moment, nur einen Sekundenbruchteil – auf mir ruhte, bevor er wegsah, zur Tür ging und leise und hastig auf das Mädchen einredete. Wir sahen sie im Schein der Barbeleuchtung, er ragte über ihr auf, achselzuckend und gestikulierend, spulte seine Nummer ab, sie nickte und schien sich an ihn lehnen zu wollen.

Der Don blickte hoch und sah uns, unsere hechelnden Zungen und rot geränderten Augen. Er schob sie den Bürgersteig entlang weg.

»Der letzte der feurigen Liebhaber«, sagte Scoonie.

»Vielleicht haben die Romas sie dazu aufgehetzt«, sagte ich.

»Natürlich haben sie das«, sagte Peck. »Die Typen sind ihre Brüder, du dämliches Arschloch. Sie gehört zur *Familie.*« Er klopfte mit seinem Ehering auf eine falsche Messingleiste. Peck hatte irgendwo eine Frau und ein fettes kleines Kind sitzen. Er hatte mir mal Fotos gezeigt. »Ich muss raus aus diesem Loch«, sagte Peck. »Ich muss verdammt nochmal erwachsen werden.«

Wir hatten gedacht, der Don würde sich nach dieser Geschichte mit dem Mädchen aus dem Staub machen, aber ein paar Stunden später war er wieder da. Ich war inzwischen allein, stellte die Stühle hoch, ließ Wischwasser einlaufen. Peck hatte mir vor kurzem die Pflichten des Schließens überlassen: den Müll in den faulenden Container werfen, nasse Kippen aus den Abflüssen pulen, den grauen Wischmopp über den grauen Fußboden schleifen. Ich besaß jetzt Autorität.

Der Don hing in seinem Cape vor der Tür herum wie ein zerfledderter Rabe. Ich fragte mich, wie lange er wohl schon da gestanden hatte. »Lass uns einen Schlummertrunk nehmen«, sagte er. »Einen Whiskey. Pur.« Er zeigte seine Zähne; ich sah nicht, ob er grinste oder schmerzhaft das Gesicht verzerrte.

»Ich muss zumachen«, erklärte ich.

»Sei nicht albern; du bist albern.« Er drängte sich an mir vorbei. »Na los, Pancho.«

»Nein, ernsthaft«, sagte ich. »Peck verlässt sich auf mich.«

Er legte den Kopf schräg. »Du nimmst den Kram wirklich ernst, was?«

»Welchen Kram?«

»Den ganzen Mist hier. Okay. Mach deine Arbeit. Ich kann warten.«

Ich wischte ein paar Mal mit dem Mopp hin und her und hörte ihn eins seiner melancholischen Lieder summen, so eine Melodie, wie sie am Ende einer Oper nach der Szene am Totenbett kommen könnte. Ich lehnte den Mopp an die Theke. »Was ist mit dem Mädchen passiert?«, fragte ich.

Der Don schüttelte den Kopf. »Kann man hier nicht mal einen Drink bekommen? Ist das noch möglich? Na los. Ich gebe einen aus.«

Ich stellte ihm ein Glas hin. Peck hätte ihm gleich das Geld abgenommen, ihn gar nicht erst in Versuchung geführt. Aber das brachte ich nicht übers Herz. Und um die Wahrheit zu sagen: Obwohl ich sehr wütend auf den Don war, fühlte ich mich doch auch geschmeichelt. Er war schließlich hier. Ich stellte mir vor, dass er von weit her gekommen war, um meinen Rat zu suchen.

Ich schenkte ihm einen Whiskey ein, pur, und er nahm einen Schluck. »Es ist so«, sagte er. »Die Leute versuchen dich einzuengen, weißt du? Das macht einen großen Teil des Lebens aus, dieses Spiel. Ein Typ wie ich, seien wir mal ehrlich: Ich sehe nicht gerade toll aus. Ich habe den Potapenko-Teint, braun wie alte Zwiebeln, und Augen wie eine Ratte. Und meine Verdienstmöglichkeiten, na ja, Filialen werde ich nicht gerade eröffnen. Aber solche Probleme muss man einfach überwinden. Denn wenn ich im Spiel bin, wenn ich einen Lauf habe, dann haben sie keine Chance. Ich sehe eine Frau, und ich liebe sie mit solcher Reinheit, die Bewegungen ihres Gesichts, ihres Körpers, die Schüchternheit und der Mut, die darunter liegen, die Länge ihrer Wade, die Haut, wo die Brust auf den Rippen liegt. Und diese Liebe wirkt wie ein Hebel. Wenn ich beginne, eine Frau zu lieben, in diesen ersten paar Sekunden, praktisch sofort, dann werde ich der, der ich sein will. Ich wundere mich über mich selbst.« Der Don lächelte. Schlaffe Haut bildete eine Klammer um seinen Mund.

»Klar«, sagte ich.

Draußen hatte es zu nieseln begonnen, und die Möwen kreischten. Der Don schlug nach dem Plastiktransparent über der Theke, auf dem zum Labor Day zwei Drinks zum Preis von einem angepriesen wurden. Er sah wieder einigermaßen flott aus und fuhr sich mit der Hand durch die Haare. »Man weiß nie, wer gerade zuschaut«, sagte er.

Und er hatte Recht: Man wusste nie. Wenn der Don in Fahrt war, wenn er einen Lauf hatte, wenn sogar die billigen Neonleuchten der Promenade ihn ins rechte Licht setzten, dann sah immer jemand zu, ein Mädchen, eine Gelegenheit. Man musste sie nur erkennen und ergreifen. Das wollte ich auch: im Spiel sein; eines Tages der Star der Show werden.

»Was willst du tun, Pancho?«, fragte der Don.

»Ich bleibe hier. Peck sagt, sie werden mir bald eine Chance als Barkeeper geben.«

»Sagt Peck«, schnaubte der Don leise. »Wie alt bist du?«

»Fast zwanzig.«

»Und du willst also den Rest deines Lebens Alkohol jonglieren?«

Ich hatte mein Leben bis dahin noch nie als Ganzes wahrgenommen, als eine Sache, als Prozess, der langfristig von kurzfristigen Entscheidungen beeinflusst werden könnte.

»Erst mal ja«, antwortete ich ihm. »Du hast es doch selbst gesagt; dass man sein kann, wer man will. Meine Familie hat so Vorstellungen davon, was aus mir werden soll. Aber das ist nicht echt. Das ist bloß Fassade.« Ich nahm einen Schluck Whiskey und unterdrückte ein Husten.

»Sei kein Schwachkopf«, sagte der Don scharf. »Das ist deine Familie. Da kommst du her.«

»Aber da muss ich nicht enden.«

Der Don kniff die Augen zusammen. »Willst deinen eigenen Weg machen, was?«

»Und wieso nicht? Scheiße. Machst du doch auch, oder? Einen Tag nach dem anderen. Herausfinden, was man liebt. – Hab ich etwa nicht das Recht dazu?« Sein Blick machte mir zu schaffen, als wäre *ich* der Trottel, als würde ich in der Scheiße sitzen.

»Okay, Pancho. Reg dich ab.«

Ich richtete mich zu voller Größe auf und schaute auf den Don und seine jämmerlichen wachsenden Geheimratsecken hinab. »Erzähl mir nicht, ich soll mich abregen. Scheiße. Du klingst wie mein Alter.« Der Don sagte kein Wort. Er starrte in seinen Drink. »Sag was«, forderte ich. »Sag irgendwas. Herrgott. Was für ein Heuchler. Du hast doch dieses Mädchen geschwängert. Wenn schon, dann solltest du dir hier Gedanken über Verantwortung machen. Ich bin noch jung. Ich kann träumen, so viel ich will.«

Jetzt war der Don still. Er griff über die Theke und schenkte sich noch einen ein; der Whiskey glimmerte im Licht. Er nahm einen Schluck und starrte mich einen langen Augenblick an; in diesem Augenblick liebte ich ihn immer noch, obwohl ich nicht wollte.

»Träume haben ist eine Sache«, sagte er langsam. »Ihnen nachjagen eine andere. Hör mir zu, Pancho. Ich weiß ein paar Dinge. Geh dahin zurück, wo du hingehörst.« Jeder Spott war aus seiner Stimme verschwunden. Es schwang etwas Hartes, fast Verächtliches mit, was ich noch nie wahrgenommen hatte.

Ich weinte noch nicht wirklich, aber mein Atem war schon feucht, und meine Kehle schmerzte. Ich versuchte, ein komisches Gesicht zu ziehen. Aber der Don starrte mich weiter an. »Warst du schon mal im Februar hier, Pancho? Warst du? Ist eine beschissene Leichenhalle, verstehst du? Kein Filmset oder so. Eine Leichenhalle. Wo die Toten wohnen. Hörst du?«

Ich nahm noch einen Schluck, um meine Kehle zu betäuben. »Was ist mit dem Mädchen passiert?«, fragte ich. »Peck sagt, du hast sie angebufft.«

Der Don sah weg. »*Angebufft.* Du wirst einen schönen Barkeeper abgeben. Haben dir deine Eltern beigebracht, so zu reden? Was?«

»Was ist passiert?«

»Das ist eine komplizierte Situation«, sagte er leise.

»Was ist daran kompliziert? Ist sie schwanger oder nicht?«

Der Don mahlte mit dem Kiefer. »Herrgott nochmal!«, schnappte er. »Und was geht dich das an? Du bist nicht mein Vater, und du bist auch nicht mein Sohn. Du bist bloß ein reiches Jüngelchen, das einen Sommer lang Elendstourismus macht. Wer gibt dir das Recht ...?« Er schaute in Richtung Ozean, als würde sich über den schwarzen Wellen eine Antwort zeigen.

Ich begriff, dass der Don mich aus seinem Leben haben wollte; dass er den Erwartungen entgehen wollte, die ich in ihn gesetzt hatte. »Hör zu«, sagte er schließlich, »du bist mein Mann, klar? Du bist mein Partner, Pancho. Wenn ich dieses Mädchen – mein Gott –, meinst du nicht, das hätte ich dir erzählt? Du wärst der Erste gewesen, dem ich das erzählt hätte. Du hörst mir schließlich zu, was? Ich weiß ein paar Sachen.« Er trank sein Glas aus und lächelte. »Komm, schließen wir das Loch hier zu, okay?«

Ich begann in meinen Taschen nach dem Schlüssel zu suchen. »Mist«, sagte ich. Ich blickte die Theke entlang, sah neben der Kasse nach, zwei Mal, und auf allen Regalböden. Ich kroch auf Händen und Knien hinter der Theke herum. Die erste Woche, die ich allein zumachen darf, und ich baue Scheiße.

Irgendwo über mir hörte ich das sägende Gelächter des Don. »Suchst du die?«, fragte er. Er zog meinen Schlüsselring aus seinem Cape, ein dickes Bündel pflichtbewussten Silbers, und ließ es über seine Finger kreisen, von einem zum nächsten, wie ein Turner an den Ringen.

»Danke, du Arsch«, sagte ich. Draußen spuckte der Himmel weiter auf die verrammelten Hotels, auf die geschlossene Promenade, die ihren Schwung verloren hatte;

der Vergnügungspark war schon ein gescheitertes Unternehmen: Die Gliedmaßen der Fahrbetriebe ragten starr ins Dunkel. Hinter den Molen stand der Leuchtturm auf einer Anhöhe und sah wie eine Kulisse aufs Meer hinaus.

»Du solltest nach Hause gehen«, sagte der Don. Er zögerte einen Moment, dann warf er mir den Schlüssel zu und nahm die Whiskeyflasche. Sorgfältig füllte er seine Flachmänner und hängte sie in die samtenen Schlaufen seines Capes. Dann nahm er sein Glas, warf es nach dem Gefäß mit den eingelegten Eiern und verfehlte es meilenweit. »Hab die Dinger immer gehasst«, sagte er. »Sie stinken wie das Meer«, sagte er. »Ich fege das weg. Tut mir Leid.«

Wir hörten später eine Menge Geschichten über den Don. Dass die Romas ihn umgebracht, seinen Kopf auf den Wellenbrechern zerschmettert hätten. Dass er zur Heirat mit dem Mädchen gezwungen worden sei, während der Trauung die Pistole im Rücken, und dann mit ihr nach Cleveland gezogen sei. Dass er Big Marek, einem der Russen, einen Diamanten geklaut habe und jetzt in Sing Sing sitze.

Das waren die Apokryphen des Don Viktor, Geschichten, um die langen Pausen des Herbstes zu füllen. Wie auch immer es wirklich war, er wusste, dass für ihn die Zeit gekommen war, zu seinem richtigen Leben zurückzukehren. Bei mir dauerte es etwas länger, ich taumelte durch die jugendlichen Strudel von Sehnsucht und Ahnungslosigkeit. Wer hätte damals schon ahnen können, dass ich nichts von dem sein könnte, was ich mir vorgestellt hatte?

Jahre später wuchsen die Casinos in den Himmel und tauchten die Promenade in ständiges blendendes Licht. In den Zeitungen taucht immer noch ab und zu eine Meldung auf, dass eine verwirrte Möwe gegen ein Vordach geprallt ist. Jede Nacht zieht der Ort Tausende von Automatenzombies und Kartenzählern an, die Amateur-Entfesselungskünstler unserer Zeit, neonbunt und hoffnungstrunken, als könnte der märchenhafte Kuss des Schicksals ihr Leben für immer verändern.

Ich begann gerade erst, Märchen zu verstehen, als der Don sein Glas in die Ecke schleuderte und davonflog. Ich war noch immer gebannt von seinem Glauben, vom Mythos des Neu-Erfindens, so wie seine Frauen, seine vielen Frauen, obwohl es sicher weniger waren als in meiner Erinnerung. Wenn der Don jetzt vor meinen Augen steht, dann immer in dieser Bar am Meer: im warmen Sommerdunst, im Geruch von Zitronenscheiben und Gin, das Licht gedämpft, kurz vorm Schließen, Gloria Apodoca in sein Cape gewickelt, ihre Lippen liegen rot an seinem Hals, während sie ihren letzten langsamen Tango tanzen. In dieser Version meines Lebens schaut der Don träge hoch, zwinkert, zwinkert *mir* zu, ein süßer Vogel der Schönheit, der einer neuen Liebe zufliegt.

# Lauf weg, meine bleiche Liebe

Es war kurz vor meinem dreißigsten Geburtstag. Ich war ausgerechnet im Graduierten-Kolleg gelandet. Ich hatte keinen Schimmer, wieso. Die anderen genauso wenig. Wir waren äußerst eloquente Gummienten. Man konnte uns in jede Richtung schubsen, und wir trieben einfach schaukelnd weiter. Manchmal meldete sich in den winterlich schläfrigen Fluren mein Gewissen und erinnerte mich daran, dass ich mehr Glück als Verstand gehabt hatte. Manchmal wünschte ich mir aber auch, sie würden den ganzen Komplex in ein Obdachlosenasyl umwandeln.

Aber der Tag, von dem ich erzählen will, war ein Vorfrühlingstag. Die Chinesischen Wildbirnen blühten: Tausende winziger weißer Unterröcke. Ich saß mit Legget vor dem Seminar für Komparatistik; wir schauten uns die Studentinnen an. Wir bemerkten kaum Unterschiede zwischen ihnen – es waren hauptsächlich braun gebrannte Waden, die an uns vorüberzogen.

Eine Frau trat von rechts in mein Blickfeld. Sie hatte die rundesten Wangen, die ich je gesehen hatte. Ihre Augen waren zusammengekniffen, dunkle Ringe darunter. Sie sah aus, als hätte sie ein Jahr nicht geschlafen. Jede andere Frau, die ich mir in Erinnerung rufen konnte, sah daneben dürftig und gewöhnlich aus. Sie winkte Legget schüchtern zu.

»Gefällt dir wohl, was?«, sagte er.

»Wer ist das?«

»Sitzt in meinem Französischkurs.« Legget drückte seine Zigarette aus. »Polin, glaube ich.«

»Wie heißt sie?«

»Keine Ahnung«, sagte Legget. »Sie redet nicht viel.«

Die nächste Woche fabulierte ich ständig von Der Polin. »Du kennst mich doch«, sagte ich. »Ich gaffe nicht. Ich bin kein Gaffer.« Das stimmte mehr oder weniger. Mit Mitte zwanzig hatte ich eingesehen, dass weibliche Schönheit meine Aufmerksamkeit nicht nötig hatte. Weibliche Schönheit kam allein ganz gut zurecht. Aber diese Frau ging mir nicht aus dem Kopf.

Legget diagnostizierte sexuelle Schwärmerei.

»Kannst du es nicht einfach als ästhetische Erfahrung gelten lassen?«, sagte ich. »Als hätte man eine seltene Spezies entdeckt, die man vielleicht nur einmal im Leben und dann nie wieder sieht?«

»Verschon mich damit«, sagte Legget.

Zwei Monate später setzte sich eine Frau in weißer Bluse im Computerraum schwungvoll neben mich. »Störe ich Sie?«, fragte sie. Ihr Akzent war unwiderstehlich: die dunklen Diphthonge des Russischen, der schmollende Ton des Französischen. Mein Herz schlug ein kurzes Arpeggio.

»Sie sind Polin«, sagte ich.

Sie drehte sich zu mir, und da war ihr Gesicht wieder. Sie zog die Lippen zusammen, als wolle sie sich vor drohendem Ungemach wappnen. »Ja. Woher wissen Sie das?«

Ich erzählte ihr von Legget. Sie nickte zögernd.

»Mögen Sie Kosinski?«, fragte ich.

»Oh ja!«, sagte sie. »Haben Sie *Der bemalte Vogel* gelesen?«

»Klar«, sagte ich. »Wow. Man trifft nicht oft Leute, die

Kosinski gelesen haben.« Das stimmte. Ich zum Beispiel hatte Kosinski nicht gelesen, obwohl ich gehört hatte, er sei ziemlich gut. »Was für ein Schriftsteller!«, sagte ich. »Was für Sätze!« Ich redete und redete, bis ich nicht mehr weiter wusste und sie nach ihrer Telefonnummer fragte.

Sie sah mich ein paar Sekunden lang an – ich hatte meine Lehreruniform an, ein zerknittertes weißes Hemd und Cargohose – und schrieb dann ihren Namen auf ein Stück Papier: *Bascha.*

»Normalerweise mache ich so was nicht«, sagte ich. »Aber ich liebe Kosinski wirklich.«

Und dann stand sie strahlend auf dem Mittelstreifen der Summit Avenue, in einer beigefarbenen Windjacke. Sie hatte etwas Schimärenhaftes: der Kopf einer Löwin, der Körper eines Schwans. Beim Abendessen verschluckte ich mich am »Hühnchen Korma«, und das war erst der Vorgeschmack. Auf dem Weg zum Kino verfuhr ich mich. Ich verlegte meine Brieftasche, musste noch einmal nach Hause rasen und Geld holen. Wir kamen zwanzig Minuten zu spät zum Film – ein britisches Kammerspiel, sehr melodramatisch –, saßen im dunklen Kinosaal und versuchten zu erkennen, mit wem es böse und mit wem es gut enden würde. Die meiste Zeit nahm ich Baschas Geruch auf und warf flüchtige Blicke auf ihr Profil. Meine Finger waren fettig vom Popcorn.

Der erfahrene Hobbypsychologe wird die Bedeutung der verlorenen Brieftasche sicher gleich erkennen: *Das Subjekt setzt unbewusst seinen Wunsch in die Tat um: Es verliert seine Identität durch eine starke, exotische Liebesbeziehung.*

Worauf ich entgegnen würde: *Hühnerkacke.*

Ich hungerte nach einer Liebe, so groß, dass sie mein Leben ausradieren könnte. Fast alle Beziehungen, die ich in den letzten fünf Jahren aufgenommen hatte, waren in die Brüche gegangen: Liebesbeziehungen, Freundschaften, berufliche Verbindungen. Ein Freund bezeichnete mich als wandelndes Zugunglück. Jemand anderes meinte, »emotionale Neutronenbombe« träfe die Sache vielleicht besser. Wen ich nicht vertreiben konnte, mit dem überwarf ich mich wegen einer angeblichen Beleidigung. Ich war der König der wortlosen Fehde. Obwohl ich es natürlich nie so empfand. Die Leute enttäuschten mich einfach am laufenden Band. Es kam mir nie in den Sinn, dass ich die Ablehnung geradezu suchte, dass ich ständig frische Verletzungen konstruierte, um mich von älteren, schlecht verheilten Verletzungen abzulenken.

Aber davon will ich jetzt nicht erzählen. Niemand will sich deine faden Gesänge von Selbsthass und Verachtung anhören, außer du bezahlst ihn dafür. Wir wollen vielmehr die eingängige Arie einer katastrophalen Liebe hören, denn das ist schließlich der reinste Ausdruck von Selbsthass.

Ihr voller Name lautete Bascha Sabina Olszewska. Sie sprach ihren Nachnamen wunderbar weich aus: Olschëwska mit dunklem e. Es bedeute so etwas wie Birke, sagte sie. Ich dachte an Robert Frost: der bleiche Stamm, die züngelnde Flamme. Sie kam aus Katowice, einer Industriestadt im Westen Polens. Sie wollte Übersetzerin werden. Englisch war ihre vierte Fremdsprache.

Humor hatte sie auch. Stellen Sie sich vor. Sie erzählte mir eine Anekdote vom Dinner mit dem Dekan zur Begrüßung der Austauschstudenten. »Sie brachten ihm ein Steak«, sagte sie. »Ich konnte nicht fassen, wie groß es war, David. Wie ein Autoreifen. Eine Sekunde alle waren still, und genau in dem Moment dreh ich mich zu ihm um und sage: ›Sie haben so ein mächtiges Fleisch!‹«

Die Geschichte erregte mich mit ihrer albernen Anspielung auf das männliche Geschlechtsorgan: Bascha wusste, was ein Schwanz war! Sie verstand den harmlosen Witz, in den sich alle Schwänze früher oder später verwandeln. Und dieser Gedanke führte zum nächsten, wenn auch unwahrscheinlichen: Sie könnte auch meinen Schwanz berühren.

Wir aßen in meiner Wohnung. Sie saß an meinem Tisch und zerteilte elegant ihr Hühnchen. Ich erzählte Geschichten aus meinem Leben, die – viel platter als beabsichtigt – den Eindruck erweckten, ich sei ein toller Kerl. Ich räumte ihren Teller ab und trug ihn zur Spüle. War ich nicht ein wunderbar aufgeklärter Junggeselle? Sie stand auf. Ich stellte mich vor sie und beugte mein Gesicht vor. Sie machte einen kleinen Schritt zur Seite. Meine Lippen streiften ihre Wange. Ein Kiefernzapfen fiel mit einem leisen Knall aufs Hausdach, als solle das Thema damit beendet sein.

Als wir später vor ihrem Wohnheim standen, fragte ich: »Werde ich dich jemals küssen dürfen?«

Sie schürzte die Lippen wie ein Kellner, dem das beliebteste Gericht auf der Karte ausgegangen ist. Das Licht fiel in Streifen auf ihr Gesicht. »Was für eine amerikanische Frage!« Sie erzählte mir von irgendeinem finnischen Schwachkopf, mit dem sie sich im ersten Semester eingelassen hatte. Und jetzt fuhr sie bald zurück nach Polen und fühlte sich zu verletzlich – das Wort schien sich um ihre Zunge zu schlängeln –, um sich auf so etwas einzulassen.

Worauf ich am liebsten geantwortet hätte: Einlassen? Wer redet von *einlassen*?

Das war einer der Vorteile des Alters. Ich war oft genug abgewiesen worden, um gelernt zu haben, dass vorsichtige Zurückhaltung hartnäckiger Verhandlungstaktik nur selten standhält. Tugend war eher ein sicherer Weg. Auf

Tugend konnte eine Frau sich womöglich verlassen. Aber ein Mann wie ich, mit meiner herrlichen, aufgestauten Wut, mit meinem amerikanischen Weltbild von Vorbestimmung, der würde sich doch nicht von ein bisschen Zurückhaltung abschrecken lassen. »Klar«, sagte ich. »Verstehe ich. Ich hoffe, dass wir trotzdem Freunde werden können.«

Bascha war so erleichtert über meine Großmut, dass sie sich mir hingab. Sie brauchte dazu zwar die Hilfe einer großen Flasche preiswerten Sauvignon Blancs, der Glas für Glas in ihrer Kehle verschwand, während ich in vorsichtigem Entzücken zusah. Es schien ungeheuer wichtig, dass ich sie nicht erschreckte. Langsam, aber spürbar wurde es warm in meiner Küche, das Versprechen einer Berührung lag in der Luft. Ich kann mich nicht an ein Wort erinnern, das zwischen uns gewechselt wurde. Es gab nur den Wein, mein Schweigen, ihren Mund am Rand des Weinglases, den sanften, kehligen Zug ihrer Unterlippe am Glas, ihren weißen Hals, der sich emporreckte und wieder senkte.

Wir küssten uns und sie lächelte, ihre Lippen kehrten zu sich selbst zurück. Ihre Zähne waren leicht verfärbt, als hätte sie gerade auf Asche gebissen. Ich hatte die klassischen slawischen Züge noch nie aus nächster Nähe gesehen. Wenn sie lachte, schoben sich ihre Wangen elegant wie ein Gletscher nach oben, und ihre Augen wurden schmale mongolische Schlitze. Wenn sie die Stirn runzelte, zeigte ihre Miene das milchweiße Schmollen einer Tatarischen Prinzessin. Selbst entspannt und unbewegt drückte ihr Gesicht noch die ernsthaften Gefühle aus, die ich mit wahrer Liebe verband und die in meiner Vorstellung immer exquisit, schicksalhaft und ein bisschen stilisiert waren.

Ich spürte ihren angenehm weichen Körper feucht durch die Kleidung. Wir lagen auf meiner Matratze und rissen uns die Kleider vom Leib. Sie hatte schmale Schultern und winzige, knospende Brüste. Ihre Arme und ihr Bauch waren noch von Babyspeck umhüllt.

Wir liebten uns, oder wir hatten Sex, diese Tätigkeit, wo unsere mittleren Körperteile sich ineinander und auseinander schieben: ein halbes Dutzend Mal, in fast panischen Durchgängen, zehn Minuten oder so, bis sie *tak! tak!* schrie und dann still wurde. Sie stimmte meinen Bewegungen mit ihrem Körper zu und sprach nur einmal zu mir, gegen Morgen, als meine Hand ihren Schenkel hinauf strich: »Ich habe so nass.« Da wusste ich – in genau diesem Moment –, dass Bascha gesandt war, mich aus dem öden Einerlei meines Lebens zu erlösen.

Denn das war es, wie sich herausstellte, was wir gemeinsam hatten: Wir folgten nur allzu leicht den glänzenden Fluchtwegen von Mythen.

Ich sah sie auf der anderen Straßenseite, ihre Arme ragten aus einem roten Kleid mit weißen Punkten, der Stoff spannte sich über ihrem Hintern. Sie kam zu mir und küsste mich, und ich roch den Verfall ihrer Zähne. Und dieser Geruch erregte mich! (Gibt es eigentlich irgendetwas, das man im Frühstadium der Verliebtheit nicht zum Fetisch macht?)

Wir gingen in die Shopping Mall, um ein paar Last-Minute-Geschenke zu kaufen. Bascha machte im Laden die Runde, grübelte über einem Gürtel, einer Flasche Body Lotion, und wurde rot, wenn ein Verkäufer sie ansprach. Sie war eine nervöse Einkäuferin, was ich als Zeichen nahm, dass das Ritual ihr fremd war. Ich hatte alle möglichen bescheuerten Vorstellungen vom Leben in Polen im Kopf. Ich hatte eine vage Idee, dass die Polen sich vom Ostblock gelöst hatten. Aber ich stellte mir immer noch eine Art zerlumptes Straflager vor: endlose Schlangen, leere Regale, Gesichter wie Kartoffeln, von Kopftüchern umrahmt. Und meine arme Bascha, von solch vulgärer Not umzingelt! Ich stand hinter ihr und rief dem Personal zu: *Davon eine! Oder besser zwei! Warum nicht? Haben Sie die auch in Schwarz?*

Unsere Beziehung wurde als *Affäre* eingeordnet, was das Schreiben von Briefen erleichterte. Bascha war eine ausgezeichnete Briefeschreiberin. Sie schickte immer sexy Fotos von sich mit. Auf meinem Lieblingsbild beugte sie sich in Richtung Kamera und küsste eine Zigarette, die Wimperntusche verschmiert, das Haar zerwühlt – ein Bond-Girl am Ende einer langen Wodkaparty.

In diesem Sommer kiffte ich viel, saß auf meiner Veranda und versuchte herauszufinden, wo alle geblieben waren. Auf der anderen Straßenseite versuchten ein paar Typen mit Trillerpfeifen, Mädchen Fußball beizubringen, und wenn ich nicht zu auffällig glotzte, konnte ich dabei zusehen. Die Mädchen waren süß und unbeholfen. Ihnen fehlten die Grundvoraussetzungen für diese Sportart – der Zweikampf, das Tackling, die Ballbeherrschung –, aber ihre Beine hatten Spaß daran, mit diesen Fähigkeiten zu flirten. Ich sollte eigentlich eine Dissertation schreiben.

Der eigentliche Feind war mein Anrufbeantworter. Wenn ich vom Einkauf oder dem griechischen Restaurant zurückkehrte, wo ich meist zu Abend aß, sah ich die rote Null hämisch blinken und schlug mit der Faust auf die Maschine. Doch dann, eines Tages, war eine Nachricht darauf.

*Halloichbiinsbiinokaydumichanrufst.*

Als ich sie zurückrief, wollte Bascha als Erstes wissen,

ob sie mich jemals wiedersehen würde. »Ich habe eine Trennung von meinem Freund gemacht«, sagte sie.

»Von welchem Freund?«

»Ist egal«, sagte sie. »Ich habe meine Ferien am Ende von August.«

Am Flughafen in Warschau kam sie auf mich zugerannt, ihre Augen verwaschenes Nussbraun, ein Rock schmiegte sich um ihre Hüften, und sie war viel zu schön für mich, für mein spitzes Gesicht und meine Hühnerknochen. Ich hatte (wie so oft) das Gefühl, es handle sich um einen schrecklichen Buchungsfehler, aber sie drückte sich an mich und gab mir mitten auf dem heruntergekommenen Flughafen mit seinen Plastikschaltern und dem schwachen Fäkalgeruch das Gefühl, ein anderer zu sein, ein Held.

Wir fanden ein billiges Hotel und trugen uns als Mann und Frau ein. Bascha verhandelte, während die Frau an der Rezeption sie misstrauisch anblinzelte.

»Sie hält mich für eine Hure«, sagte Bascha im Aufzug. Sie lächelte, und ihr Zahnfleisch war wie ein zweites, feuchteres Lächeln. »Vielleicht bin ich eine Hure.« Sie schloss die Tür unseres Zimmers und riss mir den Knopf von der Hose. Ich hatte so etwas schon im Film gesehen, wo es hemmungslose Leidenschaft suggerieren sollte, aber zum ersten Mal war ich selbst Teil einer so animalischen Erfahrung, so ausgehungert nach körperlicher Liebe, dass wir das klebrige Crescendo der Intimitäten einfach übersprangen. Wir schafften es nicht mal mehr aus unseren Hemden.

Bascha hatte keinerlei Interesse an klitorialer Stimulation, komplizierten Stellungen, schwülen Blicken. Steck ihn rein, das war ihr Hauptinteresse. Ihr Gesicht zerschmolz. Sie sah aus wie eine der Wahnsinnigen aus Hogarths Kupferstichen aus dem Irrenhaus, als wolle sie gleich ihre Haare ausreißen und mit Scheiße schmeißen, und das gefiel mir, ebenso wie ihre Beckenmuskeln, die sich ringförmig zusammenzogen und öffneten. Die Sonne schien durchs Fenster und ließ den Schweißfilm auf ihren kleinen weißen Brüsten glänzen. Ihre Hüften wippten.

»Komm viel«, sagte sie. »Komm viel in meiner Möse.«

»Sag mal –«

»Jetzt. Jetzt-jetzt-*jetzt*.«

Hinterher sah ihr Körper aus, als sei er an Land gespült worden.

Bascha griff nach meinem Schwanz. »Du hast mächtiges Fleisch.«

Ich lachte.

»Wirklich«, sagte sie.

»Ich glaube eigentlich, dass ich ziemlich normales Fleisch habe«, sagte ich.

»Nein«, sagte sie. »Ich weiß noch, als wir das erste Mal zusammen waren, als ich zum ersten Mal gesehen habe, da habe ich schon gedacht.«

Ich suchte in ihrer Miene nach Hintersinn; aber Hintersinn war nicht ihre Art. Sie sprach über sexuelle Details nicht wie eine Amerikanerin. Und ihre Beurteilung schien sie ganz ernst zu meinen, als habe sie über die Größe meines Geschlechtsteils schon länger nachgedacht.

Mein Ego schraubte sich in schwindelnde Höhen. Was wünscht sich ein Mann mehr, als wegen der Größe seines Fleisches verehrt zu werden?

Bascha erinnerte sich nicht an ihren Vater, denn sie war erst zwei Jahre alt, als er starb. Er war für sie nicht mehr als eine verschwommene Gestalt auf Fotos, mit einer ebenso kleinen spitzen Nase wie ihre. Ihre erste Liebe – ihre einzige große Liebe, soweit ich das beurteilen konnte – war ihr Stiefvater Tomas, ein sanftmütiger Mathematiker, der Baschas Mutter angebetet hatte.

»Was ist mit ihm?«, fragte ich.

»Er ist gestorben, als ich acht war«, sagte sie. »Er kam von einer Konferenz in Deutschland zurück. Die Straße war verschneit.«

»Mein Gott«, sagte ich. »Das tut mir so Leid.«

Ich streckte die Hand nach ihr aus, aber sie rutschte an den Rand des Bettes und richtete sich auf. Sie betrachtete mich neugierig. »Das muss dir nicht Leid tun. Ich erinnere mich kaum.«

In Krakau wollten wir uns das Schloss ansehen, aber es war wegen Renovierung geschlossen, also gingen wir zum anderen Ende des Platzes. Der Verkehrsverband veranstaltete ein Volkstanz-Festival, und mürrische Teenager drehten sich in ländlicher Kleidung. Bascha selbst trug ein Sommerkleid, das locker um ihre Beine schwang, und Sandalen. Ich dachte an *all the girls in their summer dresses* und versuchte zu begreifen, warum ich nur Bascha ansehen wollte.

Wir liebten uns in unserem muffigen Pensionszimmer, seiften uns gegenseitig unter der Dusche ein und gingen dann wieder auf den Platz zurück, um die frische Brise auf unseren Körpern zu spüren, die an geheimen Stellen wund waren, und um die Sterne auf dem Vorhang des Nachthimmels und bemalte Eier und Zigarettenetuis an den Marktständen zu betrachten. Die Cafés waren geöffnet, die Tische von flackernden Kerzen erhellt.

Meine eigene Ruhe erstaunte mich.

»Woran denkst du?«, fragte Bascha.

»An die Nacht«, sagte ich. »So eine wundervolle Nacht.«

Sie drückte meine Hand, beugte sich herüber und küsste mich. Ihre Augen schimmerten dunkelgrün und voller Ernst. Mit leiser, fast verlegener Stimme sagte sie: »Ich möchte nach Amerika kommen und mein Leben mit dir führen, David.« Ihre Hände zitterten. Ihr Atem ging stockend. Alles war schrecklich real. Ich musste mich selbst daran erinnern.

»Ja?«, flüsterte sie. »Was hältst du davon?«

War ich nicht in der Hoffnung auf genau so einen Antrag nach Polen gekommen? Träumen wir nicht alle im Reich unserer heimlichen Wünsche von solchen Bitten? Und doch hatte ihre Erklärung etwas Ernüchterndes. Ohne Vorwarnung, mit einem einzigen Satz, hatte Bascha die Jagd für beendet erklärt, hatte sich mir zu Füßen geworfen, hatte mich gezwungen, die Versprechen meines wütenden, hochfliegenden Charmes einzulösen. Mein Herz zuckte zusammen.

Wir waren die ideale Besetzung für eine Fernbeziehung, für die verdrehte Logik von Wunschtraum und Entbehrung. Wir schrieben uns lange Briefe voller Verlangen und brennendem Schmerz. Wir perfektionierten die Kunst der Nostalgie: die schöneren Momente aus dem Gewirr der tatsächlichen Erfahrung zu lösen und mit neuer Sehnsucht aufzuladen. Wir hielten die Hindernisse unserer Liebe für den Beweis ihrer Tiefe.

Weihnachten also in Polen. Katowice schien mir angemessen verarmt. An den Straßenecken verkauften Männer Karpfen, schlitzten die Fische auf, bis ihre Schürzen blutüberströmt waren, während ihre Frauen den Rogen feilboten. Alle sahen mürrisch und schlecht angezogen aus; die Bürgersteige endeten im Schlamm.

Bascha lebte mit ihrer Mutter zusammen, aber sie arbeiteten beide. Sie gab mir einen Wohnungsschlüssel. Ihre Wohnung war Teil eines riesigen sowjetisch anmutenden *Panelak*, aufgefaltet wie ein Fächer, fünf Stockwerke rußiger Beton, nach Pisse stinkende Treppenhäuser. Ihr Zimmer hatte die Maße einer Zelle: ein schmales Bett, eine Kommode, ein Schreibtisch, auf dem meine Briefe ordentlich gestapelt an einer Ecke lagen. Übers Bett hatte sie ein Foto von uns gehängt, wie wir uns an einer Straßenecke in Krakau küssten. Ich hatte das Foto selbst geschossen, mit ausgestrecktem Arm, während ich sie mit dem anderen umschlang. Der weiße Flaum von Baschas Wange füllte den Rahmen, ihre Augen waren geschlossen, ihr Mund warf sich dem Kuss entgegen. Das Foto war verschwommen, als sei alles furchtbar schnell gegangen oder nur ein Traum gewesen. Draußen fiel Schnee wie Konfetti und schmolz auf dem Pflaster. Jedes Mal, wenn ich das Klacken weiblicher Absätze hörte, spannten sich meine Muskeln an.

Schließlich platzte Bascha atemlos und mit glasigen Augen herein. Die kurze Lähmung der Befriedigung überwältigte mich. *Und das soll alles mir gehören?* Ihre Hände glitten unter meinen Pullover. Ihre pfefferminzige Zunge berührte meine. Sie schob mich in ihr Zimmer. Ihr Geruch stieg auf, das süße, verdorbene Aroma. Sie stieß einen lang gezogenen Seufzer aus, als ich in sie hineinglitt. Wie dramatisch! Als würde man mit dem Schwanz zuerst auf die Broadway-Bühne springen.

Und danach saß ich, sauber geschrubbt und mit glühenden Ohren, am Esstisch der Olszewskas und tat mich an mit Kreuzkümmel gewürztem Reis und gedünsteter Leber gütlich. Mamu trat ein, die Wangen von der Kälte (und einer beträchtlichen Menge Wein, wie sich herausstellte) gerötet. Sie war eine attraktive Frau mit breiten

Wangen und einem Kussmund. Bascha strahlte übers ganze Gesicht: Man sah sofort, dass die beiden in tiefer Liebe verbunden waren, wie es Müttern und Töchtern manchmal geht, wenn ihnen keine männlichen Bedürfnisse dazwischenkommen.

Ich stand auf, und Mamu musterte mich. Ich spürte, wie Bascha uns beobachtete und ihr Atem sich verlangsamte. Mamu schüttelte mir die Hand und verkündete in ihrem wackligen Englisch, dass sie hocherfreut sei, mich kennen zu lernen. Dann zog sie mich vertraulich in ihre Arme, und Bascha lachte, zog mich wieder an ihre Seite und begann, Mamu auf Polnisch auszuschimpfen. Für mich klang die Sprache aus dem Mund der beiden Olszewskas immer wie schnell geflüsterte, spielerische Wortattacken.

Was war meine Aufgabe? Da stehen und gut aussehen. Das war der heimliche Vorteil der Liebe zu einer Frau aus dem Ausland: Es wurden nur sehr geringe Anforderungen an mich gestellt.

»Wir werden *Uu*odka trinken«, sagte Mamu.

»*W*odka«, sagte Bascha.

»*Wodka*«, verbesserte Mamu sich übertrieben.

Jawohl! Wodka mit Tonic und Zitronenstücken aus Wassergläsern. Und später, in Mamus Zimmer, Pflaumenbranntwein aus Schnapsgläsern. Wir drängten uns alle drei am Fußende ihres Bettes; es gab keine andere Sitzgelegenheit. In ihrem Zimmer standen außer dem Bett nur ein Bücherregal und eine schmale Kommode.

Mamu rauchte mit so ruhigen und geübten, so eingespielten Bewegungen, dass sie wie ein Teil ihres Charakters wirkten. Ihre Marke hieß *Petit Cœurs*, und die Schachtel war mit kleinen grauen Herzen verziert. Die Zigaretten selbst waren dünn wie Lutscherstangen. Mamu brauchte nur sechs Züge, um eine davon zu rauchen, ließ sie jedoch oft unbeachtet verglimmen, wobei sich die

Asche zu eleganten Schlangen kräuselte. Sie schien die Möglichkeit des Rauchens ebenso zu genießen wie die Handlung selbst.

Bascha und ich fuhren mit der Straßenbahn zum Platz im Zentrum, mit glatten neuen Kopfsteinen gepflastert und von herrschaftlichen Giebeln eingerahmt, von ausländischem Geld renoviert und mit Zuckerbäckerfarben angemalt. Sie beherbergten Clubs, Restaurants und Bekleidungsgeschäfte, natürlich für Touristen, aber auch für die neue Aufsteigerklasse wie Bascha und ihre Freunde, die die erste Lektion der Bourgeoisie gelernt hatten: dass der Erwerb von Wohlstand bis zu einem gewissen, nicht genau definierten Grad auch die Zurschaustellung von Wohlstand erfordert.

Wir gingen in ein paar Clubs, verräucherte Höhlen voll mit alten Popsongs und jungen Leuten, die krampfhaft versuchten, die ironische Abwehrhaltung der amerikanischen Kultur nachzuahmen. Das stimmte mich traurig. Aber Alkohol milderte meine Trauer und half mir, meiner Rolle als Baschas übermütiger Amerikanski besser gerecht zu werden. Wir landeten schließlich in irgendeiner Hotellounge. Bascha saß neben mir und lachte. Die anderen Frauen, streng und schön, beobachteten mich. Ich kippte einen Schnaps nach dem anderen hinunter, brachte Trinksprüche in erbärmlichem Französisch aus und Bascha ein Ständchen mit einer akzeptablen Elvis-Imitation. Irgendjemand zog ein Glaspfeifchen aus der Tasche. »Hasch«, sagte er. »Haschisch.« Davon rauchte ich auch etwas. Natürlich. Ich war der Star. Der Star trinkt. Der Star raucht.

Dann waren wir draußen, stolperten übers Kopfsteinpflaster, im Licht des fleckigen Mondes. Bascha schmiegte sich an mich. Alles an ihr schien in diesem Augenblick vollkommen: ihre Wangen, ihr Vokale verwischender Mund, ihre neu entdeckte Dekadenz, ihr bleicher Körper. Ihre Gefühle waren unvorhersehbar, das stimmte. Aber war das nicht Teil des Geheimnisses? War das nicht in gewisser Weise der entscheidende Punkt?

Dass wir Sex hatten, erkannte ich erst an der Wahrnehmung meines Unterleibs: ein feuchte, saugende Freude. Meistens rollte ich mich nachts um sie und küsste die Haut zwischen ihren Schulterblättern, während mein Arm unter ihr langsam taub wurde. Aber jetzt schien das Bett kein fester Grund mehr zu sein, es nahm eher die Natur eines Ozeans an. Salz stieg in meiner Kehle auf, und ich taumelte ins Bad. Mein Körper würgte und keuchte. Ich vermutete – wie alle ungeübten Trinker –, dass es mir nie wieder gut gehen werde. Weit über mir sah ich die Schönheitselixiere im Regal stehen, Baschas geliebten Föhn, die Strumpfhose wie geschmolzene Haut über die Heizung gebreitet, ein beruhigendes Arrangement von BHs.

Es klopfte. Bascha. Bascha war gekommen, um ihren Geliebten zu retten.

Ich rappelte mich hoch und öffnete die Tür. Da stand Mamu blinzelnd im Bademantel. Ich war nackt. Mein Penis baumelte. Der süße Geruch nach dem Geschlecht ihrer Tochter, parfümiertes und liebkostes Fleisch, stieg zwischen uns auf. Ich wollte mich hinter der Tür verstecken, aber das hätte in dieser Situation wie ein Vorwurf ausgesehen.

»Ist dir schlecht?«, fragte Mamu. Sie hütete sich, ihren Blick weiter als bis zu meiner Brust hinabschweifen zu lassen.

»Ich habe zu viel getrunken«, sagte ich. »Wodka.« Ich spielte vor, wie ich ein Glas Schnaps hinunterstürzte, und als ich den Arm hob und die Finger zum Mund schnellen ließ, spürte ich erschreckend deutlich, wie sich mein Schwanz hob und wieder senkte.

»Du möchtest gern Tee?«, fragte Mamu.

»Oh nein.« Ich legte die Hand auf meinen Bauch. Mamus Blick folgte flüchtig, weil sie die Geste nicht gleich verstand, und ihre Augen ruhten einen Augenblick dort, nicht einmal einen Augenblick, einen kleinen bedeutsamen Moment.

Wie lange hatte Mamu schon kein männliches Geschlechtsteil mehr gesehen? Sie hatte zwei Ehemänner begraben, und nach Baschas Aussage dachte sie nicht einmal mehr an so etwas. Aber Bascha hatte noch nicht begriffen, was für ein sturer Dickschädel der menschliche Körper sein kann. Das Herz schließt vielleicht die Pforten, doch der Körper macht nie Feierabend.

»Kein Tee?«, fragte sie.

»Nein danke.«

»Okay«, flüsterte Mamu. Sie trat in den Flur zurück und drehte sich um; ihr Morgenmantel zeigte die weichen Linien ihrer Hüften. Sie hatte schließlich denselben Körper wie Bascha, nur von Zeit und Mutterschaft belastet.

»Entschuldige, dass ich dich geweckt habe«, sagte ich.

Sie wandte sich mir wieder zu, und ihr Gesicht tauchte so plötzlich aus dem Schatten auf, als würde sie mich anspringen. Ich suchte Schutz hinter der Tür. Das war keine bewusste Handlung; mein betrunkener und schüchterner Körper reagierte einfach. Und dennoch legte sich jetzt ein unsagbar trauriger Ausdruck auf Mamus Gesicht. Ein kleines, misslungenes Lächeln ließ ihre Zähne sehen. »Das macht mir nichts«, sagte sie.

* * *

Am Tag vor meiner Abreise kochte Mamu Borschtsch. Die Fenster beschlugen vom Dunst der Zwiebeln, die in Hühnerschmalz brieten, von Sellerie, Möhren, Paprika, den zarten säuerlichen Ausdünstungen der Roten Bete. Ich hatte noch nie Borschtsch gegessen, worüber die beiden fortwährend scherzten. Ab und zu schlenderte ich in die Küche, um mir von dem Tee einzuschenken, der ständig in der Porzellankanne auf dem schmalen Sims zwischen Herd und Spüle zog. Ich blieb stehen und sah zu, wie Mamu einer Kartoffel die Augen ausstach.

»Sie ist traurig«, sagte Mamu leise. »Bist du traurig?«

»Ja«, sagte ich.

Sie hob die Hand wie zu einer Geste, und ihre Fingerspitzen ruhten auf meiner Wange. Ich roch den Schmutz und die Zwiebeln an ihrer Hand, die wunderschön war, rosa und leicht geschwollen, der Rücken von zarten Adern durchzogen. »Ja. Traurig.«

Nach dem Dinner tranken wir Wodka. Mamu legte Volksmusik auf, und Bascha versuchte mir die Grundlagen der Polka beizubringen. Dann stand Mamu auf und legte mir ihren weicheren Körper in die Arme. Er bewegte sich erstaunlich behende.

Als wir später in ihrem Zimmer aufeinander hockten, zog Mamu eine silberne Punschbowle unterm Bett hervor, die mit Familienfotos gefüllt war. Da war sie, vor dreißig Jahren, beim Ausflug mit der Jugendbrigade, ein hübscher, flotter Teenager in Uniform, mit Barett. Sie sah mich an, während ich die Fotos ansah, und lehnte sich an meine Schulter. Ihr Gesicht rief immer wieder die ungeschriebene Bildunterschrift: *Das bin ich, jung und schön!*

Es gab noch andere Fotos, die ich sehen sollte: Bascha, ganz reizend im weißen Unterrock, die auf ihres Stiefvaters Schoß saß und mit angestrengtem Lächeln gegen den Schlaf ankämpfte. Mamu legte ihre Hand auf meinen

Schenkel. Einen Augenblick dachte ich, sie würde mich küssen, ihr roter, rauchiger Mund würde meinen suchen. Aber ich hatte mich geirrt. Sie beugte sich zu Bascha. Die Fotos rutschten von ihrem Schoß, ihre Jugend, ihre Mutterfreuden, ihre Tochter, die Männer, die sie liebte, sie alle fielen auf den Teppich, kopfüber, kopfunter, die silberne Bowle, in der sie aufbewahrt wurden, war angelaufen, wie man im bernsteinfarbenen Licht sah.

Bascha kletterte aus dem Bett, stützte sich auf die Unterarme und reckte ihr Hinterteil in die Luft. Sie war ziemlich betrunken.

»Magst du, wie ich so aussehe?«

Es dauerte einen Moment, bis ich Herr meiner Stimme war, und Bascha lachte, wie wir es uns von allen Frauen wünschen sollten, über die falsche Einschätzung ihrer Verdorbenheit, über den Gedanken, irgendetwas könne sie abstoßen. »Ich will anale Liebe«, sagte sie, und das Wort klang bei ihr irgendwie französisch und exquisit.

Ist es grausam, wenn ich ihre Worte so wiedergebe? Sollte ich lügen, sie irgendwie netter, poetischer formulieren? Aber genau dies sagte sie. So drückte sich in diesem Moment ihr Verlangen aus. Oder vielleicht ahnte sie auch nur, dass ich eine erniedrigende Erinnerung ersehnte, und wollte mir eine Art Abschiedsgeschenk machen.

»Bist du sicher?«, fragte ich.

»Nimm vom Gel.« Bascha sog Luft ein und schob sich zurück. Ihre Hände stemmten sich gegen den Boden, ihre Arme strafften sich. Ich stemmte meine Hacken gegen die Heizung. Ihre Rückenwirbel krümmten sich leicht. Ihr Gesicht war an den Teppich gepresst, ihre Augen waren geschlossen, und sie lächelte.

Im Bad konnte ich Mamu bei ihren abendlichen Waschungen hören.

»Wir sollten aufhören«, sagte ich.

Bascha schüttelte den Kopf: *Nein, es fühlt sich gut an, aber es tut weh, lass es uns weiter versuchen.*

Es gab passendere Frauen in meiner Umgebung, in weiten Pullovern und mit Brillen, die fast wie meine aussahen, und deren biologische Uhren deutlich tickten. Aber ich war nicht in der Lage, mit ihnen zu kooperieren. Das Letzte, was ich wollte, war eine Frau, die mich tatsächlich verstand. Wieder in den Staaten, konfrontiert mit der Aussicht auf ein vernünftiges Erwachsenenleben, fiel ich sofort zurück in meine aufgeblasene Heldenpose. Ich wusste, dass ich vorgeführt wurde. Aber auch das gehört zur Liebe. Ich vermisste Bascha. Ich vermisste ihr Benehmen, das so ganz zur Alten Welt gehörte und auch mir das Gefühl gab, Stil zu haben. Ich vermisste Mamus fettigen Borschtsch und ihr konfuses Verlangen. Ich vermisste ihre warme Wohnung, in der ich immer im Mittelpunkt stand.

Der Mai machte Katowice neu. Die im Winter rußgeschwärzten und verrotteten Gebäude waren nun mit wilden Hyazinthen geschmückt. Die Sonne trocknete den Schlamm zu Staub. Bunte Hemden flatterten auf Wäscheleinen, Kinder kickten in den Hinterhöfen, und in der Dämmerung schlenderten Pärchen mit langen Schatten über den Platz. Wenn man die Fenster öffnete, trug der Wind den Duft von gebratenen Hühnchen und geröstetem Sesam herein, unterlegt vom süßlichen Gestank des Mülls.

Und die Frauen! Die Frauen Katowices entblätterten sich, ihre pflaumenfarbenen Brustwarzen, ihre durchscheinende Haut, ihre endlos breiten Wangen und ihre kräftigen, schläfrigen Hinterteile; Teenager, schmollend in Trägertops, Geschäftsmiezen, in Nadelstreifen gezwängt, Studentinnen, die aus grünen Miniröcken quollen, junge Mütter mit Kinderwagen. Und die Mädchen in den Fleischerläden, wo die Filets und Koteletts in Glasvitrinen schwitzten, Mädchen, deren Schönheit unter Akneschichten verborgen lag, deren Finger die süße, geräucherte *kielbasa* liebkosten, als sei sie ihr Geliebter – eine nüchterne, weltliche Version von Sex.

Jeden Morgen brachen Mamu und Bascha zur Arbeit auf, während ich aufstand und so tat, als würde ich schreiben. Ich arbeitete hart am – meines Wissens – längsten Exposé der bekannten akademischen Geschichte: 471 Seiten, Fußnoten nicht eingerechnet. Gegen Mittag machte ich mir ein Frühstück aus Eiern, in Honig geräuchertem Schinken und Brötchen, die ich im Fett der Pfanne röstete. Dann legte ich mich ein bisschen aufs Ohr und lauschte dem Juchzen der Kinder auf dem Spielplatz unten. Alles sehr Boheme. Ich rauchte *Walet*-Zigaretten, das Päckchen für 85 Groszy, die nach Nelken und Mist schmeckten.

Abends unterhielt ich mich mit Mamu über Literatur. Sie hatte Philologie studiert und den westlichen Literaturkanon verschlungen. *Die Blechtrommel* las sie mal eben nach dem Abendessen weg. Ich schickte ein paar Gedanken in ihre Richtung, und sie häutete und entbeinte sie fachgerecht. Bascha sah lieber fern, meistens amerikanische Sitcoms, die von einer einzigen, monoton leiernden polnischen Stimme synchronisiert waren.

Abgesehen von sexuellen Kontakten, bei denen ihr Körper und Geist sich dem Fluss der Erfahrungen öffneten, blieb sie entschlossen undurchschaubar. Sie war nicht dumm oder oberflächlich. Sie beherrschte fünf Sprachen, die aus ihrem Mund alle wunderbar klangen. Es schien keinen Laut zu geben, den ihre Zunge nicht formen konnte. Der Tiefe ihrer Gefühle misstraute sie ganz einfach.

Aber selbst unser herrliches Sexleben erlahmte unter den dauerhaften Anforderungen. Bascha setzte mich einem variablen Reizraster aus, wie es Verhaltensforscher zu nennen pflegen. Sie wollte umarmt, gestreichelt, umschmeichelt werden wie ein Kind. Wenn ich nach mehr verlangte, gab sie vor, müde zu sein oder Schmerzen zu haben. Ich konnte mir das nicht erklären. Wo war die willige Komplizin unserer früheren Tage geblieben? Einmal die Woche ließ ich es zum großen Knall kommen und stürmte unter irgendeinem abscheulichen Vorwand aus der Wohnung, wild entschlossen und missverstanden, und wanderte die überwucherten Ufer der Valia entlang, deren seifige Fluten die Farbe alten Blutes hatten; um schließlich in den Trost ihrer verweigerten Liebe zurückzukehren, die mir wie ein warmes Meer erschien, auf dem ich treiben durfte.

* * *

Ende Juli stöberte mich ein ehemaliger Professor auf, der mich aus zuverlässigeren Zeiten kannte. Er brauchte im Herbst einen Dozenten. Der Job selbst war keine große Sache. Aber seine Absicht war eindeutig: Er bot mir den Wiedereinstieg an. Ein anständiges Gehalt. So viel Respekt, dass ich es nochmal mit meiner Doktorarbeit versuchen konnte. »Was treiben Sie da drüben überhaupt?«, fragte er.

Bascha war nicht zu überzeugen. »Du wirst nicht gehen«, sagte sie. »Du liebst mich zu sehr.« Sie weigerte sich zu glauben, dass ich noch ein anderes Leben jenseits ihrer

Schönheit hatte, das mit den Problemen des Erwachsenseins belastet war. »Du kannst in die Staaten kommen«, entgegnete ich. »Wir haben doch drüber gesprochen.«

Doch trotz ihrer kühnen Behauptungen vor einem Jahr sprach Bascha nicht mehr von diesem Plan. Stattdessen ließen wir die Wochen verstreichen, sahen der trüben Sonne zu, wie sie die Tage verlängerte. Die Zedern warfen elegante helle Zapfen auf die Wege, die wir ziellos und Eis essend entlangschlenderten.

Am Vorabend meiner Abreise führte ich Bascha in Katowices angesagtestes Bistro. Wir bestellten *Coq au Vin* und Tenderloin-Steak in Anisette. Ich hatte auf einen letzten Spaziergang über den Platz gehofft, aber gegen Ende des Essens hatte Baschas Gesicht die bleiche Farbe von Zement angenommen. Sie hatte ihren Teller kaum angerührt. Zu Hause kochte Mamu ihr einen Tee, verabreichte ihr eine Aspirin und steckte sie ins Bett.

Ich packte meinen Koffer fertig. Als ich zu Bascha ins Bett kam, lag sie da und starrte durchs Fenster auf die zerrissenen Wolken. Ihr Gesicht hätte in den klassischen Flügel eines Museums gepasst: Schönheit als Macht der Geschichte. Ihr Morgenmantel war hinten hochgerutscht. Ich hatte mir gedacht, dass wir Sex haben könnten. Das hatte sich jedenfalls mein reines, bebendes Klischee von Körper so vorgestellt.

Ich legte mich zu ihr, schmiegte mich von hinten an sie und kuschelte mich an ihren Hintern. »Heute ist unsere letzte gemeinsame Nacht«, sagte ich.

Bascha schüttelte den Kopf.

»Süße«, flüsterte ich. »Bitte.«

»Lass das«, sagte sie leise. »Nein.«

»Ich will dich doch nur lieben.« Ich presste mich an sie.

Das war falsch, und ich wusste es. Aber in diesem Moment war mir, als gäbe es nichts anderes, worauf ich zurückgreifen könnte. Unsere Affäre – unser großes Drama des Verlassenwerdens und Wiederfindens – war auf Grund gelaufen. Jetzt mussten unsere Körper in die Bresche springen, um sie wieder flottzumachen.

Trotz all ihrer Ausflüchte hatte Bascha da schon mehr begriffen als ich. Sie wusste, dass der Körper nur Wünsche ausdrücken kann. Er kann keine Tatsachen aus der Welt schaffen. »Nein«, sagte sie. »Lass mich in Ruhe.«

Was war das für ein Spruch? *Lass mich in Ruhe?* Wir waren ein Liebespaar. Dies war unsere letzte gemeinsame Nacht. Ich starrte Baschas lange, schlanke Beine an. Ihre Haut schien immer bleicher zu werden, als würde sie sich auflösen und in die Laken sickern. Aber ich wollte nicht, dass sie jetzt schon verschwand. Ich griff nach ihrem Nacken.

Bascha fing an zu weinen. »Hör auf«, sagte sie. »Fass mich nicht an.«

»Tut das weh?« Ich kniff in die warmen Muskelstränge. »Tue ich dir weh?«

Plötzlich trat Bascha nach mir, und ihr Morgenmantel schob sich weiter hoch, bis ich ihren Hintern sehen konnte, die herrlichen weißen Halbmonde, die sich anspannten, die feinen Härchen und die Haut, die sich in der Spalte bläulich verdunkelte. Ich wusste, was ich wollte. Es war völlig klar. Ich packte ihre Hüften.

Baschas Ellbogen schnellte zurück und traf mich auf den Mund, und sofort schmeckte ich Blut, ein guter Geschmack, süß und zerstörerisch. Bascha machte sich los und verließ das Bett. Ich hätte aufspringen können, sie verfolgen, weiß Gott was tun. Aber durch das Milchglas der Tür konnte ich Mamus Gestalt erkennen.

»Lauf nur weg«, sagte ich. »So ist es richtig, lauf weg.«

»Du läufst doch weg«, schluchzte Bascha. Sie machte

die Tür auf und fiel ihrer Mutter in die Arme, und die beiden blieben eine Minute lang so stehen. Dann schlichen sie wie zwei verwundete Soldaten davon, und ich hörte, wie die Tür zu Mamus Zimmer zufiel.

Ich wartete, bis mein Atem ruhiger ging, dann stellte ich mich vor ihre Tür. Ich hörte die beiden auf Polnisch wispern. Ich öffnete die Tür, aber keine der beiden machte Anstalten, sich zu mir umzudrehen. Mamu rückte den kalten Wickel zurecht, den sie ihrer Tochter auf die Stirn gelegt hatte. Bascha wimmerte wie ein Kind, das um Schlaf ringt. Sie hielt Mamus Rocksaum in der Faust. Und jetzt begriff ich, warum Mamu nie etwas gegen meine Anwesenheit einzuwenden gehabt hatte: Sie wusste, dass Bascha sie letzten Endes nie im Stich lassen würde.

Eine Stunde später kam Mamu aus Baschas Zimmer. Ich stand in der Küche und starrte in den leeren Hinterhof. Sie lächelte höflich und nahm eine *Petit Cœur* aus der Packung, die im Küchenschrank lag. »Vielleicht willst du Sandwich für die Reise?«

»Ist nicht nötig«, sagte ich, aber sie griff schon in den Kühlschrank, nahm einen Block Käse und in Alufolie gewickelte *kielbasa* heraus und holte ein Messer vom Magnetstreifen hinter meinem Kopf. Die Haut ihrer Hände sah aus wie schönes rosafarbenes Papier.

»Schläft sie?«

Mamu nickte.

»Ich schlafe wohl besser auf der Couch?«

Mamu zuckte die Achseln. Sie schnitt Wurst und Käse ab und schichtete sie auf das Brötchen. »Hast du alle Koffer fertig?«

Ich nickte. Ich konnte die Schwellung meiner Lippe spüren.

»Vielleicht habe ich ihr wehgetan«, sagte ich. »Ich war

ziemlich wütend. Weil ich weg muss, verstehst du. Wir haben uns beide ein bisschen blöd benommen.«

Mamu starrte mich an. Aus ihrer Nase strömte Rauch. Sie hatte das alles kommen sehen. Männer gingen weg; man konnte sich nicht auf sie verlassen. All ihre Vorzüge, ihr Geld, ihre Worte und ihre Schwänze waren nur ein vorübergehender Trost. Ihre Tochter lernte das nun endlich.

Später würde es tränenreiche Abschiede voll trügerischer Flughafenhoffnungen geben. Und noch später Briefe und Anrufe, die immer hohler klangen, halbherzige Versprechen, bis sie schließlich ganz versiegten. Bascha war nicht der Typ fürs Klammern, keine, die ich anrufen konnte, wenn ich zu viel getrunken hatte und die Nacht zu lang wurde, um sicherzugehen, dass sie immer noch irgendwie an mir hing. Ich meine, irgendwann ist man bloß noch ein Unglück, das jemand anderem zugestoßen ist.

»Es tut mir Leid«, sagte ich. »Es tut mir alles so Leid.«

Aber Mamu war nicht böse. Für mich würde es auch nicht leichter sein. Also kam sie auf mich zu, ging um den Tisch und schloss mich in die Arme, und ich vergrub mein Gesicht in ihrem Busen, der nach Rauch und Waschpulver und zehntausend Mahlzeiten roch, und begann zu schluchzen, wegen Bascha, wegen Mamu, wegen uns allen, die wir an unseren Sehnsüchten leiden.

# Das Zuckergesetz

Mir musste einfach klar sein, dass sich alle Gesetze ständig änderten. Deshalb empfahl Matesch polnischen Zucker. »Gesetz sehr unbeständig«, sagte er, als hätte ich widersprochen. »Immer diese Wahlen. Ha. Politiker sind Dreck. Also warum riskieren? Wenn man nicht schützen kann?«

»Gutes Argument«, sagte ich noch einmal. »Aber jetzt muss ich los, glaube ich.«

»Bei Zucker gibt es eine *Vereinbarung*«, sagte Matesch und schlug mit der Faust auf den Tisch. »Es gibt eine Garantie.« Er bestellte neue Getränke, aber der Kellner ignorierte ihn. Ich erinnerte ihn, dass es schon spät sei und ich gehen müsse.

»Prag? Scheiß auf Prag! Schon zu viele Deutsche da. Ungarn? Zu viel Mafia. Polen. Hier bist du richtig! Aber nicht mit Bauen. Ausländer dürfen bei uns kein Land besitzen. Und wenn Wahlen sind, ändern sich alle Gesetze wieder. Also? Also?« Er sah mich in demütiger Erwartung an, wie ein Kind, das auf den Nachtisch hofft.

»Zucker?«

»Ja! Zucker! Zucker!« Er krümmte sich vor Lachen. Es schien so offensichtlich, so erstrebenswert.

Der Kellner rückte mit drei frischen Bieren an. Matesch klatschte in die kleinen Hände. »Gutes Bier. *Polnisches* Bier.« Er murmelte dem Kellner etwas zu, der mürrisch die Hände an der Schürze trockenwischte. Ich zog einen weiteren Schein aus meiner Brieftasche, aber Matesch schüttelte den Kopf. Er holte einzelne Münzen aus seiner Hosentasche und zählte sie dem Kellner hin.

»Bitte«, sagte ich. »Lass mich.«

»Zu spät.« Matesch schickte den Kellner weg.

»Ja«, sagte ich. »Da hast du ganz Recht.«

Mateschs Schwester nippte an ihrem Bier. Sie war schön, bleich und glatt wie neues Kopfsteinpflaster.

Jenseits der Balustrade des Cafés schlenderten Mädchen in kurzen Kleidern über den Platz, und junge Männer stolperten hinter ihnen her. Die Dämmerung brach herein, doch alle trugen noch Sonnenbrillen. Ein offenbar blinder Mann spielte auf einer Blockflöte eine seltsame Weise. Hunde unbestimmter Rasse versammelten sich am anderen Ende des Platzes.

»Man gründet dafür einen Fonds«, sagte Matesch. »Um sein Vermögen zu schützen.«

»Ich hab kein Vermögen«, sagte ich. »Ich bin Bibliothekar.«

Matesch nickte. Meine Dementis erfreuten ihn, denn er hielt sie für Beweise meines enormen Wohlstands und meiner Geschäftstüchtigkeit. »Dann gibt es eine Person, die deinen Fonds verwaltet, und du bekommst Dividenden. Dividenden, ja? Wie viel du kriegst, ist dein Risiko.«

»Ja«, sagte ich. »Das klingt ganz gut. Ich würde gern darüber nachdenken.«

»Was ist Nachdenken?«, sagte Matesch. »Nachdenken ist Dreck. Während du nachdenkst, machen die Deutschen Geschäft. Sie sind furchtbar. Ich habe sie kennen gelernt. Sie werden alles Geld aus dem Zucker holen. Unser Geld.« Matesch fischte nach einer Zigarette, die schon zu brennen schien, als er sie aus der Packung zog. Er inhalierte majestätisch.

Mateschs Schwester lächelte. Sie hatte schiefe Zähne

und herrliches rosa Zahnfleisch. Ich entdeckte die Andeutung einer Entschuldigung in ihrer Miene. Ich starrte in mein Bier.

»Die Leute werden immer Zucker brauchen«, erklärte Matesch. »Für Kuchen und Bonbons und Eiskrem. Das Parlament weiß das, darum haben sie eine Vereinbarung getroffen.« Er tippte sich an den Kopf. »Dies Gesetz wird nie geändert, das Zuckergesetz. Wenn sie das ändern – was dann? Kein Zucker! Kein Kuchen! Nichts!«

»Ja«, sagte ich und nahm einen Schluck Bier. »Ich verstehe.«

»Was ist die Welt ohne Zucker?«

Ich sah auf die Uhr und war sehr froh, dass ich meine Tasche im Hotel gelassen hatte.

»Die Leute brauchen Zucker. Das wird sich nicht ändern. Selbst wenn die Kommunisten wieder gewählt werden. Auch die Kommunisten brauchen Zucker!«

»Jeder braucht Zucker«, sagte ich. »Lass mich drüber nachdenken.«

»Was gibt's da nachzudenken?«, fragte Matesch scharf.

Ich spürte, wie etwas mein Bein streifte, und hörte Mateschs Schwester mit einem zarten Seufzer ausatmen.

Eine Gruppe von Straßenkünstlern hatte sich in der Mitte des Platzes versammelt, und einer von ihnen – offensichtlich ziemlich betrunken – begann Feuer zu spucken, wozu er eine Flasche mit klarem Alkohol und eine altmodische Fackel benutzte. Ich glaube, das Feuer lockte die Hunde an. Oder die Flötentöne des blinden Mannes. Ich sah, wie sie eine Formation bildeten und losliefen.

»Das dauert nicht lange«, sagte Matesch. »Paar Monate, mehr nicht. Und dann sind wir reich. Oder ein Jahr, wenn du willst. Dann sogar noch reicher. Ich habe schon vielen Männern geholfen. Andere lassen dich Jahre warten. Ich nicht. Es fängt alles damit an, dass du Geld kabelst. ›Telegrafische Anweisung‹, ja? Aber Kabel kann niemand sehen. Man sieht nur Zahlen in der Bank. Ha!«

»Ich bin Bibliothekar«, sagte ich. »Ich arbeite in einer Leihbücherei.«

»Ja«, sagte Matesch. »Wie in der Bücherei. Aber wir nehmen keine Bücher. Wir nehmen Zucker!«

Die Hunde waren jetzt auch zu hören. Kein Bellen oder Knurren, eher ein gepresstes Summen. »Im letzten Jahr Zuckerrüben waren hervorragend. Aber dieses Jahr – nicht genug Rüben. Nicht viel Rüben, nicht viel Zucker! Verstehst du? Preise gehen hoch, hoch, hoch!«

Mateschs Schwester hatte die Hunde bemerkt. Sie trug eine Sonnenbrille, aber man konnte sehen, dass sie nicht gerade erfreut war. Sie flüsterte Matesch etwas zu, aber er wedelte mit der Zigarette und ließ sie im Rauch verschwinden. Der Kellner am Eingang des Cafés schaute leicht besorgt und begann, die schweren Holzstühle aufeinander zu stapeln. Er forderte den blinden Mann auf, sein Flötenspiel einzustellen. Der blinde Mann nickte und begann lauter zu spielen.

Die Hunde hatten jetzt die Straßenkünstler erreicht. Einer verbiss sich ins Bein des Ansagers, und die Artisten umkreisten die beiden, sinnlos hüpfend und johlend. Die Zuschauer zogen sich zurück. Erst durch das Eingreifen des Feuerschluckers konnte der Angriff abgewehrt werden.

»Wenn du beim Zucker erst mal drin bist«, sagte Matesch und beugte sich zu mir herüber, »kann das zu anderem Risiko führen. *Gutes* Risiko.«

»Die Hunde«, sagte ich. »Sie scheinen in unsere Richtung zu laufen.«

»Warten hat keinen Sinn«, versicherte Matesch. »Manchmal ist Risiko zu gut. Wenn du wartest, ist es weg. Beim Weizen war es zu Jimmy Carters Zeit genauso. Du wartest, schon ist es vorbei. Futsch. *Puff.*«

Die Hunde bewegten sich jetzt sehr selbstsicher und bahnten sich einen Weg über den Platz. Ich wusste nicht, was ich tun sollte. Ich wusste noch nicht einmal, wie ich hier gelandet war. Ich wollte irgendwem sagen, dass es einen Irrtum gegeben habe. Einen großen Irrtum. Aber wem soll man das in solchen Situationen sagen? Der Kellner zog sich ins Café zurück und verriegelte die Tür, er schloss uns aus. Die jungen Männer und Frauen auf dem Platz zerstreuten sich. Der blinde Mann spielte weiter, aber stockend, und sein Kinn sank herab, als würde ihn jemand am Bart ziehen. Ich sah mich nach der nächsten Straßenecke um.

»Und hier kommt es jetzt auf Verbindungen an«, sagte Matesch. Er tippte sich wieder an den Kopf. »Nicht wegen Gesetz, das ändert sich nicht. Aber wir müssen sichergehen, was unsere Position angeht. Vielleicht wollen auch andere unsere Position.«

Die Hunde hatten sich auf jemanden oder etwas gestürzt. Man sah ihre Kiefer zuschnappen und hellen Stoff zerfetzen. Sie klangen ernsthaft und schrecklich glücklich. Ich reckte den Hals, um besser sehen zu können, aber Matesch hielt seinen Schädel in meine Blickrichtung. Seine Nase hatte die Farbe feuchter Ziegelsteine.

»Wirklich«, sagte ich, »ich glaube, wir gehen besser.«

»Man braucht keinen Vertrag«, entschied Matesch. »Vielleicht, wenn du Deutscher wärst, aber wir sind doch Gentlemen.«

»Die Hunde«, sagte ich.

»Ein Vertrag ist Dreck«, sagte Matesch.

Ich stand auf und streckte die Hand aus. »Also ehrlich –« Matesch trank mürrisch sein Bier aus.

Die Hunde hatten von was auch immer abgelassen und suchten jetzt das von uns aus übernächste Café heim. Ich konnte ihre Fangzähne und ein bisschen Schaum an den

Lefzen sehen. Ich blieb noch einen Moment mit ausgestreckter Hand stehen, aber Matesch wirkte niedergeschlagen. Ein Hauch von Tragik umwehte ihn. Sein Anzug, der noch vor einer Stunde so geglänzt hatte, wirkte jetzt stumpf und unbewohnt. Einer der kleineren Hunde, eine Art Terrier, sprang ein paar Tische weiter auf die Absperrung. Meine Hand hing in der Luft. Und hing immer noch. Sie fühlte sich tot an, als hinge sie an anderen toten Dingen.

Und dann geschah es, wie solche Dinge manchmal geschehen: Mateschs Schwester griff nach meiner Hand und erhob sich wie eine langstielige Blume. Wir waren ganz schnell auf und davon. Zum ersten Mal seit Wochen, seit Monaten rannte ich, und ihre Hand fühlte sich in meiner frisch und lebendig an. Hinter uns hörten wir Matesch. Er beschimpfte die Hunde. »Was seid ihr?«, rief er. »Ihr seid Hunde. Ihr versteht nichts von Risiko.«

Mateschs Schwester war flink und kannte die Straßen, und ich kann aus tiefster Überzeugung sagen, dass kein Mensch auf dem weiten Erdenrund mich in diesem Augenblick daran gehindert hätte, ihr zu folgen.

# Versuch einer Annäherung

Ein Mann in einer Bar versucht sich einer Frau anzunähern. Die Zeiten sind nicht günstig für Annäherungsversuche, aber er gibt alles. Seine Augenbrauen haben schon seit Stunden Vorarbeit geleistet. Seine Stimme – eine angenehme Stimme, sagt man, eine *Radiostimme* – verweilt bei ihrem Namen. Sie ist beim dritten Drink, und sie ist schließlich hier bei ihm und nirgendwo anders, und sie hat endlich die Handtasche von ihrem Schoß genommen, die dort wie ein kleiner Wachhund lag.

Sie sind irgendwo downtown, irgendeine Stadt, irgendeine Bar, und die Wolkenkratzer leuchten wie riesige Straßenlaternen, U-Bahnen rasen mit ihrer menschlichen Fracht vorbei, der Wind weht Betonstaub und Abgase vom See heran, die Dämmerung verabschiedet sich.

Er heißt Bill oder Mike oder Chuck. Sie heißt Rachel, Liz oder Michele mit einem *l*. Sie hat einen schönen Namen. Das hat er ihr schon gesagt, und jetzt beugt er sich zu ihr, nah genug, um ihr Mundwasser zu riechen. Er hofft, dass er kühn und gleichzeitig gepflegt erscheint. Wie Brando oder Valentino. Sie rührt ihre *Bloody Mary* mit einer merkwürdigen Präzision um, als würde sie dafür bewertet.

Er berührt ihren Arm nur mit den Fingerspitzen. Wird sie dem Genuss zustimmen, den all dies für sie beide bedeuten könnte: das Erheben ihrer Körper, das Niederlegen, die bleichen Enthüllungen, die Feuchtigkeit, die von innen nach außen dringt, all das? Mit der Hand wie mit den Lippen bittet er sie, die komplizierte elektrische Ladung des Augenblicks mit ihm zu teilen.

Sie haben sich bereits kennen gelernt, diese beiden – oder zwei, die ihnen sehr ähnlich sind –, auf einer Kostümparty vor ein paar Jahren. Sie war als Salome verkleidet, mit sieben Schleiern und einem durchsichtigen schwarzen BH. Er war ein Höhlenmensch. Sie senkte ihre angemalten Lider und sprach wie ein biblisches Flittchen. Er sagte *Ugga-Ugga-Bugga*. Sie schwang die Hüften und ließ ihre Schleier flattern. Er zerrte sie an den Haaren in ein dunkles Hinterzimmer; wünscht, er hätte es getan.

Aber warum ist die Zeit ungünstig für einen Annäherungsversuch?

Weil der Annäherungsversuch das ist, was Semiotiker einen *verfallenen Signifikanten* nennen würden. Was die Handlung einmal ausgemacht hat – ein Versuch, die sexuellen Spielregeln der jeweiligen Kultur zu brechen –, ist vom lüsternen Lauf der menschlichen Entwicklung überholt worden. Nicht, dass nichts mehr heilig wäre. Ganz im Gegenteil. Es ist mehr heilig als je zuvor, weil vom Selbst mehr als je zuvor verborgen bleibt. Aber der Annäherungsversuch zielt nicht mehr auf Verborgenes. Er ist offen und sichtbar geworden, unwiderruflich, unheilbar.

Eine Frau wartet auf ihren Flug nach Denver; routiniertes Make-up, in einen modischen Hosenanzug gezwängt. Aber Gewitterwolken sind aufgezogen, und die Weicheier von der Flugsicherung lassen die ankommenden Maschinen Warteschleifen fliegen, Gott weiß, wie lang das dauern wird, also zieht sie sich ins eifrige Geplauder an der Flughafenbar zurück. Sie ist ein wenig älter als man zuerst denkt, weiß sich ins rechte Licht zu setzen. Sie lässt sich am schummrigen Ende der Teakholz-Theke nieder, neben einem Mann in einem zerknitterten Anzug – auch ein Gefangener –, und bestellt einen *Screwdriver.*

Sie trinken beide sonst nicht, aber sie müssen die Zeit totschlagen und sind beide mit gutem Grund schlecht gelaunt. Sie fällen Urteile über das Verhalten der Fluglinie, das Brusthaar des Barkeepers, die Dekoration des Ladens. Ihre Toleranzgrenzen passen gut zueinander. Sie hören gemeinsam einer älteren Dame aus New York zu, die in den Hörer des Münztelefons brüllt wie ein mutterloses Kalb. Er weist zurückhaltend auf die Unverschämtheit des Dienstpersonals hin.

An der Wand über ihnen: ein *Casablanca*-Poster, Bogie und Ingrid auf dem Flughafenasphalt, von rosa Nebel umweht, geben sich alle Mühe, kitschige Hoffnung zu verkörpern. Und draußen, in den überfüllten Wartezonen jenseits der Röntgenschirme: in Sitzgruppen gefangene Paare, in Reisekleidung, mit Reisefrisuren und Lip-Gloss, die Frauen Make-up-verschmiert, die Männer mit Abschiedserektionen.

Er ist auf gewisse Art attraktiv, der Mann im zerknitterten Anzug, wie ein Gangster, mit breitem Gesicht, einer Nase, die – wie sie sich vorstellt – schon mal gebrochen war, klaren braunen Augen. Seine Hände sind groß und tragen ansehnliche Narben. Am Ringfinger kein Ring, nur ein blasser Streifen Haut. Sie bestellt noch einen *Screwdriver.* Er eilt davon, um etwas über Abflugzeiten herauszufinden. (Er muss in Pittsburgh eine eidliche Aussage überwachen.)

Sie stellt fest, dass sie ihn vermisst. Seltsam. Aber anders lässt sich das Hochgefühl nicht erklären, das sie empfindet, als sie ihn um die abgestellten Gepäckwagen kurven sieht, seine zerknitterte Hose und darin seine kräftigen Beine.

»Die schlechte Nachricht«, sagt er: »Ich bin verheiratet.«

Oder: »Wir würden uns nur gegenseitig wehtun.«

Oder vielleicht: »Keine Abflüge mehr heute.« In diesem dritten Fall wird sie ihre Hand auf seinen Schenkel gleiten lassen, um der Freude willen, eine erstaunte Bewegung unter ihren Fingern zu spüren, einen Körper, der auf weitere Anweisungen wartet.

Aber sie sind Fremde, und die Möglichkeiten der Annäherung reizen sie ohne weitere Überlegungen.

Auf einer Party in einem Vorort, der für seine Kunst im öffentlichen Raum berühmt ist, trinkt eine Gruppe von Kollegen miteinander Rotwein und tunkt Gemüse in Dips. Sie kennen einander so gut, wie sich moderne Arbeitnehmer eben kennen: ein etwas bemüht lebhaftes Interesse aneinander. Manche sind verheiratet, manche Singles, und die einen beneiden die anderen. Ein Leben mit zu viel Auswahl hat sie unentschlossen gemacht. Nach den Maßstäben ihrer Eltern sind sie wohlhabend, aber sie sind nicht verwurzelt genug, um ihre Hoffnungen Früchte tragen zu lassen. Sie leben in Wohnungen und verbringen Stunden damit am Telefon, Entscheidungen zu treffen. Wo man essen geht. Welchen Film man sieht. Sie gehen Beziehungen ein, die sich im Grunde wie Arrangements anfühlen. Sie kennen sich nur sehr schlecht mit der Funktion der Reue aus.

In dieser Umgebung entwickelt der Annäherungsversuch einen düsteren Charme. Der Mann, der es gleich versuchen wird, Geoff, sitzt mitten in einem gemütlichen Wohnzimmer auf dem Boden. Die Frau, Elena, sitzt oberhalb auf der Couch. Sie hat ein Modigliani-Gesicht, exotisch unregelmäßig, lang und bleich, kuhäugig. Im Büro wurde über ihre Brüste spekuliert – sie sitzen verdächtig hoch –, aber ihn fasziniert eher ihr Hinterteil, das rund und lieblich ist.

Elenas Freund ist in der Küche. Ein netter Kerl mit einem großen Leberfleck am Kinn. Manchmal benimmt er sich leicht daneben, was an seiner kleinstädtischen Herkunft liegt: ein Hang zu aufdringlicher Kleidung, ein geschmackloser Scherz. Geoffs Freundin, die auf der Treppe steht, ist stilsicher und anspruchsvoll, städtisch gebildet, eine Verführerin ohne Komplexe und Hemmungen. Als Geoff begann, mit ihr zu schlafen, erregte ihn ihre schamlos obszöne Ausdrucksweise, ihr Wunsch nach Schlägen mit der flachen Hand. Inzwischen findet er ihre Vehemenz eher einschüchternd. Sie sind ein glückliches Paar, glaubt Geoff, so glücklich, wie Paare eben sind.

Elena hingegen strahlt eine Unschuld aus, die seine Eitelkeit herausfordert, die ihn nach dem hungern lässt, was er nicht hat. Sie ist angeheitert und freundlich, und Worte sind seine Verbündeten. Er lenkt das Gespräch auf intime Themen: Massagen, Piercing, sinnliche Wünsche.

Ich glaube, du weißt einiges, sagt er. Ich sehe, wie du dich durchs Büro bewegst, und ich glaube, du weißt ein paar Dinge, die die meisten Leute dir nicht zutrauen würden.

Sie rollt mit den Augen.

Viele von den Jungs reden bloß über deine Oberweite. Tut mir Leid, ich wollte dich nicht in Verlegenheit bringen. Bitte nicht verlegen werden. Es ist die Schönheit, die sie neugierig macht, weiter nichts. Dafür kannst du ihnen keinen Vorwurf machen. Aber ich glaube, sie irren, Elena. Ich glaube, bei dir liegt die Schönheit in der unteren Körperhälfte, bei den *nalgas*. Das wollte ich dir schon die ganze Zeit sagen. Ich weiß, es gehört sich nicht, aber ich beobachte dich, wenn du durchs Büro gehst, beobachte deine Bewegungen und denke: Ich bin nicht sicher, ob ich mein Leben leben kann, ohne es herauszufinden.

Und dann gibt es Kreise, in denen jeder dabei ist, es herauszufinden, Gruppen junger Menschen nach dem College, die sich auf dem Grund hoch aufragender Städte zusammenballen und eine Gemeinschaft zu bilden versuchen. Jeder hat mit jeder geschlafen, und alle trinken zusammen, weil sie hoffen, dass Alkohol und Musik ihnen zu verloren gegangenem Glanz verhelfen oder dessen Verschwinden übertünchen werden. Die wenigen, die sich noch nicht gepaart haben, sind im Nachteil, sind nervös und stolz, noch nicht entspannt. Sie sehen, wie die anderen schwanken und schwitzen, und stellen sich eine Kette von Leibern und Gliedern vor, in der sie selbst fehlen. So werden die Samen zukünftiger Annäherungsversuche gelegt.

Aber was vor uns liegt, ist nicht von Belang. Wir interessieren uns für die Gegenwart, das strahlende Jetzt, den Augenblick des erotischen Handels – unentschieden, in der Luft hängend: ein Fragezeichen, das auf ein Ausrufezeichen wartet.

⋆ ⋆ ⋆

Zwei Gefreite der amerikanischen Armee kommen in einen heruntergekommenen Club in Stuttgart, um Jazz zu hören; sie kommen getrennt. Sie gehören verschiedenen Divisionen an, kennen sich nicht. Der Club ist in der Altstadt, meilenweit von den Biergärten entfernt, wo sich ihre Kameraden mit literweise hellem Pils und fettiger Wurst abfüllen und bunte Banknoten zählen, mit denen sie später die Huren dieser aschfahlen, nieseligen Stadt heimsuchen werden.

Streng genommen wird im blauen Licht des Clubs gar kein Jazz geboten. Es ist Cabaret, die Musik der zur Schau gestellten Pose, der Federboas und Zylinder, der Netzstrümpfe und des nuttigen Make-ups, und die beiden Gefreiten lassen die schlüpfrigen Anspielungen auf sich wirken, nippen an gepflegten Cocktails und werfen sich verstohlene, fragende Blicke zu. In der Pause sieht der eine, der Shane heißt, den anderen an der Theke lehnen, das Uniformhemd ordentlich im Gürtel, den Rücken elegant geschwungen, die Muskeln unter seinem Hemd, die sich wie Sanddünen bewegen.

Shane zerbeißt einen Eiswürfel und gesellt sich zu ihm. Sie tauschen sich darüber aus, wo ihre Einheiten stationiert sind und wie lange sie bleiben werden – ein wenig unbeholfen noch, am Anfang. Die Lichter verlöschen, eine neue Runde Drinks wird getrunken, eine neue Runde Songs wird persifliert, fröhliche Lieder aus der guten alten Zeit vor einem schwarzen Samtvorhang, ein groß gewachsener Tenor mit angeklebtem Schnurrbart und eine *Chanteuse*, zu der die Jahre nicht sehr freundlich gewesen sind (obwohl sie als junges Mädchen, da sind sie sich einig, schön gewesen sein muss).

Die Stunden verrinnen, die Drinks lösen ihnen die Zunge, und schon bald erzählen sie sich, in welchen High-School-Shows sie aufgetreten sind, und schmettern die bekannten Refrains. Es ist kurz vor der Sperrstunde, und das Finale ist spektakulärer, als sie beide erwartet haben. Die alte Sängerin steht auf der Theke und zeigt ihre verblühten Beine, der Tenor springt mit seinen spitzen Lackschuhen von Tisch zu Tisch, und die beiden Gefreiten sehen sich plötzlich ins Scheinwerferlicht gedrängt; mit einem Mikrofon unter der Nase singen sie zusammen und die älteren Gäste helfen ihnen lachend durch einen wackeligen Refrain von *Auf Wiedersehn*.

Shane dreht sich zu seinem neuen Gefährten um und atmet heißes Verlangen, und ohne weitere Umschweife bittet er darum, in den Körper dieses Fremden eingehüllt zu werden und über Nacht dort verbleiben zu können.

Denn darum dreht sich doch alles: die Nacht. Ohne die Nacht, ihren hungrigen Hintergrund, ihren begehrlichen Moschusduft und ihre Überbleibsel, ohne all diese Zutaten würden die Liebeshungrigen unter uns ihre Zelte abbrechen und sich wie Longfellows Araber leise davonstehlen.

Er hat sie über eine gemeinsame Freundin kennen gelernt, und jetzt ist sie bei ihm zu Hause und er kocht für sie, schneidet Pilze und hat Wasser für die Pasta aufgesetzt, wischt den Regalstaub von seinen Weingläsern. Er hat ein paar Rezepte von Fernsehköchen gelernt und sie in sein geschäftiges Leben integriert. Seine Arbeit – Unternehmensberatung – jagt ihn durch Flughäfen, zu Telefonen und Konferenzen und Piepern und Hamburgern und verschwitzten Anzügen, und manchmal hat er den Verdacht, dass ihm etwas fehlt. Nicht Töchter oder Ehefrauen oder Azaleen, sondern seinen Körper wirklich an einem anderen zu spüren. Die Nacht holt sein Verlangen ans Licht, stellt es aus und verlangt eine Belohnung.

Diese Frau in seiner Wohnung ist – was? Krankenschwester oder Stenotypistin. Klavierlehrerin. Sie legt eine Geduld an den Tag, die einem anderen Zeitalter würdig wäre. Er sieht sie vor sich, wie sie im Planwagen nach Westen zieht, in einem langen, schlichten Kleid, und Sachen flickt. Ihre Finger sehen stark und geschickt aus. Schon die Art, wie sie ihren Chardonnay hält, mit beiden Händen, hat etwas Beruhigendes. Sie lehnt sich vorsichtig an den Kühlschrank. Ihre Augen scheinen hinter die

Oberfläche seiner Worte dringen zu wollen, um wertvollere Informationen über ihn zu erhalten.

Sie ist nicht gerade das, was er hübsch nennt. Sie weist Mängel auf, die ihm sein von Werbung bestimmtes Bewusstsein akzentuiert und verzerrt nahe bringt. Leichter Unterbiss. Flacher Hintern. Schlaffe Arme. Nicht gerade kleine Fehler. Aber er ist schließlich auch nicht ohne. Manchmal erblickt er sich abends im Badezimmer im Spiegel und sieht seinen Vater.

Sie sind hier, weil er sie eingeladen hat. Um ihn herum wurde es Nacht, die erste Nacht zu Hause nach einem Trip quer durchs Land, und das gelbliche Licht der Straßenlaternen vor seiner Wohnung ließ ein Gefühl von Leere in ihm aufsteigen. Er erinnerte sich, dass ein Freund ihm die Telefonnummer dieser Frau aufgedrängt und er bisher vermieden hatte, sie anzurufen, weil er dachte: *Die muss wirklich verzweifelt sein.* Als er sie schließlich zwei Abende später erreichte, war er der Verzweifelte, auch wenn er das Ganze als plötzlichen Einfall darzustellen versuchte.

Er schneidet weiter Pilze, sie gießt sich noch etwas Wein ein und streift aufmerksam durch seine Wohnung. Er weiß einiges über sie: Sie war schon einmal verheiratet, sie hat ein Kind, das diese Woche nicht da ist, sie ist so alt wie er. Er weiß etwas *über* sie. Sie wirft einen Blick auf seinen Stapel ungeöffneter Post, als würde sie die Briefe gern sortieren, als traute sie ihm nicht zu, die wichtigen von den Wurfsendungen zu unterscheiden.

Er legt das Messer hin und setzt das Weinglas an die Lippen, neigt es, bis er ein leichtes Brennen am Zahnfleisch spürt. Er streift die Schuhe ab und nähert sich ihr von hinten, da ist ihr Hals, ganz warm. Er weiß, es kann nur aus dieser Richtung geschehen, denn er schleicht sich genauso an sie heran wie an sich selbst. Er schließt die Augen und hofft.

Oder bei einer Hochzeit. Klar. Warum nicht? Es gibt noch welche. Groß angelegte kirchliche Zeremonien, perlenglitzernd, oder ernsthafte Angelegenheiten im kleinen Rahmen, auf feuchtem Rasen. Ein alberner Fotograf, der schwitzende Partyservice, weinende Mütter und schwarze Schafe, die zurückgerufen wurden, eine Band mit Fliegen und Braut und Bräutigam, die vor guten Absichten nicht ein noch aus wissen. So etwas findet immer noch an allen möglichen Orten statt, San Leandro und Mount Kisco und Wallingford, und am Rand des Geschehens, hinterm Pfarrhaus oder draußen am Pool, wirft eine Brautjungfer dem Trauzeugen des Bräutigams leidenschaftliche Blicke zu. Sie haben zu viel getrunken, wie es auf Hochzeiten leicht passiert.

Sie ist so stolz auf ihre Freundin, sagt sie, und der Trauzeuge stimmt zu. Man kann stolz auf sie sein. Sie ist so schön. Ja. Habe sie noch nie so strahlen sehen. Ja. Wunderschön. Und er auch. Auf den Fotos sah er gar nicht so groß aus. Wie groß ist er? Eins neunzig. Wow.

Er denkt an die Junggesellenparty, an die Stripperin namens Danielle, zwischen deren Brüsten seine Nase einen kurzen, erregenden Moment lang verweilte, schockiert vom Duft (Schuhleder und Zimt) und der Festigkeit, was immer sie auch hoch hielt. Diese verträumte Brautjungfer – mit ihrem dreieckigen Gesicht und den gefärbten Kontaktlinsen, in ihrem pfirsichfarbenen Chiffonkleid mit den passenden Pumps –, sie ist sicher keine Danielle. Sie ist ein Wesen der traurigen realen Welt. Um sie nackt zu sehen, bezahlen Männer sicher nichts, obwohl Männer im Schutz der Bezahlung beinahe alles ansehen.

Und außerdem steht sie hier vor ihm, voll mit Krabbenravioli und Champagner, schluckt ab und zu ein kleines Rülpsen herunter und dreht ihre Locken um die Finger. Ihr fehlt der Wille zu einem Annäherungsversuch. Sie kann bloß Zeichen geben, ihren Körper so berühren, dass er vielleicht zur Nachahmung angeregt wird.

Er kann in Ruhe überlegen, sich auf die Hacken zurücklehnen und die Vor- und Nachteile abwägen. Sie ist hausbacken; sicher. Aber diese Häuslichkeit wirkt auf ihn eher positiv, unterstreicht ihre bescheidene Attraktivität. Hier findet schließlich eine Hochzeit statt, es gibt reichlich zu trinken, und bei solchen Anlässen steigen die Hoffnungen, aber nicht die Erwartungen. Festliche Verkleidung regt immer die Phantasie an, egal, wie schäbig sie aussieht. Und außerdem trägt sie diese züchtigen pfirsichfarbenen Pumps: Schuhe, die sie nie wieder tragen wird, die geradezu danach schreien, ausgezogen und in ironischer Verderbtheit geleckt zu werden.

Beim Küssen ist er allerdings nicht so sicher, noch nicht. Also lässt er seine Hand vorn in ihr Kleid gleiten und hebt ihre Brust an, sodass sie in seiner Handfläche ruht und er seinen Namen aus ihrem Mund hören kann.

In jedem Leben muss es zu solchen Momenten der Entscheidung kommen. Vor allem in unserem Zeitalter der hektischen Unentschlossenheit, der ungeduldigen Sonne und des hämmernden Mondes, des krankhaften Misstrauens, wo es schon an ein Wunder grenzt, wenn sich zwei Menschen überhaupt auf so etwas wie Bedingungen einigen können. Jeden Tag, der vom Himmel fällt, werden diese köstlichen Momente, von denen so viel abhängt, wie in Papier gehüllte Birnen ausgewickelt, an die Nase gehalten, beschnüffelt, probiert.

In der Bar in der Innenstadt, wo Bill oder Mike oder Chuck seine Hoffnungen auf Rachel, Liz, Michele gesetzt hat: ein Fehlschlag, den er nicht vorhersehen konnte. (Hätte er sie sonst hierher eingeladen und sein Geld, seine Zeit und seinen schwindenden Raubtierinstinkt auf sie verwendet?) Sie schaut seine Hand auf ihrem Arm an und lächelt höflich. Sie seufzt, und ihr Seufzer drückt das nächstliegende Klischee aus: nichts Persönliches schlechter Zeitpunkt gerade erst getrennt gerade jemanden kennen gelernt.

Er sieht sie als Salome vor sich, beim Schleiertanz. Wäre dieses Trauma physisch, würden jetzt Endorphine ausgeschüttet, um ihn vor dem Schlimmsten zu bewahren. Er würde den Singsang der bevorstehenden Erniedrigung nicht hören oder von sprödem Hass auf diese Frau durchströmt werden, die für ihn keine Frau mehr ist, nur etwas, was er nicht kriegen kann. Der Strom, der durch seinen Arm floss und der sie zu keuchender Kollaboration bewegen sollte, fällt aus. Der Barkeeper erstarrt. Die Wolkenkratzer werden dunkel. Die Stunde schlägt.

* * *

Das Flughafenpaar hat solche Sorgen nicht. Die Fluglinien haben endlich einen Bustransfer zum nächsten Hotel organisiert. In seinem Zimmer wirft der Mann, der wie ein Gangster aussieht, seinen Anzug ab und geht unter die Dusche, genießt das heiß pulsierende Wasser, kommt rosa und nach Seife riechend heraus. Auf seinem Bett: die Frau, die ihren Flug nach Denver verpasst hat. Sie ist in Handtücher gehüllt, eins um den Körper, eins um den Kopf. Ohne Make-up und aus ihren Hüllen gewickelt sieht sie älter aus. Kein bisschen wie Ingrid Bergman mit der schmalen weißen Nase und den Schatten im Gesicht. Nicht einmal wie seine Frau, die Energiedrinks trinkt und Halbmarathon läuft. Überhaupt nicht wie eine Frau, neben der er sich in einem Hotelzimmer am Flughafen gesehen hätte. Und genau aus diesem Grund übt sie eine intensive Faszination auf seinen Körper aus, und der reagiert vorhersehbar. Sie sind nicht elegant oder hübsch anzusehen. Er stürzt sich auf sie, sie stöhnt. Sie pressen sich aneinander. Das Ganze dauert nicht länger als ein paar Minuten. Aber als er nach einem ihrer abgelegten Handtücher greift, packt sie ihn am Handgelenk. »Warte«, sagt sie. »Ich lasse es gern trocknen.«

Das hängt ihm nach, mehr als seine Verweigerung eines Gute-Nacht-Kusses, mehr als sein steifer Rückzug, mehr als die wortlose Busfahrt am nächsten Morgen. Er hat sich immer Sorgen gemacht, dass er wie ein Schläger aussieht, seit ihm ein Rüpel in der High School die Nase gebrochen hat. Der Anblick des auf ihren Bauch gespritzten Samens weckt eine Erinnerung an genau diesen Rüpel, der vor dreißig Jahren in einer stockigen Umkleidekabine ein pornographisches Foto anstarrte und verkündete: *Die Schlampe ist das Sperma nicht wert.*

Und was ist mit Geoff, der mitten im Vorstadtwohnzimmer sitzt und Elena, die aussieht wie von Modigliani gemalt, die Ohren voll säuselt? Auch er hat sich geirrt. Auch er wird einen Schock bekommen, wenn auch nicht körperlich. Er greift nach ihrem Fußknöchel, und sie zieht ihn weg, und in seiner Brust stolpert etwas. Sie steht rasch auf und geht zu ihrem Freund in die Küche. Später wird der versammelten Mannschaft verkündet, dass die beiden sich verlobt haben. Und noch später wird er sehen, wie sie sich draußen an ein Auto gelehnt umarmen.

Früh am Morgen, wenn seine Freundin sich von ihm abgewandt zusammengerollt hat, wird Geoff die Dinge sehen, wie sie sind: dass er Elenas Unschuld nicht begehrt hat, um sie zu besudeln, sondern um geheilt zu werden. Unter der Vorstellung, sie ranzunehmen, lag die Vorstellung, dass sie ihn retten, über seine Stirn streichen und ihn irgendwie von seiner Verachtung für alles und jeden befreien würde. Mit ihr hätte er ein Mann werden können, der reines Begehren verspürt, anstelle eines Mannes, der auf einer albernen Party zu betrügen versucht. Er wird sich seiner selbst nie mehr ganz sicher sein.

Die alte Schnulzensängerin ist von der Anwesenheit der beiden jungen amerikanischen Soldaten überrascht und beglückt. Sie trägt dem Besitzer des Clubs auf, die beiden hinter die Bühne zu bitten: Madame würde Ihnen gern Guten Abend sagen, wenn sie sich umgezogen hat. Obergefreiter Shane und sein Gefährte werden in einen kleinen Raum mit einem alten Zweisitzer-Sofa geführt. Das Licht ist mild und rosig. Ein angenehmer Kirschgeruch hängt in der Luft, wie von Pfeifentabak. Ihre Schenkel berühren sich leicht.

Shane fragt sich jedoch inzwischen, ob das Ganze nicht eine ausgefeilte Falle ist. Er hat Geschichten von Militärpolizisten mit Gummiknüppeln gehört. Und dann sind da noch die zweideutigen Reaktionen seines neuen Freundes: eine flüchtige Umarmung in der Dunkelheit, dieses schiefe Grinsen, das alles bedeuten kann. Wenn man Soldat ist, wie der Obergefreite Shane, lernt man, schnell zu lieben, zuzugreifen, zu verschlingen und fertig. Und außerdem muss man an den Zapfenstreich denken.

Jetzt kommt die Diva hereingerauscht, kleiner, als sie auf der Theke wirkte, in einen züchtigen Chenille-Mantel gehüllt. Französische Zigaretten in einer silbernen Schachtel. Ein Cocktail in einem hohen Kelch. Sie hat einige Jahre in Houston, Texas gelebt. Ob sie die Stadt kennen? Ein Ölbaron hat sie sich als Geliebte gehalten. Alles furchtbar skandalös. Sie war schrecklich einsam in ihrer Wohnung aus Glas und Marmor auf der Carr Street, wie eine Prinzessin im Turm. Dieser *Ooil bäären* – ihre Texanisch-Parodie bringt sie zum Kichern – beliebte zu kommen und sich sofort auf sie zu stürzen. Fett und haarig wie ein Biber, und ein Schwanz wie ein Maultier. Wenn man jung ist, sagt sie, scheint einem das alles genug, stimmt's, Jungs? Wie alt seid ihr? Wirklich, noch so jung? Na, dann wird es langsam Zeit für die erste Regel der Liebe: Versteckt sie nie. Zur Liebe muss man im Angesicht des Tages stehen. Und damit geht sie ab und lässt sie in der Garderobe zurück und für sich selbst entscheiden.

Was für ein Trip, sagt Shane.

Ja, sagt sein neuer Freund. Echt unglaublich. Der Arm des Jungen fällt um Shanes Schulter. Sein Mund ist ein feuchter roter Pfeil.

Yeah.

Der Unternehmensberater hat seine Lippen auf ihren Hals gedrückt, und sie hat mit ihrem Körper zugestimmt, sich zu ihm gedreht, ihr Gesicht ihm zugewandt. Sie ist da, sie ist bereit. Aber jetzt wird er unsicher. Die Annäherung kommt ihm falsch vor, statt zitternder Erwartung erfasst ihn Furcht. Er kann nur an den Moment nach der körperlichen Entladung denken, wenn die Seele, die geduldige Seele, wieder die Herrschaft übernimmt. Der Krieg, der kein Ende nimmt: die einfachen Bedürfnisse des Körpers gegen die verworrenen, verwirrenden Wünsche der Seele, und beide werfen sich gegenseitig fehlenden Stil vor.

Nein. Kein Annäherungsversuch sollte so melancholisch betrachtet werden. Sie spürt das Erschlaffen seiner Muskeln und lässt sich auf die Couch fallen. Es heißt Annäherungsversuch, weil eine Sehnsucht sich einer andern zu nähern versucht. Aber die Sehnsüchte dieser beiden sitzen stocksteif da und schauen auf sie beide herab, und alles, was sie zustande bringen, ist ein trübseliger Waffenstillstand.

Wir sollten uns mal wieder treffen, sagt der Unternehmensberater.

Klar, sagt die Klavierlehrerin. Fände ich gut.

Eine lange Pause entsteht. Er weiß nicht, was er damit anfangen soll. In seinen Fortbildungsseminaren erzählen sie ihm, Gesprächslücken müsse man angreifen, einen Witz erzählen, einen Spruch übers Wetter machen. Aber das traurige, unsichere Zittern ihrer Stimme macht seine Konzentration zunichte.

Na, auf jeden Fall, sagt er.

Sicher, sagt sie. Klar.

Das junge Paar bei der Hochzeit, die Brautjungfer und der Trauzeuge, sie haben es weniger schwer. Noch. Im Augenblick bestehen sie nur aus Zunge und Schwanz, aus Hüften und Händen. Der Arm der Nacht senkt sich übers Pfarrhaus, verwandelt den Pool in ein blaues Juwel. Sie drücken sich gegen eine Hauswand, sind ins flache Wasser gestolpert, zur nächsten Liegefläche getaumelt; ihr pfirsichfarbenes Chiffonkleid ist über die Schenkel gerafft, sein geliehener grauer Anzug hat sich in der Mitte geteilt.

Der Körper, der Körper, der Körper. Und die schwindelnden Spieler, die über seine glatte Oberfläche wirbeln. Sie alle haben Applaus verdient. Die Nächte *sind* lang. Ein ganzes Leben lang. Und der Versuch der Annäherung, hier und jetzt, ist eine gnädige Laterne, die uns den Weg beleuchtet, langsam schwächer wird, und uns zum Traum lockt.

# Moskau

Sie sagte: »Ich bin völlig nackt.«

Das waren ihre ersten Worte, und sie fielen herrlich geformt aus ihrem Mund, von einem Akzent geglättet, der französisch klang, aber weiter aus dem Osten stammte, aus Moskau, sodass er hörte: *Isch bihn vellig naggd.* Ihre Stimme hob sich zur Betonung leicht beim dritten Wort, als sei ihre Nacktheit ein Geschenk, das ganz allein für ihn gedacht sei, ohne Überlegung gewährt, ohne einen Gedanken an die unvermeidlichen Folgen, die eine solche Verlautbarung haben konnte.

Sie sprachen über eine schwache, zischende Telefonverbindung. Ihre Stimme hätte aus einer Zeit vor fünfzig Jahren kommen können. Er schloss die Augen. Und als er sie schloss, wurde aus ihrer Nacktheit eine neue Nacktheit, unberührt von der grausamen Arithmetik des Körpers, schlicht von klassischer Anmut. Er sah weiße Brüste, die sich vom Weiß ihres Brustkorbs abhoben, ihren hohen, festen Po, die weichen Furchen ihrer Rippen. Er sah sie auf Zehenspitzen. Er sah, wie ihre Lippen die Worte formten, breite rote Streifen.

Er begriff, dass ihre Worte nicht als Provokation oder erregend gemeint waren. Es war bloß ein glücklicher Zufall. Das Telefon hatte geklingelt, und in ihrer Hoffnung, er könne es sein, hatte sie sofort den Hörer abgenommen und vergessen, sich zu bedecken, vergessen, dass sie ohne eine Faser am Leib in ihrer Wohnung in Moskau stand. Ein Akt des Vergessens also. Und der Satz, den sie zu ihm sprach, ein Akt der erfreuten Erinnerung.

Er begehrte diese wundersame Fähigkeit an ihr, die sie ihm bisher durch keinerlei Anzeichen zu erkennen gegeben hatte: dass sie sich eines Tages so an ihn gewöhnen würde, ihr eigener Körper sie so wenig verlegen machen würde, dass sie ihre Nacktheit vergessen und sich dann wieder erinnern könnte; dass solch ein Kreislauf ihre gemeinsamen Tage beschreiben würde. Als er ihre Worte hörte, fühlte er sich über Scham, Lust und Entbehrung erhoben. Wenn man sich an diesen Augenblick klammern, ihn wie einen perfekten Ton halten könnte. Vielleicht war Moskau der Ort dafür. Vielleicht gab es dort solche Möglichkeiten.

Er war nie dort gewesen, hatte nur Fotos gesehen: grimmig aufragende Statuen, breite Straßen, offene Plätze und am Horizont seltsam geformte Kirchtürme, wie Tropfen weicher Schokoladenmasse mit einem Zipfel. Vielleicht versank Moskau im Schnee, und vielleicht ließ die Hitze ihres bleichen Körpers die Fensterscheibe neben ihr beschlagen.

Doch als dieses Bild in seinem Kopf entstand, nahm sofort ein zweites Gestalt an, von ihm unter ihrem Fenster, draußen, nach oben starrend. Und von diesem Beobachtungsposten aus verschwamm seine Vorstellung von ihr, nicht durch Kondenswasser, Beleuchtung oder Entfernung, sondern durch sein eigenes Verlangen.

Es war kaum Zeit vergangen, seit sie den Satz gesprochen hatte, aber schon konnte er sie überhaupt nicht mehr fassen, nicht wie sie vorher gewesen war. Er spürte das härter werdende Pochen der Sehnsucht. Er hätte nach ihr greifen können, ihr zu erklären versuchen, was geschah, aber er verstand sich selbst nicht. Eine einzigartige

Erscheinung von Liebe wurde in ihrer einzigartigen Gestalt vollkommen. Doch im Moment des Erkennens zog sich diese Gestalt zurück, löste sich auf und erschien in anderer Form, ein Mythos seines trügerischen Begehrens, ein Wesen mit einem glitzernden Busch Schamhaar, einem rohen Mund und Brustwarzen von der Farbe von Blutergüssen.

Jahre später hatte er die berühmte Schokoladefabrik in Hershey, Pennsylvania besichtigt. Es war spät, er war der einzige Besucher, und die Führerin – eine junge Frau in einem strengen Kostüm – scheuchte ihn zügig durch jede der riesigen Hallen. Arbeiter in ihrer Berufskleidung hasteten hin und her. Stählerne Maschinen zischten und klapperten und keuchten. Er sah, wie eine herabstieß und aus unsichtbaren Öffnungen tausend Schokoladenplättchen presste und dann so heftig wieder hochschnellte, dass sie zu einem dünnen, weichen Zipfel lang gezogen wurden. Dieser Vorgang wiederholte sich ständig, eine Massenproduktion des Unnachahmlichen, die ihm in jenem Augenblick schrecklich falsch erschien.

Zu Anfang hatte er sie nicht geliebt. Da war er sicher. Vielleicht hatte er sie nicht länger geliebt als jenen einen, längst vergangenen Moment lang.

Doch als er jetzt die Kirchtürme Moskaus im Kleinformat reproduziert sah, als die Führerin ihn weiter zu einem Behälter mit Gratis-Pralinen trieb und ihn aufforderte, eine-bloß-eine-jetzt-oder-nie-*bitte* auszuwählen, und seinen verwirrten Gesichtsausdruck kühl betrachtete; jetzt, als er zu dem Behälter stolperte und gehorsam eine Praline entnahm, als er auf den eiskalten Parkplatz hinaustrat, als er das Stanniol abriss, als die Schokolade durch eine Atemwolke in seinem Mund landete und sofort schmolz; jetzt erkannte er, dass er sich niemals von diesem Moment befreien könnte. Er war unauflöslich.

Er wurde zweifellos von einer einzigen vollkommenen Erinnerung heimgesucht, die zwar versunken, aber nie vergessen worden war. Sie war in ihm lebendig, würde es für den Rest seines Lebens bleiben und ihm wieder und wieder bewusst werden. Also stieg er in sein Auto und fuhr auf die Schnellstraße und nahm eine Ausfahrt und fuhr auf einen Acker und hielt an und stieg aus und zog alle seine Kleidungsstücke aus und legte sich in eine Schneewehe und wartete auf Moskau, darauf, dass die kalten Lippen jener fernen Stadt seine Haut berührten.

# Valentino

Wir waren auf einer Party, das war die Lage. Holden hielt mal wieder einen Vortrag über seine Theorie der Schönheitsskala. »Du kannst ästhetisch nicht aus deiner Kategorie entkommen«, sagte er. »Wenn du das versuchst, bist du erledigt.«

»Kenne ich schon«, sagte ich. »Alles schon mal gehört.«

»Alle Männer und Frauen sind nach ästhetischen Gesichtspunkten hierarchisch geordnet, verstehst du? So ist es eben. Es gibt vielleicht zwanzig oder zweiundzwanzig solcher Kategorien. An der Spitze stehen die Filmstars und Models, klar? Tom Cruise und diese magere Schlampe, mit der er verheiratet ist, diese ganzen Ärsche. Dann kommen die Serienstars und Fernsehmoderatoren. Dann die Werbegesichter, dann attraktive Menschen, die nicht im Fernsehen auftreten, bis hinunter zu den durchschnittlichen, normal hässlichen Gestalten, und ganz am Ende haben wir die wirklich traurigen Fälle, Hasenscharten und dergleichen.«

»Klar.« Ich sah, wie Astrid Miller sich zum Bierfass drängte.

»Der Witz an der Sache ist, dass jeder Mensch intuitiv erkennt, an welchem Punkt der Schönheitsskala er sich selbst einordnen muss. Man tut es sofort, wenn man einen Raum betritt. Klar? So ungefähr, ›Okay, besser als er, schlechter als er, viel besser als er‹. So finden die Leute raus, bei wem sie am Ende landen können. Das ist wie bei dem Song über Noah: *Die Tiere kamen all' an Bord, immer zwei von jeder Sort'*.«

»Sekunde«, sagte ich. »Da geht's um Arten. Tierarten.«

Holden tippte sich an die Schläfe. »Das *erzählen* sie dir vielleicht, Mann. Es geht darum, wer wen vögelt. *Darum* geht es in dem Lied.«

»Du bist so was von bescheuert«, sagte ich.

»Wenn ich so bescheuert bin, dann erklär mir bitte mal die Geschichte von Kim Forrest und DeWitt Henderson.« Das war Holdens Trumpfkarte, und er spielte sie mit triumphierender Geste aus.

Kim Forrest war das schärfste Mädchen unserer High School. Sie hatte schon im zweiten Jahr fast alle Teamcaptains durch, aber sie ließ es nie bis zum Äußersten kommen. Dann wurde dieser Typ namens DeWitt Henderson in unsere Schule versetzt. Er hatte einen Schlafzimmerblick, blonde Haare und bewegte sich mit kraftvoller Geschmeidigkeit. Das ganze Jahr schlichen sie umeinander herum. Und wie wir die Geschichte kannten – eine Geschichte, die man sich so oft weitererzählte, dass sie in unserer jämmerlichen Kategorie zu einer Art Litanei der Selbstbefriedigung wurde –, trafen sie sich schließlich hinter dem alten Kornsilo, und Kim kam nicht bloß ein oder zwei Mal, sondern vier Mal, und DeWitts sexuelles Geschick überwältigte sie so, dass sie danach in seinen Armen vor Dankbarkeit weinte.

»Meinst du, so was passiert irgendjemand anderem hier als Henderson?«, fragte Holden. »Niemals. Kim Forrest hat sich für den Kerl aufgespart, der auf ihrer Höhe der Schönheitsskala lag. Aber je länger sie gewartet hat, desto erregter wurde sie. Wie ne Flasche Dom Perignon, die man monatelang geschüttelt hat, verstehst du? Und als sie dann endlich gepoppt wird – *Peng!*«

»Wie ist es mit anderen Kulturen?«, fragte ich. »Willst du mir erzählen, dass die Buschmänner in der Kalahari auch scharf auf Kim Forrest sind?«

»Das habe ich nicht gesagt. Das hättest du wohl gern, du wärst wahrscheinlich selber nicht abgeneigt, so eine staubige Spalte aus der Kalahari mal zu testen. Aber das sage ich gar nicht. Die Schönheitsskala ist ein kulturell determiniertes Phänomen, aber keine Kultur ist davon ausgenommen. Die ganze Welt funktioniert nach der Schönheitsskala, bis runter in unser gottverlassenes Nashua Point, Iowa.«

Das war mir nur zu bewusst. Meine Mutter war schließlich einst die schönste Frau Nashuas gewesen. Ihre Schönheit hatte sie geschützt, als ihr Geist sich vor fünf Jahren zu verwirren begann. Sie war schon immer exzentrisch gewesen, war im Bademantel durch die Gänge des Supermarkts geschlendert, hatte in der Öffentlichkeit vor sich hin gesummt. Doch erst, als sie kleine Feuer in unserem Vorgarten entzündete und vor dem Büro der Telefongesellschaft zu protestieren begann, nahm mein Vater medizinische Hilfe in Anspruch. Ihr blühender Wahnsinn machte ihn krank. Doch alle übrigen Bewohner der Stadt behandelten sie freundlich, wie eine Prinzessin, die aus ihrem Thronsaal spaziert und sich bei den Kühen schlafen legt. Meine Großeltern, die Nashua mitgegründet hatten, als es hier noch nichts als Mais und ein paar Zäune gab, weigerten sich, den Zustand ihrer Tochter zur Kenntnis zu nehmen. Sie waren verblüfft, als mein Vater uns verließ.

»Ich versuche dir etwas beizubringen«, sagte Holden. »Schau dir bloß mal den aktuellen Fall an. Deine beste Freundin Astrid.« Astrid war das erste Mädchen, das ich geküsst hatte, auf dem rissigen Asphaltschulhof der Palmer Elementary. »Astrid halst sich gerade Ärger auf«, sagte Holden. »Genau in diesem Moment.«

»Wie das?«

»Sie macht sich an Scott Milikan ran.«

»Wer sagt das?«

»Das weiß doch jeder. Mann, guck dir doch bloß ihre Aufmachung an.« Astrid trug ein rotes, samtiges Oberteil, das etwa drei Nummern zu klein war.

»Und?«

»Also kriegt sie Ärger. Milikan spielt nicht in ihrer Liga. Er ist mindestens drei, vier Kategorien drüber.«

Das stimmte. Astrids kräftiger Körperbau und leicht vorstehender Unterkiefer ließen sie neben Milikan alt aussehen. Er hatte einen kantigen Kiefer voller gerader Zähne und wellige blonde Haare. Außerdem spielte er Fußball. Er war die erste Wahl auf meiner Position: Libero.

»Wer sagt, dass As ihn nicht kriegen kann? Sie sieht heute echt gut aus.«

»Ich sage nicht, dass sie ihn nicht kriegen kann. Das meine ich gar nicht. Ich sage nur, dass sie ihn nicht halten kann.«

Astrid trank von ihrem Bier und lachte. Milikan war nur ein paar Schritte entfernt und zapfte lächelnd: ein Mann mit Möglichkeiten.

»Jeder weiß, dass As ihn anmacht, und er weiß es auch. Das glaubst du doch wohl. Er hat ein paar Bier getankt, und jetzt checkt er sie aus. Vor allem ihre Tüten. Klar, denkt er sich, wieso eigentlich nicht? Das Problem ist: Milikan plant da kurzfristig. Bier lässt vielleicht den Blick unscharf werden, aber nicht die Kategorien.«

»Was ist mit der Persönlichkeit?«, fragte ich. »Persönlichkeit zählt doch auch.«

»Nicht im Vergleich zum Aussehen. Nur Macht und Geld können Aussehen übertreffen. Herrgott nochmal, Tommy, wer hat denn hierzulande am meisten Sex? Du etwa, mein Freund? Ganz und gar nicht, du kannst warten, bis dir die Eier schwarz werden. Und wer hat jede Menge Sex? Rockmusiker. Politiker. Sportler. Warum? Warum haben diese Männer Sex? Warum haben diese oft sehr hässlichen Männer Sex? Weil sie mindestens zwei der magischen drei Anforderungen erfüllen. Dennis Rodman! Meinst du, irgendwer würde ihn vögeln, wenn er nicht Dennis Rodman wäre? Bono! So eine Hackfresse! Wer hat Bono flachgelegt, bevor er Bono wurde? Niemand! Höchstens hässliche Weiber.«

Astrid war vom Bierfass verschwunden. Sie war irgendwo irgendwas pudern gegangen. Milikan sprach mit einem anderen Mädchen.

»Und ich muss dir leider mitteilen, mein Freund, wir sprechen hier von erstklassigem Sex. Bild dir bloß nicht ein, die Superhengste dieses Landes hätten bloß durchschnittlichen Sex. Keine Chance. Sie haben pornomäßigen Sex mit mehrfachen Orgasmen. Sie haben schon so viele Frauen gefickt, und die Frauen lassen sich so gerne von ihnen ficken, dass sie schon beim Gedanken daran, zu den Auserwählten zu gehören, feucht werden und vor Freude singen. Diese Frauen singen, wenn sie den Kerlen einen blasen. Wie die Sieben Zwerge. Singen bei der Arbeit.«

»Die Zwerge haben gepfiffen.«

Holden und ich waren schon ewig beste Freunde, aber das würde sich bald ändern, weil ich auf ein College an der Ostküste ging und Holden – der wahrscheinlich doppelt so viel drauf hatte wie ich – Extrakurse in den Sommerferien belegte. Er hoffte, sein Diplom wenigstens rechtzeitig für die Meldung zum hiesigen Foothill College zu schaffen.

Milikan ließ endlich vom Fass ab, und ich ging Bier holen.

Ich wurde von einer Hüfte angestoßen.

»Hey«, sagte ich.

Astrid zeigte ihren wunderschönen Unterkiefer. »Selber hey.«

»Du siehst toll aus.«

»Oh Tommy! Wie süß von dir!« Sie umarmte mich etwas überschwänglich. Man merkte, dass sie viel getrunken hatte. »Was macht der Philosoph?«

»Ach, du kennst ihn ja. Redet nichts als Scheiße.«

Astrid lächelte, und ich sah Lippenstift auf einem ihrer Schneidezähne. Sie schaute über meine Schulter. Milikan stand hinter mir und redete mit einer kleinen Blondine aus dem zweiten Jahr. Astrid drückte mich nochmal und stolperte in seine Richtung.

»Das sah ja reizend aus.« Holden schnüffelte an mir. »Hat sie dich voll gesabbert?«

»Trink dein Bier.«

Wir beobachteten Astrid und Milikan und die Blondine. Astrid redete am meisten und präsentierte ihre Brüste wie Reklametafeln.

»Sie sieht echt scharf aus«, sagte ich.

»Nicht scharf genug«, sagte Holden. »Milikan wird mit Blondie abziehen.«

»Fick dich selbst«, sagte ich.

* * *

Astrid verließ die Party mit Milikan, in seinem beschissenen Jeep Cherokee: Sie schwankte angetrunken, aber siegesbewusst aus der Tür.

»Hast dich wohl geirrt«, sagte ich, als ich zu Holden ins Auto stieg.

Holden schüttelte den Kopf und grinste, um anzudeuten, dass ich nichts begriffen hätte. »Zermürbungstaktik, das ist alles. As hat sie ihm ständig unter die Nase gerieben: *Das kannst du haben, Junge. Ohne Spielchen, ohne Stress. Eine Nacht, mehr nicht.* Blondie spielt auf Zeit. Kluges Mädchen.«

»Halt's Maul.«

»Das Ganze wird sich von selbst richten«, sagte Holden.

»Und was, wenn Milikan As leiden kann, hm? Was, wenn er sich in sie verliebt? Hast du das mal bedacht?«

»Wird nicht passieren.«

»Warum nicht?«

»Verschiedene Kategorien, mein Lieber.«

»Das ist doch krank«, sagte ich. »Du bist ein krankes Arschloch.«

»Was regst du dich eigentlich so auf?«

»Ich rege mich nicht auf.«

Holden überfuhr ein Stoppschild. »Ich hab mir die Regeln ja nicht ausgedacht, oder? Die Schönheitsskala ist einfach da. Wie die Fotosynthese. Wenn's nach mir ginge, gäbe es sie nicht. Scheiße. Wenn's nach mir ginge, würden die Mädels alle auf uns hässliche Typen mit Persönlichkeit stehen, klar? Aber ich kann's mir nicht aussuchen.«

»Fahr einfach.«

Ich war von ungefähr drei Bier betrunken und hätte mir das kleine Drama auf der Party gern erspart, Blondie, die in ihrer unerreichbaren Schönheit um Milikan herumflatterte, und Astrid, die sich an ihn drängte und alle paar Augenblicke mit den Brüsten seinen Arm streifte. Bei mir benahmen sich die Mädchen nie so.

»Hör zu«, sagte Holden, »wenn es dich tröstet: Ich glaube, Astrid ist in deiner Reichweite.«

»Was soll das denn heißen?«

»Das heißt, was es heißt. Du bist vielleicht ein paar Striche drunter, aber sie ist in Reichweite. Es gefällt ihr, dass du an die Ostküste studieren gehst. Sie meint, das zeigt

Charakterstärke, dass du nicht weiter hier rumhängst und auf die staatliche Uni gehst. Hat sie mir erzählt.«

Das schmeichelte mir. Ich selbst fürchtete mich vor der Uni. So sehr ich Nashua auch hasste, der Gedanke, mich an eine neue Stadt gewöhnen zu müssen, jagte mir Angst ein. Dann fiel mir Milikan wieder ein, die Muskeln, die sich unter dem Fußballtrikot abzeichneten, und die Angeberzähne.

»Hat mir ja heute Abend unheimlich geholfen.«

»Wart's ab«, sagte Holden. »Wir haben gerade Juli. Es vergeht noch viel Zeit bis zum August.«

»September. Ich haue am zweiten September ab.«

»Okay.«

Wir rollten die Alma Street hinunter, an rot blinkenden Ampeln vorbei. Gleich hinter den Geschäftsstraßen dehnten sich die Maisfelder aus, diese bescheuerten endlosen Maisfelder, die jeden Tag gelber wurden. Ich dachte an meine Mutter und fragte mich, in welchem Zustand sie wohl sein würde, wenn ich wiederkäme.

»Und was ist mit dir?«, fragte ich. »Jenno sah heute Abend gut aus, oder?« Holden strich seit Monaten halbherzig um Jenno Wilkes herum.

»Nee. Ich halte mich erst mal ein bisschen zurück.«

»Was soll das denn heißen?«

Holden fing an, mit den Fingern aufs Lenkrad zu trommeln und hin und her zu rutschen. »Das heißt, was es heißt, Kumpel. Hey, habe ich dir eigentlich mal die Geschichte von Valentino erzählt?«

»Von wem?«

»Rudolph Valentino. Dem Stummfilmstar.«

Ich zuckte die Achseln.

»Du hast doch mal Bilder von ihm gesehen, oder?«

»Nicht, dass ich wüsste.«

»Aber klar.«

Holden konnte mir einfach nicht gestatten, irgendetwas nicht zu wissen.

»Na, dann erzähl mir schon von dem blöden Randolph Valentino.«

»Rudolph«, sagte Holden. Er ließ sich nicht ärgern. »Okay, da haben wir also einen Typen, der die meiste Zeit nicht mal für Geld eine Frau hatte. War Italiener; so ein dunkler, haariger Typ wie du. Wächst in einem Dorf irgendwo in Sizilien auf. Als er fünfzehn oder so ist, setzt ihn seine Mutter aufs Schiff und schickt ihn nach Amerika. Er spricht kein Wort Englisch. Und das zu einer Zeit, als Immigranten wirklich nicht beliebt waren. Er kommt also nach Amerika und schlägt sich so durch, als Straßenarbeiter in L. A. – buddelt Straßengräben, stell dir das mal vor. Mit seinen italienischen Kumpels. Schwingt den ganzen Tag die Schaufel, schwitzt in der brennenden Sonne und isst Zwiebelsandwich.«

»Zwiebelsandwich?«, fragte ich.

»*Fleisch* konnte er sich nicht leisten«, sagte Holden. »Fleisch war damals teuer. Jedenfalls entdeckt ihn eines Tages ein berühmter Regisseur. Sie arbeiten gerade in der Nähe seiner Villa. Gräben buddeln. Valentino schlurft im Graben rum, total durchgeschwitzt, seit Tagen nicht rasiert, und nuckelt an einer billigen türkischen Zigarette. Aber dieser Regisseur sieht irgendwas in ihm, irgendwas Besonderes. Er lässt seinen Fahrer anhalten und ruft Valentino: ›Junger Mann! Junger Mann!‹ Und die anderen Italiener pfeifen und johlen, nach dem Motto: Was will denn die alte Schwuchtel? Aber drei Tage später hat Valentino die Hauptrolle in seinem ersten Film. Und dann wird er zum größten männlichen Sexsymbol des ganzen Jahrhunderts. Der Goldstandard für die männliche Schönheitsskala.«

»Und was will mir das sagen?«

»Abwarten, Kumpel. Wer weiß, was morgen ist.«

»Rührend«, sagte ich. »Besten Dank.« Es war komisch, so eine Geschichte von Holden zu hören, so voller Hoffnung für hässliche Entlein, wie sie meine Mutter auch immer gemocht hatte.

»Hey, kann ich dich um einen Gefallen bitten?«, fragte Holden leise. »Kann ich heute bei dir pennen?«

»Klar.«

Holden hatte Probleme mit seinem Stiefvater. Meine Mutter hatte nichts dagegen. Sie mochte Holden. Sie sagte, er habe Charakter.

Ich arbeitete in dem Sommer sechs Tage die Woche als Eisverkäufer im *Hungry Penguin*. Holden arbeitete mit seinem Stiefvater auf Baustellen, und das war nicht gerade angenehm. Er wollte nicht, dass Holden den Mund aufmachte, und das war in etwa so, als würde man einem jungen Hund verbieten, mit dem Schwanz zu wedeln. Holden hätte es nie zugegeben, aber der Alte schubste ihn ganz schön rum.

Wir gingen zu sämtlichen lahmarschigen Partys, bei Robby Grove und bei Carrie Madsen und bei Trent Carmichael und sogar zu einer oben in Porter Hills – dort gibt es allerdings gar keine richtigen Hügel, es ist bloß eine Hochebene, wo die Reichen wohnen. Holden hatte auch mal da gewohnt. Sein richtiger Vater war Arzt.

Die Partys liefen immer gleich ab – ein Bierfass im Garten, alle laufen von einem Raum zum anderen, ein paar betrunkene Mädchen tanzen vielleicht. Aber das war eben unser Zeitvertreib. So hatte unser Leben einen Mittelpunkt, und wir blieben fest in der Klostergemeinschaft High School verankert, von der aus wir unbesorgt gegen das Leben rebellieren konnten, das wir hinter uns lassen würden. Außerdem galten diese Partys als einzige Gelegenheit, in unserer Stadt Sex zu kriegen, wie minimal die Chancen in Holdens und meinem Fall auch sein mochten.

Meine Mutter sprach nicht über meine bevorstehende Abreise, doch ihr Benehmen wurde immer unberechenbarer. Ich kam oft nach Hause und ertappte sie dabei, wie sie die Tapete mit dem Steakmesser abschabte oder mit meinem Tuschekasten Bilder auf ihren Arm malte. Ihr Blick war unstet, und die Gerichte, die sie zubereitete, waren ausgefeilt, aber sinnlos: Kartoffelbrei mit Schokoladensauce oder Wackelpudding mit Käse überbacken.

Mit Holden kam sie prächtig aus. Ich hörte sie beim Scrabble miteinander kichern oder sich einen Spätfilm auf Kanal 39 anschauen. Sie gaben dem Fernseher freche Antworten. Wenn ich allein von einer Party nach Hause kam, schaute meine Mutter unweigerlich auf und fragte, ihre Mimik durch die Medikamente verlangsamt: »Wo ist Holden?«

Die letzte Party im Juli gab eine Schülerin aus meiner Nachbarschaft, Liz Wheaton. Ich musste an dem Abend spät arbeiten und dann mit dem Fahrrad nach Hause rasen, um wenigstens das Ende noch mitzukriegen. Ich bog in unsere Straße ein und sah jemanden auf dem Bürgersteig, ein Mädchen in kurzem Rock und Plateausandalen. Ich erkannte die kräftigen und bleichen Beine. Ich sah bestimmt nicht gut aus auf meinem alten Zehngang-Rad und mit dem kleinen Pinguin auf dem Hemd, der ein Tablett mit Eisbechern hielt. Aber die Gelegenheit, mit Astrid allein zu reden, konnte ich mir nicht entgehen lassen.

Ich fuhr im Kreis und rief ihren Namen.

»Wer ist da?« Sie griff sich an die Kehle.

»Ich bin's.«

»Mein Gott! Tommy. Hast du mich erschreckt.«

»Tut mir Leid. Entschuldige. Ich wollte dich eigentlich auf der Party treffen.«

»Gut, hier bin ich.« Ich konnte ihr Gesicht nicht richtig sehen, es lag im Schatten der Maulbeerbäume.

»Wie war die Party?«

»Immer das gleiche Zeug.«

Ich musste ein bisschen lachen, denn Holden und ich pflegten das, was wir in der Hose hatten, *Zeug* zu nennen. So etwa: *Du weißt schon, wo du dein Zeug hinstecken kannst.* Oder: *Lass dein Zeug zu Hause, wenn du es nicht benutzen willst, Mann.* Wir waren eben Volltrottel. So redete man als Trottel in unserer Stadt.

Astrid trat aus dem Schatten. Ihre Augen waren verquollen.

»Sei froh, dass du hier raus kommst«, sagte sie. »Ins richtige Leben.«

»Was ist passiert? Irgendwas auf der Party?«

Sie holte Luft, richtete sich auf und strich eine Haarsträhne hinters Ohr. »Nichts, was ich mir nicht schon vor einem Monat hätte ausrechnen können. Bring mich nach Hause, Tommy, okay?«

Ich kann kaum mit Worten ausdrücken, wie sehr mich diese Aufforderung erfreute. Mein Körper zuckte an allen möglichen Stellen. Es fühlte sich sehr gut an, ins Vertrauen gezogen zu werden, Trost spenden zu können. Ich wollte mein Interesse eigentlich auf dieses Gebiet beschränken. Aber natürlich hoffte ich auch. Wenn ein Typ in einer solchen Situation was anderes behauptet, redet er Müll.

»Klar«, sagte ich, »keine Frage.«

»Ich bin ja nicht blöd«, sagte Astrid. »Ich wusste, dass Milikan ein *Sketcher* ist.« Das war in unserer Stadt der Ausdruck für Typen, die herumhurten, während die

Mädchen, die sich so benahmen, *Skeez* genannt wurden. »Ich habe mir schon gedacht, dass es ein One-Night-Stand werden würde. Aber muss er deshalb so ein Spiel mit mir treiben? Muss er mir erzählen, wie glücklich er mit mir ist und dass es etwas Besonderes ist und er schon seit Monaten darauf gewartet hat?«

»Das hat er gesagt?«

»Ja, er hat eine ganze Menge Scheiße erzählt. Ein richtiger *Sketcher* eben. Ein Sketch-Künstler.« Astrid lachte traurig. »Und dann wartet man dauernd auf einen Anruf. Ich meine, wir hatten wirklich viel Spaß miteinander. Das ist das Schlimmste.«

*Viel Spaß miteinander.* Ich überlegte, was diese Worte wohl in Gliedmaßen, Verrenkungen und Schweiß bedeuteten. Wie gern wäre ich selbst der Bezugspunkt einer solchen Bemerkung gewesen.

»Ich habe damit gerechnet, dass er nicht anrufen würde, okay? Aber er hätte ja nicht gerade mit der Kleinen mit den spitzen Titten auflaufen müssen. Er wusste schließlich, dass alle meine Freunde da sein würden.«

»Er ist mit ihr aufgetaucht?«

»Sie haben die ganze Zeit rumgemacht. Mein Gott, wie ich diese kleine Schlampe hasse.« Astrid wirkte von ihren eigenen Worten überrascht. Ihr Ton wurde sofort sanfter. »Sie kann nichts dafür. Egal. Scott mag mich nicht, weil ich keins von den kleinen Sportmädels bin.«

»Und was ist mit Volleyball?«

»Wer Volleyball spielt, ist noch kein Sportmädel.«

Da hatte sie Recht. Das war eine Art Variation der Theorie von der Schönheitsskala. Manche Leute hatten einen Körper, der nach Sport aussah, und manche nicht, und es war oft unerheblich, vor allem bei Mädchen, ob sie wirklich Sport trieben oder nicht. Die Cheerleader würden zum Beispiel nie im Leben einen Softball werfen, aber sie hatten alle sportliche Körper. Es war einfach eine Frage des Erscheinungsbilds. Und es gab keine Zwischenstufen, jedenfalls nicht auf der High School, nicht in einer Stadt wie Nashua. Ich hatte keinen sportlichen Körper, obwohl ich Fußball und Badminton spielte. Ich sah aus wie »ein Zaunpfahl mit Armen«, wie Holdens leiblicher Vater sich bei einer weit zurückliegenden Untersuchung ausgedrückt hatte.

»Ich wusste, dass er ein *Sketcher* ist«, murmelte Astrid. »Aber ich hätte gern noch ein bisschen mit ihm herumgespielt.« Sie schüttelte den Kopf. »Hey, vielleicht gehst du besser noch hin und schaust nach dem Philosophen.«

»Wieso?«

»Er hat sich ziemlich voll laufen lassen.«

»Er kann auf sich selbst aufpassen«, sagte ich.

Wir waren schon in der Nähe von Astrids Haus. Das Verlangen, sie zu berühren, nagte an mir, sie dort unter der flackernden Straßenlaterne, unterm blassen Mond zu berühren. Ich wusste, dass die Umstände ungünstig waren, dass dieser Schwachkopf ihr das Herz gebrochen hatte, und dass jede Zuneigung, die ich jetzt abkriegen würde, zufällig, halbherzig, eine Art Querschläger sein würde. Und es war mir egal.

Ich hatte das Gefühl, Astrid zu verdienen. Ich war in der Schule und in den Ferien fleißig. Ich gab mir Mühe, Menschen zuzuhören, ihnen zu helfen, und ich lebte bei einer Mutter, die ziemlich schwierig war, sogar verrückt, und diese Verrücktheit färbte irgendwie auf mich ab, wenn ich nicht ständig dagegen ankämpfte, wenn ich nicht ständig alle Menschen – mich selbst eingeschlossen – davon überzeugte, dass ich ein ganz normaler Junge war, vielleicht ein bisschen verträumt, aber normal.

»Der Typ ist ein Schwachkopf«, sagte ich. »Dieser Milikan. Er sieht nicht, was gut ist, wenn er es vor der Nase hat. Wirklich. Er macht einen großen Fehler.«

»Du bist süß«, sagte sie.

»Nein, wirklich. Er hält sich für ein Gottesgeschenk. Du solltest mal hören, wie er redet.«

Das war ein Fehler. Astrids Augen verengten sich. »Was erzählt er denn?«

»Ach du weißt schon. Die übliche Scheiße.«

»Redet er über die Mädchen, die er abgeschossen hat?«

»Nein«, erwiderte ich schnell. »Er redet über die Freundinnen von anderen Typen, wie irgendeine auf einer Party aussah und so einen Stuss.«

Astrid schien erleichtert und einen Seufzer später schon der Sache und ihrer trüben Laune überdrüssig zu sein. Sie war ein fröhliches Mädchen, und ein Teil dieser Fröhlichkeit sorgte offenbar dafür, dass die dunkleren Gefühle nie Oberwasser bekamen.

»Hey«, sagte sie, »wann brichst du denn auf?«

»Anfang September.«

»Aufgeregt?«

»Ja, schon. Gut, endlich aus Nashua rauszukommen.«

Wir standen direkt vor Astrids Haus, ein Haus, an dem ich zu Grundschulzeiten jeden Tag vorbeigegangen war: zweistöckig, grün gestrichen und im Kolonialstil erbaut. Bei Partys war ich ein paar Mal drin gewesen. Ihr Vater war Zahnarzt, und ihre Mutter hatte einen wichtigen Posten in der Elternvertretung und backte unglaublich gute Muffins. Als kleines Kind stellte ich mir immer vor, wie toll es sein müsse, Astrid als Freundin zu haben, weil ich dann diese tollen Muffins essen könnte, wann immer ich wollte. Meine Mutter backte nie.

»Ich bin echt neidisch«, sagte Astrid und seufzte. »Ich würde auch gern aus dieser Gegend verschwinden.«

»Die Staatsuni wird auch cool«, sagte ich. »Ich meine, eine Menge Leute wirst du schon kennen.«

»Das ist ja das Problem«, sagte sie. »Überall, wo ich hier hinkomme, kenne ich schon jeden.«

»Dann sieh es doch bloß als Möglichkeit«, sagte ich. »Du kannst was mit ihnen machen, wenn du willst. Aber da werden auch jede Menge neue Leute sein.«

»Genau«, sagte sie. »Erwachsen wird man am besten, indem man erwachsen wird.«

Ich hoffte, dass sie mich noch hineinbitten oder wenigstens auf die Veranda einladen würde. Vielleicht wollte sie ja gern Gesellschaft, und wir hätten ein bisschen plaudern können, wie das Erwachsene so machen, die Nacht durchquatschen, vielleicht mit ein bisschen Wein und Käse dazu. Irgendwas Gepflegtes. Und wenn die Zeit gekommen wäre, könnte einer von uns eine gepflegte Bemerkung zum Thema Bett machen, und wir würden uns beide ganz gelassen aufmachen, nichts Besonderes, bloß zwei Erwachsene, die in gegenseitigem Einverständnis den Verkehr vollziehen wollen.

»Okay, Tommy, danke fürs Nach-Hause-Bringen. Du bist wirklich der Beste. Echt. Und jetzt solltest du mal nach dem Philosophen sehen.« Astrid umarmte mich kurz, und ich suchte in ihrem runden Gesicht nach etwas, das über Freundschaft hinausging. Ihr Lippenstift trocknete in den Mundwinkeln.

Die kurze Umarmung war das Schlimmste, das todsichere Zeichen purer Freundschaft. Sie zeigte, wie wenig körperlicher Kontakt bedeuten konnte. Selbst die kalte Schulter war noch besser als eine kurze Umarmung, behauptete Holden, weil sie immerhin eine gewisse Spannung andeutete.

Ich war sicher, dass Valentino nie kurz umarmt wurde.

Mit der Party war nicht mehr viel los, als ich ankam. Einige Pärchen schwankten noch zu einem alten Lionel-Richie-Song. Liz Wheaton war aus irgendeinem Grund in Tränen aufgelöst, und ihre Freundinnen umringten sie. Im Fass war nur noch ein abgestandener Rest. Eine stupsnasige kleine Blondine, die bei einer Schulparty mal Holden geküsst und ihm das nie verziehen hatte, sah hoch, als ich die Gartentür öffnete. »Ach du Scheiße, wenn das nicht die Stimmungskanone ist«, sagte sie.

Ich stand auf dem Rasen und starrte die betrunkenen Tanzpaare an, und die Jungs, die in den Chipsresten herumpickten, und ich wollte nichts mehr, als von alldem frei sein. Astrid hatte Recht: Egal, wo ich hinging, ich kannte alle, und alle kannten mich. Ich war der reizende, magere Junge, der in einem bekleckerten weißen Hemd Eiskrem verkaufte und der beim Fußball gegen Ende eingewechselt wurde, wenn es nicht mehr drauf ankam.

Ich war froh, Holdens Auto vor unserem Haus stehen zu sehen. Er würde mir wenigstens erzählen können, was auf der Party los war. Ich stellte mein Fahrrad weg und schlich durch die Garagentür ins Haus. Ich wollte keinen Lärm machen, weil meine Mutter einen leichten Schlaf hatte. Jede Kleinigkeit konnte sie aufwecken.

Ich machte das Licht in meinem Zimmer an, aber Holden war nicht da. Dann hörte ich am Ende des Flurs eine Tür ins Schloss fallen. Ich stieß im Korridor direkt mit ihm zusammen.

»Hey Meister«, sagte er. Sein Hemd war aufgeknöpft, und er stank nach Bier.

»Was ist hier los?«, fragte ich.

»Nichts«, sagte Holden. »Ich hab mir gedacht, ich penn hier, das is alles. Bin zu dicht zum Fahren.«

»Wer hat dich reingelassen?«

»Deine Ma.«

Es gefiel mir nicht, wie Holden immer sein Gesicht wegdrehte.

»Warst du da drin?« Ich zeigte auf die Zimmertür meiner Mutter.

»Scheiße, Mann – lass mich endlich pissen.« Holden verschwand im Bad. Ich griff nach der Türklinke, aber Holden hielt sie von innen fest. »Ich bin gleich wieder draußen«, sagte er. »Warte eine Sekunde.«

Ich klopfte an die Tür meiner Mutter, aber nichts rührte sich. Holden pinkelte rekordverdächtig lange. Endlich stand er in der Zimmertür.

Er hob die Hände, als würde ihn meine Schreibtischlampe blenden. Dann sah ich, dass ein Auge rot und angeschwollen war. Auch die Lippe war dick.

»Ach du Scheiße, Mann – was ist passiert?«

Holden berührte seine Lippe. »Bist du schon mal geschlagen worden? Richtig mit der Faust? Das ist vielleicht beschissen.«

»Wer hat dir eine verpasst?«

»So ein Mist. Mein Schädel tut sauweh. Ich will bloß schlafen. Lass mich schlafen.« Er beugte sich ein wenig vor und lehnte sich gegen die Wand, an der er dann herunterrutschte, bis er mit dem Kopf zwischen den Knien auf dem Boden saß.

»Er hat dich geschlagen, stimmt's?«

Holden blieb, wo er war, und wedelte ein bisschen mit dem Arm. Seine Fingerknöchel waren blau und grün, und das hieß hoffentlich, dass er selbst auch zugelangt hatte.

»Ja«, sagte Holden leise.

»Warum hat er dich geschlagen?«

Holdens Kopf mit dem zerzausten Haar wackelte ein bisschen hin und her. Dann kam er zur Ruhe. »Ich war voll«, sagte er. »Weiß auch nicht. Ich hab ihm widersprochen. Hab ihm gesagt, was ich wirklich denke. Mein Gott, hat der einen Schlag.«

»Hast du die Bullen gerufen? Die könnten ihn verhaften, weil er einen Minderjährigen geschlagen hat.«

»Nein. Keine Bullen.«

»Und deshalb bist du hergekommen? Du hast mit meiner Mutter gesprochen?«

»Ja«, sagte Holden. Sein Kopf fing wieder an zu wackeln, und ich hörte ihn feucht schniefen. Vom Ende des Flurs hörte ich meine Mutter heulen. Dann begann auch Holden zu weinen.

Es gibt Momente im Leben, wo man sich einem tiefen, eigentlich irrationalen Verstehen stellen muss. Das unterscheidet vielleicht Freundschaft von Bekanntschaft, Güte von Höflichkeit, Gnade von Güte, und als ich die beiden in dem kleinen Haus, in dem ich aufgewachsen war, weinen und weinen hörte, in unserer beschissenen Kleinstadt, in dieser zu warmen Julinacht, und als der Rotz aus Holdens Nase auf sein blutiges Hemd tropfte, da sah ich, wie verzweifelt er war. Das Gefühl, dass sein Leben nirgendwohin führte, dass er in seinem Zuhause einen Feind hatte, dass er aus seinen Gedanken nichts anderes machen konnte als traurige, aufgeblasene Theorien, seine Sehnsucht, eine Mutter durch eine andere zu ersetzen, und – in einem schwachen Moment – seine Sehnsucht nach Berührung, und die ganze Wut, und dass ihn all diese Gefühle dazu getrieben haben mochten, ein Tabu zu brechen und einen Verrat zu begehen. All das verstand ich und wollte ihm sogar verzeihen. Aber ich wusste auch, dass ich aus dem Haus musste, um den Kopf frei zu kriegen.

»Du siehst ziemlich schlimm aus«, sagte ich. »Nimm du doch das Bett.«

»Hey Tommy«, sagte er. »Du bist echt der Beste. Ich muss dir was sagen, ja?«

»Du musst mir gar nichts sagen.«

»Nein, bitte, ich muss dir was sagen. Hey, Mann.«

»Ich hol mal den Ventilator. Leg dich schlafen.«

»Nein, Mann, hör jetzt mal zu! Du bist mein bester Freund, und du musst mir zuhören.« Holden hyperventilierte. Ich wusste nicht, was ich tun sollte. Ich stand in der Tür, meine Brust verkrampfte und entspannte sich abwechselnd.

Holden versuchte aufzustehen. Er wollte von Angesicht zu Angesicht mit mir reden. Aber seine Beine gaben nach und er schlug auf den Teppich und lag da mit den Händen an der Stirn. »Der ganze Quatsch über Valentino«, sagte er. »Das war dummes Zeug. Hab ich erfunden, klar? Valentino war von Geburt an schön. Er war ein verdammt wunderschönes Baby.« Er sah einen Augenblick hoch zu mir. Seine Augen waren feucht und verdunkelten sich. »Hör mal, deine Mutter und ich haben uns nur unterhalten.«

»Klar«, sagte ich. »Leg dich schlafen.«

Ich schlich aus dem Haus und ließ mich von meinen Füßen durch die Nachbarschaft tragen, die ich so gut kannte, dass mich selbst die Risse im Asphalt an Geschichten erinnerten, die ich verdrängen wollte und die ich ohnehin würde umschreiben müssen. Mir kam der Gedanke, dass ich zur Palmer Grade School, meiner alten Grundschule, gehen könnte. Manchmal zog es mich spätnachts dorthin. Oder hatte es jedenfalls getan, kurz nachdem mein Vater abgehauen war. Es gefiel mir, dass alles so klein wirkte, so klein und friedlich, die Spielgeräte auf dem Schulhof und die Wandbilder und sogar die Türen der Klassenzimmer.

In Astrids Haus brannte kein Licht mehr, also ging ich zu dem Fenster, von dem ich ziemlich sicher glaubte, es sei ihres, und klopfte. Ich versuchte mir vorzustellen, wie es in ihrem Zimmer aussah, wie es roch und wo das Bett stand und wie sich die Laken anfühlten. Ich sah das Licht angehen und kurz darauf schob eine Hand die Vorhänge beiseite. Einen Moment lang dachte ich, ich hätte es verbockt, denn das Gesicht hinter der Scheibe sah faltig und schlaff aus. Dann bemerkte ich das Volleyball-T-Shirt und war sicher, dass es Astrid war, nur sehr verschlafen.

Als sie mich sah, sackten ihre Schultern ein wenig herab. Sie schob das Fenster hoch. »Tommy. Was machst du denn hier?«

»Hey«, sagte ich. »Ich bin grad auf dem Weg zur Palmer. Du weißt schon, ein bisschen auf dem Schulhof rumhängen. Da ist es schön ruhig, und ich dachte, du hättest vielleicht Lust mitzukommen.«

Die Lampe hinter ihr leuchtete durch das T-Shirt. Ich sah die Umrisse ihrer Brüste, die sich von den Rippen abhoben, und wahrscheinlich habe ich direkt draufgestarrt, denn sie holte sich einen Bademantel, kam zurück und setzte sich auf die Fensterbank. »Es ist echt spät, Tommy.« Sie gähnte. »Ich hab geschlafen.«

»Ja, tut mir Leid.«

Sie gähnte noch einmal. Ich fürchtete, dass sie mich wegschicken würde.

»Du willst zur Palmer?«, fragte sie. »Was willst du denn da?« Sie schaute mich eindringlicher an. »Was ist los, Tommy?«

»Nichts«, sagte ich. »Ich wollte bloß reden.«

Astrid spielte mit dem Gürtel ihres Bademantels, ließ ihn durch die Finger gleiten und wieder fallen. »Müssen wir zur Palmer gehen?«, fragte sie. »Da ist es so unheimlich. Ich mag die Wohnblöcke in der Gegend nicht. Komm einfach rum auf die Veranda.«

»Klar«, sagte ich. »Kein Problem.«

»Pssst. Leise, Tommy. Wenn mein Dad dich hört, bringt er mich um.«

»Tut mir Leid. Tut mir Leid.«

Ich ging ums Haus und setzte mich auf die Verandaschaukel. Ich dachte daran, dass ich das letzte Mal vor fünf Jahren bei einem großen Picknick am *Memorial Day* auf dieser Veranda gesessen hatte.

Meine Mutter trug ihre Haare hochgesteckt und hatte ein Sommerkleid an und jedes Mal, wenn sie sich umdrehte, frischen Lippenstift aufgelegt. Alle Mädchen meiner Jahrgangsstufe waren da, und Holden in seinem traurigen Trainingsanzug. Ich sah, wie meine Mutter sich über den Tisch beugte und Kartoffelsalat verteilte. Ihr Arm bewegte sich wie ein Schwanenhals, und ihre Lippen waren Schmetterlingsflügel, und heute weiß ich, wie viel Mühe es sie kostete, so souverän und gepflegt auszusehen. Solche Tage waren es, nehme ich an, die meinen Vater ein paar Jahre länger bei uns hielten.

Aber jetzt kam Astrid zur Tür getappt, und ich sah an mir hinunter und richtete mich her: beulte meinen Schritt ein bisschen aus und fuhr mir mit den Fingern durchs Haar. Astrid hatte den Bademantel an und eine Baseballkappe auf. Sie sah sich um und setze sich dann in den Korbsessel mir gegenüber.

»Was ist los?«, flüsterte sie. »Du benimmst dich komisch, Tommy.«

»Komisch?«

»Nachts so an mein Fenster zu hämmern. Du hast beinah die Scheibe eingeschlagen.«

»Ich wollte nur schauen, ob bei dir alles in Ordnung ist. Du warst vorhin ziemlich durch den Wind.«

»Und was soll das, zur Palmer School zu rennen? Was ist das für ein Blödsinn?«

Ich war froh, dass Astrid kein Licht angemacht hatte,

denn die Art, wie sie das sagte, brachte mich ziemlich durcheinander. Ihr Tonfall erinnerte mich an meinen Vater, wenn er zu Besuch kam, wie er mich ausfragte, als ob er in meinem Herzen nach Kummer forschte. Als ich Astrid weckte, hatte ich mir eine romantische Szene ausgemalt, in der sie erkannte, dass sie mich liebte, oder jedenfalls gern genug hatte, um sich ihrer Kleider zu entledigen. Und dass sie mich später, hinterher, verstehen würde, dass ich meinen Kopf in ihren Schoß legen und ihr einiges erklären könnte, was passiert war und was ich fühlte.

Aber jetzt lief es in eine ganz andere Richtung, und ich musste erkennen, dass ich allerlei verrückte Sehnsüchte gehegt hatte, die eben nichts weiter als verrückt waren. Und dass ich mich – anstatt von Astrid Millers Liebe errettet zu werden – nur entblößte und zum Narren machte, was gefährlich war. Mir war zum Heulen zu Mute. »Ich habe mir bloß Sorgen um dich gemacht«, sagte ich leise. »Du bist doch eigentlich ein ziemlich fröhlicher Mensch, und stark, und ich wollte nur sicher sein, dass alles in Ordnung ist.«

»Mir geht's gut«, sagte sie. Ich merkte, dass sie noch mehr sagen, dass sie sich womöglich vor zu viel Sorge schützen wollte. Aber stattdessen fragte sie: »Wie geht es deiner Mutter?«

Ich wusste nicht, wie gut sie die Lage bei uns zu Hause kannte, aber einiges wusste sie mit Sicherheit, denn ihr Dad arbeitete in der Klinik, wo meine Mutter ihre medikamentöse Behandlung bekam.

Ich sagte nichts.

»Ich habe oft über deine Mutter nachgedacht«, sagte sie. »Sie ist so eine schöne Frau. Geht es ihr gut, Tommy? Geht es um sie?«

Ich spürte, wie in mir eine Tür zuschlug, und ich schüttelte den Kopf und versuchte zu lachen. »Nein. Wie gesagt, ich wollte bloß reden. Nichts Wichtiges.«

Astrid nickte.

Ich versuchte, alle Gedanken aus meinem Kopf zu verbannen, und als das nicht gelang, hörte ich mich sagen, »Hör mal, As, ich wollte dir eine Geschichte erzählen. Das ist wirklich wahr. Als ich vorhin nach Hause ging, musste ich an diese Geschichte denken, die ich neulich gehört habe. Über Valentino. Rudolph Valentino.«

»Der alte Filmstar?«

»Ja.« Ich schluckte und wartete, dass meine Stimme sich wieder festigte. »Weißt du irgendwas über Valentino?«

Es war eine warme Nacht in Nashua, und die Grillen sägten wie wild an ihren Beinen, und einen Augenblick lang sah ich, dass ich das alles hinter mir lassen würde, dass ich nicht mehr viel Zeit hatte, und das machte die Nacht mit ihrer dunklen Luft und ihrem schwachen Mond beinahe schön. Und dann tat auch Astrid etwas Schönes, etwas, was mir wahrscheinlich das Leben rettete, weil ich es immer in Erinnerung behalten und darauf zurückkommen konnte und alles, was im jeweiligen Moment wie eine grausame Wahrheit erschien, dagegenhalten konnte.

Sie löste den Gürtel ihres Bademantels, öffnete ihn ein wenig und fächelte sich Luft zu, und ich sah den Ansatz ihrer Brüste, die sich vom Weiß ihres Schlüsselbeins erhoben. Und sie nickte mir zu, nickte mich heran, und ich sah in ihrem Gesicht, dass dies eine Art Geschenk war, das sie mir geben wollte, ein Abschiedsgeschenk, und ich stand langsam auf und kniete mich vor sie. Und sie schloss die Augen und nahm meinen Kopf in die Hände und zog mich an ihre Haut, die warm und glatt war und nach Lotion roch. Und sie sagte: »Erzähl es mir.« Und ich fragte: »Was erzählen?« Und sie sagte: »Was du mir erzählen wolltest. Erzähl mir von Valentino.«

# Wie man eine Republikanerin liebt

Ich lernte Darcy Hicks im frühen Vorwahlkampf kennen, in einer Kaschemme in Randolph, New Hampshire. Sie saß im blauen Rock an der Bar, nippte an einem Whiskeyglas und sah gelangweilt aus. Die Stammgäste hatten sich schon an ihr versucht, aber sie lagen natürlich daneben. Sie war eine Nummer zu groß für dieses Loch. Ihr Make-up war beinahe unsichtbar.

Der Barhocker neben ihr wurde frei, und ich setzte mich. Aus der Jukebox tönte ein Song von Kenny Loggins, und der Barkeeper begann mitzusingen. Darcy schaute ihr Glas an, als wollte sie entscheiden, ob ein weiterer Drink die Lage verbessern oder verschlimmern würde. Ich hatte einen furchtbaren Tag gehabt und war voller Selbstmitleid, fühlte mich einsam, aber auch ein bisschen draufgängerisch. Ich stellte mich vor und bat sie, bitte nicht beleidigt zu sein, wenn ich ihr einen Drink ausgeben würde.

Darcy drehte sich langsam um. Im Profil hatte sie gefährlich kühl ausgesehen. Aber von vorn war ihr Gesicht liebenswert und leicht errötet.

»Jack Daniels mit Ginger Ale«, sagte sie.

Ich bestellte zwei.

Wie sich herausstellte, waren wir beide politischer Themenarbeit wegen in New Hampshire. Darcy versuchte den Republikanern Agrarsubventionen zu verkaufen, und ich den Demokraten Drogenberatung. Ich hatte die vergangene Woche Entzugszentren abgeklappert, ernsten Sozialarbeitern und traurigen, wenig überzeugenden Ex-Junkies zugehört. Nachts quetschte ich mich in die winzige Hotelbadewanne und versuchte, mir den Rauch aus den Poren zu schrubben. Darcy ging es nicht viel besser. Sie hatte sich am Morgen beim Besuch einer stillgelegten Erdbeerfarm den Knöchel verstaucht.

»Wer will hier schon Landwirtschaft betreiben?«, fragte sie. »Was sollen sie anbauen – Granit?«

»Vielleicht haben sie gedacht, sie hätten dich nach Vermont geschickt.«

Sie schüttelte den Kopf. »In Vermont gibt es keine Republikaner.«

In Wahrheit waren wir am äußersten Rand des Wahlkampfs, meilenweit von den spannenden Ereignissen entfernt; unsere Aktivitäten waren eher Pflichtübungen. Aber wir waren beide vom Politikfieber infiziert, ein kampflustiger Redefluss, das Verlangen, der Welt unsere Vorstellung von Gut und Böse einzuimpfen. Trotz unseres abgebrühten Vielflieger-Zynismus und unserer *Motorola*-Handys waren wir ungeheuer anfällig für Hoffnungen. Und während wir jetzt tranken und redeten, teilten wir diese Anfälligkeit, wie die Packung *Camel Lights*, die zwischen uns lag, die Geschichten von großen Siegen in *Schüler-machen-Politik*-Wettbewerben – die albernen pubertären Versionen unserer erwachsenen Leidenschaft.

Draußen war die Dezemberluft knackig kalt. Nebel war aufgezogen und lag über den Kiefernwipfeln wie Gaze. Wir standen zitternd und ein bisschen schwankend neben meinem Mietwagen. Darcy füllte ihr blaues Baumwollkostüm gut aus. Ihr Haar war von der Farbe feuchten Strohs und fiel ihr bis aufs Schlüsselbein. Hinter ihr Ohr hätte eine Blume gehört. Sie zu küssen, schien die unkomplizierteste Entscheidung, die ich seit Jahren getroffen hatte.

Das war also das: ein Abend voller Korpsgeist, eine sehr angenehme körperliche Begegnung im weiten Niemandsland des Wahlvolks. Wieder in Washington, wurde die Lage undurchsichtiger.

Darcy arbeitete für den *Fund For Tradition*, einen Interessenverband, der sich – wie die vierfarbigen Hochglanz-Broschüren wissen ließen – *steuerlicher Zurückhaltung und der Verteidigung traditioneller Werte* verschrieben hatte. Ich war bei *Citizen Action*, einem Überbleibsel aus der Zeit Lyndon B. Johnsons. Wir hatten keine Broschüren. Unser Auftrag war es, auf den Fluren der Macht Lobbyarbeit für die Entrechteten zu machen. Mit anderen Worten: den mächtigen Hütern des Kapitalismus ans Bein zu pinkeln.

Wir führten auf geringfügig verschiedenen Höhenmetern ein sehr ähnliches Leben. Gnadenlose Arbeitszeiten, hastige Imbisse und Kommissionsberichte, deren nüchterne Fakten unsere Hirne verklebten. Wir hatten beide mit anderen Menschen zu tun, die eher so waren wie wir selbst und uns auf einfache Art zufrieden stellten. Ich hätte sie gut nie wieder sehen können. Aber es geschah.

Sie stand allein auf der Galerie des Senatsgebäudes. Der Kongress hatte Sitzungspause, die Touristen waren gegangen. Darcy starrte hinab ins dunkler werdende Rund des Senats. Sie trug eine Seemannsjacke und einen dunklen Pillbox-Hut, an dem ich in meiner Erinnerung einen Schleier befestigt habe – ich bin allerdings ziemlich sicher, dass dies nicht der Fall war.

Ich umrundete die Galerie und wartete darauf, dass sie mich entdeckte. Als ich ihren Namen rief, holte sie heftig Luft und legte die Hand aufs Herz.

»Oh Billy! Du bist es.«

»Tut mir Leid. Habe ich dich erschreckt?«

»Nein«, sagte sie. »Gar nicht.«

»Du siehst wundervoll aus«, sagte ich.

Das hatte ich nicht sagen wollen. Es klang jedenfalls viel zu heißblütig für die Umgebung. Aber es kam meinen wahren Gefühlen am nächsten, und so wirkte Darcy eben auf mich.

Sie schüttelte leicht den Kopf und errötete dann. »Was tust du hier?«, fragte sie.

»Ich weiß nicht recht. Ich habe unten einen Freund besucht, der für einen Senator arbeitet. Und dann bin ich einfach hier raufgeschlendert.«

»Ich bin sehr oft hier«, sagte Darcy. »Es hilft mir beim Nachdenken.«

»Worüber?«

Sie schürzte die Lippen. »Warum wir hier sind, glaube ich. Der Wunsch, in der Arena der bürgerlichen Gesellschaft Gutes zu bewirken.«

»Ist das von Jefferson?«

»Eigentlich nicht. Ist von mir.«

Der Geruch des Senats stieg aus dem leeren Versammlungsraum empor, altes Leder und etwas leicht Pfefferiges, Pomade vielleicht. Der Raum atmete eine stille Würde, mehr als nur die Abwesenheit des üblichen Betriebs, eher so etwas wie die Ruhe, die wir im Zentrum unseres Lebens zu finden hoffen.

»Klingt das heuchlerisch, Billy?«, fragte Darcy plötzlich.

»Überhaupt nicht.«

»Meinst du wirklich nicht?« Ihr Gesicht hob sich vom dunklen Stoff ihrer Jacke ab, von süßer Sorge geprägt.

»Hast du Hunger?«, fragte ich.

Darcy öffnete den Mund, sagte aber nichts.

»Andere Pläne?«

»Sozusagen. Ich müsste …« Sie sah mich einen Augenblick an. »Sekunde.«

»Wenn du was vorhast, will ich mich nicht aufdrängen.«

Sie lachte ein bisschen zu herzhaft. »Ich würde mir auch nichts aufdrängen *lassen*«, antwortete sie und zog ihr Handy aus der Tasche.

Das menschliche Herz ist Zentrum so vieler widerstreitender Interessen. Wenn wir echte Angst vor dem Tod haben, unbedingt eine Spur hinterlassen wollen, unsere ungeduldigen Zwanziger damit verbringen, einer Mission zu folgen, dann gibt es Momente, wo die Chemie – die Chemie der Körper, die Chemie der Verbindung – mehr als nur eine romantische Idee zu sein scheint. Und dann geschieht etwas, man sieht eine Frau und kann nicht aufhören, ihre Lippen anzustarren. Alles, was sie tut, jedes Wort, jede Geste hallt in dir nach, ein Gongschlag des Glücks. Wie sie sich in den frischen Schnee wirft. Ihr zartes Niesen, das wie das Ausblasen einer Kerze klingt. Das zuckrige Beißen des Whiskeys auf ihrer Zunge. Die Chemie der Sinne. Die Chemie, die ihre Wahl nach nur einem Kriterium trifft.

Wir waren beide ein bisschen angeheitert und verknoteten uns in meiner Biberbettwäsche. Wir hatten uns darauf geeinigt, dies nicht zuzulassen, diesen plötzlichen Sprung ins Geheimnis der Körper. Aber Darcys Hals, ihr ausgestreckter Torso, der zartseidene, maisgelbe Flaum oberhalb ihres Beckens, die sanfte Berührung ihrer Hände, das großzügige, ehrliche Interesse, mit dem sie sich meinem Körper widmete – den ich heimlich verabscheute, weil ihm Muskeln und Anmut fehlten –, ihr Haar, das meine Brust streifte … All das stürzte im Taumel heftiger Gefühle auf mich ein und raubte mir die

Sprache, mit der man sonst den vorsichtigen Rückzug begleitet, das *Vielleicht gehe ich jetzt besser*, die plötzliche Pause, den stockenden Atem und den Schritt zurück, die noble, erregte Flucht ins Badezimmer.

Nein. Stattdessen bauten wir eine lächerliche Flugmaschine aus zwei aneinander geklammerten Teilen. Inmitten unseres unbeholfenen, schamlosen, duftenden Begehrens griffen wir nach unseren Hinterbacken, ließen die Bäuche aufeinander klatschen und flogen ab.

»So ist es also, eine Republikanerin zu lieben«, sagte ich.

»Es geht auch anders.« Darcy kicherte. »Hast du Zigaretten? Für eine Zigarette würde ich töten.«

Ich langte in die Schublade meines Nachttischs.

»Warum verstecken wir sie eigentlich?«

»Weil sie eine garstige Angewohnheit sind.«

Sie nahm einen langsamen Zug und blies den Rauch an die Decke. »Oh ja.«

Draußen fiel leichter Schnee. Die Autos auf der Straße klangen wie Brandung. Der Mond beleuchtete Darcys Gesicht. Ihre Nase war ein bisschen stumpf. Einer ihrer Schneidezähne ragte dramatisch aus der sonst makellosen Zahnreihe heraus. Diese kleinen Fehler unterstrichen ihre Schönheit noch. Die Erinnerung blieb daran hängen.

»Du bist mein erster Vollbart«, sagte sie nachdenklich.

»Und wie war es?«

»Kratzig.«

»Wie bei einem echten Naturburschen?«

»Ein Naturbursche hätte nicht gewimmert.«

»Habe ich gewimmert?«

»Vielleicht war ich das auch selbst.«

Darcy richtete sich auf und sah sich im Zimmer um. Che Guevara starrte sie mit seinem grimmigen Schnauzbart vom Wandschrank aus an. Meine Fruchtbarkeitsgöttinnen standen aufgereiht auf dem Fensterbrett – massige Figuren mit hängenden Brüsten und Hüften rund wie Fässer. Ich hoffte, dass Darcy mich nach ihnen fragen würde, damit ich Anekdoten aus meiner Zeit beim *Peace Corps* erzählen könnte. (Ich hatte einem kleinen Mädchen das Leben gerettet! Eine Ziege war zu meinen Ehren geschlachtet worden!) Aber sie nahm nur einen weiteren Zug und bedeckte ihre warmen kleinen Brüste.

»Wo sind wir nochmal?«

»In meiner Wohnung.«

»Die Adresse, du Blödmann.«

»Wozu brauchst du die Adresse?«

»Fürs Taxi.«

»Bitte geh nicht. Ich fände es schöner, wenn du bleibst. Oder zumindest könnte ich dich fahren.«

»Nein. Ich muss über dies hier nachdenken.«

»Können wir nicht zusammen nachdenken? Ich würde gerne mit dir zusammen nachdenken.«

»Ich glaube ehrlich gesagt, dass du meine Denkfähigkeit beeinträchtigst.«

Darcy stand auf und sammelte ihre Kleider zusammen. Ich sah zu, wie sie sich im Zimmer bewegte. Ich wünschte mir so sehr, dass sie nahe genug käme, damit ich sie in ihren kleinen Hintern beißen könnte, der wie eine blasse Glocke vibrierte. Aber keine Chance. Aus dem Nebenzimmer hörte ich das schlüpfrige Gleiten einer Strumpfhose, den Verschluss eines BHs.

»Was gibt es nachzudenken?«, rief ich. »War das jetzt ein Fehler? Ich habe nicht das Gefühl.«

Darcy kam gekämmt und gefährlich aussehend zurück ins Zimmer – wie ein Model aus einem Winterkatalog. Sie nahm einen letzten Zug von ihrer Zigarette und ließ sie in ihr Weinglas fallen. Von der Straße tönte eine Hupe.

»Kann ich dich wenigstens zur Tür begleiten?«

»Du bist wirklich süß. Aber lieber nicht.« Sie strich sich mit den Fingern über den Hals und sagte ein bisschen träumerisch: »Morgen kriege ich bestimmt Ausschlag von deinem Bart.«

Ich ging zum Fenster und sah, wie sie ins Taxi stieg. Der Moment hatte etwas tragisch Verbotenes. Ich wusste nicht, was ich tun sollte. Das goldene Band zwischen uns war zerrissen. Wie hatte das geschehen können? Ich riss das Fenster auf und rief laut: »Wieso habe ich das Gefühl, ich wäre ausgenutzt worden?«

Darcy sah hoch. Ihr Gesicht leuchtete hinter der getönten Scheibe. Bevor sie zu lachen anfing, zuckten ihre Mundwinkel leicht nach unten, was auf eine unabänderliche Traurigkeit unter ihrer fröhlichen Fassade hindeutete. Als ich durch die weichen Schneeschleier zu ihr hinunter schaute und ihr Geruch aus meinem Bart aufstieg, war ich sicher, dass diese Traurigkeit vertrieben werden könnte. Das war mein großartiger Plan. Ich war schließlich ein braver Liberaler.

Aber dann verschwand Darcy, und ich musste das lange weiße Wochenende in liberaler Einsamkeit durchleiden, wobei ich allerdings halbherzig mit der Frau sprach und aß und ins Bett ging, mit der ich damals zusammen war; eine gute Frau, mit ernsthaften Locken und engagiertem Einsatz für soziale Gerechtigkeit.

Ich rief Darcy im Büro an und lauschte ihrer Stimme auf dem Anrufbeantworter. Der kühle, geschäftlich freundliche Ton gab mir das Gefühl, abgewiesen worden zu sein. Ich hinterließ zwei angestrengt unbeteiligte Nachrichten, aß im Bistro gegenüber dem *Fund For Tradition* und ging eines Nachmittags zum Capitol Hill, um auf der kühlen Senatsgalerie auf die Knie zu sinken und wie ein Bittsteller zu warten. Nach einer Woche war mein Herz in jungenhafte Panik geraten. Ich sprach ein letztes Mal auf ihren Anrufbeantworter und sagte ihr, ich wisse nicht, was los sei, aber ich sei verletzt und verwirrt und hätte das Gefühl, irgendwie betrogen worden zu sein, um die Gefühle, die es zwischen uns gegeben habe, und dass diese Gefühle mir echt erschienen seien und nicht jeden Tag vorkämen, und dass man sie nicht verschleudern solle, und wenn sie so etwas Ähnliches fühle, auch wenn sie unsicher sei, dann schulde sie es sich selbst und überhaupt der Höflichkeit, mich zurückzurufen, dass es keine Lösung sei, mir auszuweichen, es sei denn, sie sei einer von diesen Menschen, die einem Nähe versprachen und sich dann ganz schnell wieder zurückzogen, die mit anderen Worten Menschen *benutzten*, denn dann solle sie vielleicht besser nicht zurückrufen. Aber wenn sie immer noch, wenn es ein Gefühl, wenn auch nur ein kleines, und wenn ich quengelte, täte es mir Leid, das wolle ich nicht, aber ich sei nun mal durcheinander, und ob sie mich bitte zurückrufen könne, hier sei meine Nummer, und an dieser Stelle ertönte eine automatische Stimme und informierte mich, dass meine drei Minuten Sprechzeit vorüber seien und ob ich die Nachricht unverändert lassen oder noch einmal aufnehmen oder das Ganze löschen wolle, was ich dann tat.

Was war denn eigentlich zwischen uns? Eine Art Anziehung von Gegensätzen auf niedrigster politischer Ebene. Und wer war überhaupt Darcy Hicks? Vielleicht war das ja ihr heimlicher Fetisch: Linke aufgeilen und dann ihren republikanischen Oberbossen von den Einzelheiten berichten. So lamentierte ich vor mich hin: die blühenden Phantasien eines verwundeten Herzens.

Und dann, gerade als meine Erregung nachließ, sah ich sie wieder. Im Kabelfernsehen. Sie stand am Rand des

Bildausschnitts, während John McCain – der gerade die ersten Vorwahlen in New Hampshire gewonnen hatte – in einem Saal des Veteranenverbands seine Anhänger aufrüttelte. Darcy war immer nur kurz zu sehen und glitt dann wieder aus dem Bild. Sie trug ein rotes Kleid und lächelte verzweifelt. McCain teilte dem Publikum mit, er sei aus nur einem Grund nach Elk Horn gekommen: um über die schweren Probleme der Kleinbauern zu sprechen, und über die Notwendigkeit neuer Agrarsubventionen.

Das Telefon klingelte. Es war schon spät, ein Uhr morgens an einem Dienstag.

»Wie ist nochmal deine Adresse?«, fragte Darcy.

Ich wollte etwas Kluges und Zynisches antworten, aber mein Brustkorb füllte sich mit Adrenalin, und all die Sätze, die ich mir für diesen Augenblick zurechtgelegt hatte, wirkten kleinlich und unpassend.

Die Verbindung knisterte. »Billy? Mach schnell! Mein Akku ist gleich leer.«

»Wo bist du?«

»Das frage ich dich! Oh!« Darcy quiekte, und ich hörte einen Schlag. Ihr Handy hatte plötzlich Aussetzer, und ihre Stimme war nur noch bruchstückhaft zu hören, einzelne, drängend ausgesprochene Phoneme: *Zeit, kriegen, Numm-*. Dann war die Leitung tot.

Zwanzig Minuten später klingelte es an meiner Tür. Darcy stürmte in meine Wohnung. Ihr Gesicht war errötet, ihr Lippenstift verschmiert. Eine lila Vliesmütze saß schief auf ihrem Kopf. Sie schlang ihre Arme um mich und wärmte ihre kalten Wangen an meinem Hals. Ein Geräusch des Wohlbehagens drang aus ihrer Kehle, als setzte sie sich in ein heißes Bad.

»Bist du nicht froh, mich zu sehen?«, murmelte sie.

Ich versuchte, nicht nachzugeben.

»Ich komme gerade zurück«, fuhr Darcy fort. »Ich war in Iowa. Trent hatte mich losgeschickt, was über Subventionen und Ethanolproduktion zu machen, und John, John McCain hat einen meiner Berichte in seinem Programm verwendet. Und dann hat er mich gefragt – oder vielmehr Roger, sein Pressesprecher, hat mich gefragt –, ob ich bei der Vorbereitung der Vorwahl in South Carolina arbeiten wolle! Ist das zu glauben? Man muss John einfach persönlich kennen lernen, um sich ein Bild zu machen. Aber diese fünf Jahre in Vietnam jedenfalls, also, er hat einfach dieses ganze Phrasendreschen nicht nötig. Der Mann strahlt ungeheures Charisma aus.«

Ich stellte (zu meiner Schande) fest, dass ich Senator John McCain am liebsten foltern würde.

Darcy nahm ihre Mütze ab, und ihr Haar fiel zerzaust herab.

»Bist du stolz auf mich?«, fragte sie.

»Ehrlich gesagt bin ich ein bisschen verwirrt.«

»Verwirrende Zeiten«, sagte Darcy atemlos. »Wahljahre sind immer so. Willst du mich nicht küssen? Ich weiß doch, dass du dich freust, mich zu sehen.« Sie neigte unmerklich den Kopf in Richtung meiner Erektion.

Ich versuchte, empört auszusehen. »Ich habe dir Nachrichten hinterlassen.«

»Ich weiß, ich hätte anrufen sollen. Tut mir Leid. Sei mir nicht böse. Es war einfach eine Menge los. Nicht bloß Iowa. Auch noch andere Sachen.« Sie schob die Hand unter meinen Pyjama und berührte meine Rippen. »Ist dir kalt, Baby? Du hast ja eine Gänsehaut. Können wir uns hinlegen. Ich bin so müde. Ich habe so oft daran gedacht, mich mit dir hinzulegen.«

Mein Verlangen nach Darcy war schmerzhaft. Sie roch nach Flieder und Gin; ihr Körper presste sich an meinen.

Aber wie ich mich in letzter Zeit gefühlt hatte, und dieser plötzliche erotische Lobbyismus, das gefiel mir nicht.

»Was für andere Sachen?«, fragte ich.

»Ich bin ein loyaler Mensch. Was ich getan habe, habe ich für uns getan, okay? Vertrau mir einfach, Billy. Willst du mir nicht vertrauen?«

»Ja. Ich meine, ich will –«

»Dann tu es. Vertrau mir einfach. Hör auf, Fragen zu stellen, und küss mich.«

»Ich möchte bloß wissen, was wir eigentlich sind.«

Darcy ließ einen leisen Schrei der Verzweiflung hören. »Hörst du vielleicht mal auf, wie ein *Buch* zu reden? Dies ist ein Liebesaffäre, Billy, klar? Du musst mal ein paar Zweifel aushalten. Ich bin diejenige, die hier ein Risiko eingeht.«

»Was soll das heißen?«

»Sei nicht so naiv. Die Frau verliert in einer sexuellen Beziehung immer an Macht.«

»Nicht immer«, wandte ich ein.

Darcy seufzte. Sie ließ mich los und trat einen Schritt zurück. »Ich habe gerade vier Stunden neben einem schreienden Baby im Flugzeug gesessen. Ich habe in den letzten beiden Tagen nicht mehr als drei Stunden geschlafen. Ich werde morgen früh frisch und munter im Büro erwartet, um einen Empfang für den bescheuerten Jack Kemp zu organisieren. Ich tue so was normalerweise nicht. Ich klingle nicht nachts bei Männern an der Haustür. Aber ich bin hier, Billy. Verstehst du? Ich bin hier. Und jetzt nimm mich endlich in den Arm und *tu was*, oder ich gehe sofort wieder nach Hause.«

Am liebsten hatte Darcy, wenn meine Zunge ausgiebig zwischen ihren Schenkeln zum Einsatz kam. Als altgedienter Liberaler gehörte das natürlich zu meinen Spezialgebieten. Es klingt zwar seltsam, aber auch plausibel: Für mich war die Vernachlässigung dieser Region ein ehernes Fundament des Konservatismus. Das weibliche Geschlecht war politisch gesehen das Gegenstück zu den vernachlässigten Innenstädten: eine dunkle, geheimnisvolle Region, von den Mächtigen verteufelt, als unverbesserlich abgehakt, ein übel riechendes Loch. Cunnilingus war ein schmutziges Geschäft, erniedrigend, womöglich ansteckend, das man am besten den Sensibelchen von der Linken überließ.

Ich hingegen genoss diese Tätigkeit, die ich – wie Gores Vize-Kandidat Joe Liebermann sich in seinem verschnupften Rabbinertonfall ausgedrückt hätte – als eine Art *mitzwah* betrachtete. Man musste gewisse Opfer bringen. Zum Beispiel auf ausreichende Sauerstoffzufuhr verzichten. Eine eher lächerliche Haltung einnehmen; mit Krämpfen in den Beinen rechnen. Man musste sich schon darauf einlassen. Es ging nicht so nebenbei.

Das galt besonders für Darcy. Die Intensität ihres Verlangens erschien ihr selbst skandalös, und das wiederum verstärkte noch ihre Erregung. Aber es war nicht einfach. Wenn ich sagte, »Ich möchte dich dort küssen«, dann wurde sie nervös und sah sich hilflos um. »Tu es einfach« war ihre Einstellung. Lass das Geschwafel, das Benennen der Dinge, die besser im Dunkeln bleiben. Das Wort »Muschi« ließ sie zusammenzucken. (Tatsächlich ein problematisches Wort, das gebe ich zu, aber von mir nur mit höchster Zärtlichkeit und in anregender Absicht benutzt.)

Ich küsste mich also ihren Körper hinunter – die feuchte Falte unter ihren Brüsten, die Wellen ihrer Rippen, den Bauch, über dessen Form sie sich immer beklagte. Und immer spürte ich, wie sich ihre Leistenmuskeln anspannten. Manchmal knabberte ich ein bisschen an ihnen.

Sie parfümierte sich gründlich, was bedeutete, dass ich zunächst einen leicht beißenden Geschmack ertragen musste, aber danach schmeckte sie wundervoll, das heißt, sehr nach sich selbst, nach dem Meerduft ihrer inneren Welten. Ich hielt mich nie lange an einer Stelle auf, sondern erforschte die ganze komplexe Topographie, die durchbluteten Nervenzellen, die auf geheimnisvolle Weise vibrierten, während Darcy sich in die Kissen drückte, das Gesicht zur Wand drehte und den herrlichen zustimmenden Blödsinn des Höhepunkts von sich gab.

Der Körper entlädt seine elektrische Spannung, verschmilzt mit einem anderen, und in dieser gemeinsamen Lust ist so etwas wie Gott. Aber danach müssen in der stillen, duftenden Atmosphäre auch Wahrheiten ausgetauscht werden. Und so vertieft sich das Geheimnis der Liebe.

Darcys eigentlicher Name war Darlene. Sie war in Ashton, Pennsylvania aufgewachsen, einer ländlichen Gemeinde südlich von Allentown. Ihre Großväter waren beide Bauern gewesen. Dann hatte die Welt sich verändert, war teurer, mechanischer und irgendwie weniger verlässlich geworden. Also hatte ihr Vater, statt die dunklen Gerstenfelder zu übernehmen, beim Agrarriesen Archer Daniels Midland angefangen. (Ihre Mutter war selbstverständlich nur Hausfrau.) Ihre drei Geschwister lebten noch in Ashton. Sie war schon acht Mal Tante.

Darcy war klar, dass sie anders war als ihre Familie. Aber sie sprach nicht gern ausdrücklich über diese Unterschiede. Stattdessen verwandelte sie den Hicks-Clan in eine komische Nummer und berichtete von den neuesten Ereignissen im lakonischen Dialekt von Grandpa Tuck.

Ihr Doppelleben hinterließ überall Spuren. Sie trug Kleider von Ann Taylor, hatte aber einen Einkochtopf.

Sie bewahrte ihre Antibabypillen in der Nachttischschublade auf, gleich neben der zerlesenen grünen Bibel, die sie in der Sonntagsschule bekommen hatte. Auf ihrem Kaminsims standen Fotos, auf denen sie lächelnd Hände schüttelte: die von Arlen Specter, Pennsylvanias Senator, von Robert Bork, einem der Watergate-Verschwörer, oder von Newt Gingrich. Erst in einer dunklen Ecke ihres Schlafzimmers stieß man auf ein Bild der jungen, grinsenden Darcy, in herrlichen Moonwashed-Jeans mit rosa Stulpen auf dem Fahrersitz eines alten Traktors auf Grandpa Tucks Farm. Das Foto stammte aus dem Jahr 1989, kurz bevor er die letzten Morgen an eine Chemiefabrik verkaufte.

Ich hingegen war in einem Vorort von Hartford aufgewachsen. Meine Eltern hatten für Bürgerrechte und gegen Vietnam demonstriert. Dann hatten sie Kinder bekommen, waren in den grünen Vorort gezogen, wo sie ein Haus aus dem 19. Jahrhundert renovierten. Ihre häuslichen und beruflichen Verpflichtungen erschöpften sie, und sie wurden empfänglicher für bürgerliche Vergnügungen. Aber in meiner Erinnerung blieben sie – auch, weil ich es brauchte – die schönen jungen Radikalen.

Was wir von der Politik wollten, war das, was unsere Familien uns vorenthalten hatten. Ich wollte eine Welt erschaffen, in der Gerechtigkeit und Mitgefühl dauerhafte Maßstäbe wären. Darcy wollte ihren Horizont erweitern und ihren Wohlstand ohne Schuldgefühle genießen. Wir waren beide der Ansicht, dass es wichtig war, wer gewählt und wie regiert wurde. Im Grunde gab es nichts Wichtigeres.

Dennoch wäre uns nicht im Traum, nicht im Entferntesten eingefallen, dass die Wahl des Jahres 2000 so brisant werden könnte. Die möglichen Präsidentschaftskandidaten waren alle zweitklassig und bemühten sich unbeholfen um einen Platz in der Schönen Neuen Mitte.

* * *

Also lagen wir an den Wochenenden auf dem Fußboden herum, verteilten Zeitungsblätter auf den sonnigen Dielen meiner Wohnung, beklagten (im Stillen) die hoffnungslose Parteilichkeit der *Washington Post* beziehungsweise der *New York Times*, tollten die würdevollen Straßen der Innenstadt entlang, genossen fröhlich guten Wein und ließen unsere Anrufbeantworter für uns arbeiten.

Wir waren beide zu sehr von Politik besessen, um das Thema ganz links liegen zu lassen. Aber wir mussten vorsichtig sein und durften uns nicht zu weit aufs Feld der Ideologien begeben. Darcy fand schon das Wort suspekt. »Ist doch bloß ein großspuriger Ausdruck für politische Ziele«, meinte sie.

Da war ich anderer Meinung. Für mich war die Linke eine lebendige Kraft, die von heldenhaften und opferwilligen Ideen belebt war: Bürgerrechte. Der Krieg gegen die Armut. Christus Höchstselbst war ein klassischer Demokrat der New-Deal-Ära. Darcy hörte sich meine Vorträge mit höflichem Lächeln an. Ich glaube, sie fand mich drollig.

Aber auch Darcy hatte ihre seltsamen romantischen Vorlieben. Reagan zum Beispiel. Man hatte einen Flughafen nach ihm benannt. Jetzt hatte er Alzheimer, und in den Nachrichten wurde von seinem zunehmenden Verfall berichtet, was Darcy geschmacklos fand. »Er hat es wieder akzeptabel gemacht, dieses Land zu lieben«, sagte sie. »Guck nicht so herablassend, Billy. Er war ein amerikanischer Held.«

Das fand ich dann doch überraschend: Ronald Reagan! Der Mann, der das Land ans Big Business verkauft, soziale Errungenschaften zerschlagen, den Schuldenberg wegen seiner durchgeknallten Verteidigungsstrategien ins Riesenhafte vergrößert, Waffen an nicaraguanische Mörderbanden geschmuggelt und Mutter Natur vergewaltigt hatte, wo es nur ging.

Mit anderen Worten: Wir vermieden das Gespräch über politische Ziele.

Im März war Darcy schon fast jede Woche auf Achse. Sie war inoffiziell an das Camp von Senator McCain ausgeliehen, das zwar voller Reformeifer steckte, aber immer schwächere Wahlergebnisse einfuhr. Ich hatte erwartet, dass die Ergebnisse des *Super Tuesday* Darcy schwer mitnehmen würden, denn nun stand Bushs Nominierung so gut wie fest. Aber sie stieg strahlend aus dem Flieger aus Atlanta.

»Kenny O'Brien hat mit Roger über mich gesprochen. Er will, dass ich im Vorbereitungsteam von George W. arbeite! Ist das nicht *großartig*?«

Meine Reaktion darauf war kompliziert. Ich war schon aufgeregt und beeindruckt. Darcy machte sich langsam einen Namen. Aber das würde noch mehr Reisen, noch mehr Prestige, noch mehr Stress bedeuten. Und ich würde in Washington bleiben, obskure Vorschläge zusammentippen, wie man die Rückfallquote bei Abhängigen verringern könnte, und mir den Kopf zerbrechen, ob ich für den Androiden Gore oder den Spielverderber Bradley stimmen sollte. Und sie vermissen.

Doch unabhängig von meinem Neid war ich auch ehrlich beunruhigt. Darcy hatte wirklich an McCain geglaubt, hatte Bush als Amateur und Nichtskönner verspottet. Es fiel schwer zu begreifen, wie sie ihn nun von ganzem Herzen unterstützen konnte.

»Wir haben anständig und auf der richtigen Seite gekämpft«, versicherte mir Darcy. »Das Wichtigste ist, dass wir die Reform der Wahlfinanzierung ins Programm gedrückt haben.«

»Du glaubst doch nicht wirklich, dass Georgie dafür auch nur einen Finger rühren wird?«, entgegnete ich. »Der Mann hatte schon fünfzig Millionen zusammengegaunert, bevor er seine Kandidatur überhaupt verkündet hat.«

Darcy runzelte die Stirn. »Sei nicht so zynisch«, sagte sie. »Hab doch mal ein bisschen Vertrauen. Oh, ich hab Hunger, Billy. Wo können wir um diese Uhrzeit noch einen Burger kriegen?«

Der Winter schleppte sich bis in den April, ohne dass wir es richtig bemerkten. Der schmutzige Schneematsch glitzerte, und die Gossen glänzten wie verzaubert. Anfang Mai brachen die Kirschblüten an der Pennsylvania Avenue hervor, und ich wurde siebenundzwanzig. Darcy organisierte eine Feier in einer *Tapas Bar* an der Foxhall Road – so ein Laden, wo die Kellner angehalten sind, zur Erheiterung der Gäste Rioja aus Lederflaschen in die Hälse der besonders Geschätzten unter ihnen zu gießen. Darcy brachte in ihrem kleinen Cocktailkleid einen Toast aus, während meine Freunde voller Entsetzen auf den Nebentisch starrten, wo eine Horde besoffener New-Economy-Banausen die Kellnerin aufforderten, ihre Titten herzuzeigen.

Darcy betrachtete den Abend als vollen Erfolg, und ich hoffte, dass sie Recht hatte. Meine Freunde waren mürrische Intellektuelle, ehrenamtliche Streiter und Sozialarbeiter. Ihnen blieb nicht verborgen, wie verschossen ich war, und sie behandelten Darcy mit ausgesuchter Höflichkeit. Aber sie muss ihnen wie eine der zahlreichen

Republikaner-Tanten vorgekommen sein, die mit farbenfrohen Haarbändern durch die Hauptstadt streiften.

In der folgenden Woche traf ich Darcys Freunde bei einem Mittagessen in den Geschäftsräumen des *Fund*, im ersten Stock eines herrschaftlichen Hauses. Der *Maître d'* verzog höflich das Gesicht, als er meinen Pullover sah. Er verschwand in der Garderobe und tauchte mit einem eleganten Sportsakko aus Kamelhaar wieder auf.

Darcy winkte mir zu und lächelte, und alle meine Zweifel waren sofort verflogen; insgeheim legte ich einen Treueid auf unsere Liebe ab. Die Männer an ihrem Tisch trugen identische grüne Sakkos mit den goldenen Buchstaben *FFT* auf der Brusttasche. Darcy stach hervor wie eine Rose in einem Rhododendronbusch.

Die Bedienungen waren kühl und europäisch und zerteilten mit wichtigtuerischen Gesten am Tisch das Chateaubriand. George F. Will hielt die Tischrede und lamentierte unter allgemeiner Belustigung und leichtem Beifall müde über die »Aushöhlung der moralischen Autorität«, auch wenn seine Platitüden größtenteils vom Sandstrahlgebläse nebenan übertönt wurden, wo Bauarbeiter den neuen marmornen Lichthof der saudi-arabischen Botschaft fertig stellten.

Ich erinnere mich nicht an die Namen von Darcys Kollegen, aber sie schienen alle aus dem gleichen sauberen Holz geschnitzt zu sein. Die älteren Herren strahlten die Heiterkeit aus, die ein Leben in Privatclubs gemeinhin verleiht. Die jüngeren Männer versuchten, ihr Verhalten nachzuahmen. Es waren glatt rasierte, hingebungsvolle Fleischfresser, die in den Gesprächspausen die Wandtäfelung nach aufgehängten Rudern abzusuchen schienen, mit denen sie sich fotografieren lassen konnten.

Darcy verehrten sie offensichtlich alle, und sie hätschelten sie mit väterlicher Sorge.

»Eine bemerkenswerte junge Frau«, sagte der Herr zu meiner Linken, als sie sich kurz zur Toilette begeben hatte. »Sie sehen in ihr einen zukünftigen Kongressabgeordneten für Pennsylvania.«

»Eine Kongressabgeordnete«, sagte ich halb zu mir selbst.

»Ach ja«, entgegnete er und stocherte in einem Streifen Fett auf seinem Teller herum. »Das hat Darcy über Sie erzählt.«

Beim kurzen Empfang nach dem Mittagessen drängten sich die höheren Chargen um Will, während Darcy mich ihrem Mentor vorstellte. Trent war ein stämmiger blonder Kerl mit den unglaublichsten Zähnen, die ich je gesehen hatte. »Das ist dein besonderer Freund, Hicks?«, fragte er. »Schön, Sie kennen zu lernen.«

»Bill«, sagte ich.

»Bill. Schön, Sie kennen zu lernen, Bill.«

Er nahm meine Hand und hielt sie eine Weile. Mir kam der Gedanke, dass Trent bei den Streitkräften gedient haben könnte, womöglich in allen Waffengattungen.

»Darcy sagt, Sie haben für Bradley gearbeitet.«

»Eigentlich nicht. Ein bisschen ehrenamtliche Arbeit.«

»Guter Mann«, sagte Trent. »Hat Prinzipien. Eine Schande, dass Gore ihn so in die Falle gelockt hat. Keine große Überraschung, aber eine Schande. Was werden Sie bei den Wahlen treiben, Bill?«

»Ich glaube, diese werde ich einfach aussitzen«, sagte ich.

Trent lachte auf. »Wie lange sind Sie schon in D. C., Bill? So was gibt's hier nicht.« Er zwinkerte und zog Darcy an sich. »Achten Sie mal auf sie hier. Sie wird's weit bringen.«

Darcy wurde rot.

»Passen Sie gut auf sie auf«, sagte Trent.

»Darcy passt ziemlich gut auf sich selbst auf.«

Trent fuhr sich mit den Fingerknöcheln übers Kinn und warf mir einen so verächtlichen Blick zu, dass ich einen Schritt zurücktrat. Dann umarmte und drückte er Darcy, küsste sie auf die Stirn und wünschte mir viel Glück.

»Er wirkte einfach ein bisschen aggressiv«, sagte ich später in Darcys Büro.

»Quatsch. Er will mich nur beschützen.«

»Na, du kennst ihn besser als ich.«

»Moment mal.« Darcys Augen – sie waren stahlblau – glitzerten triumphierend. »Du bist eifersüchtig!«

»Der Typ hat dich dauernd angefasst, Süße. Und wie er sich mir gegenüber benommen hat –«

»Er hat mich nicht dauernd angefasst. Er war nur *liebenswürdig*.«

»So nennt man das heute also.«

Darcy fing an zu lachen. Sie hatte drei Gläser Bowle getrunken und war immer noch angeheitert. Ich hörte mir ihren fröhlichen Schluckauf an und betrachtete den glitzernden Kronleuchter im Foyer. »Trent ist ein Holzfäller«, sagte sie schließlich. »Verstehst du, Billy? Er ist schwul.«

Sie fing wieder an zu lachen.

Trent bei den Schwulen Republikanern? »Dann ist er bestimmt schwer begeistert, dass George W. die Gesetze gegen Analverkehr in Texas von ganzem Herzen unterstützt.«

»Du tust es schon wieder«, sagte Darcy. Sie imitierte Ronald Reagan. »Du vorverurteilst die Menschen. Ich dachte, ihr aufgeklärten Liberalen hättet keine Vorurteile.«

Darcy war den ganzen Frühling und Frühsommer über auf Achse, was unsere Beziehung in hektisch verliebte Begegnungen einteilte. Mein Herz schlug wild, wenn ich auf die Landung ihres Flugzeugs wartete. Das lag gar nicht so sehr an ihrer Schönheit oder am Glanz ihrer Karriere, nicht einmal an der Hoffnung auf Sex, eher am guten Willen, den sie ausstrahlte, eine Freundlichkeit des Herzens, die besonders in den schläfrigen Stunden, bevor sie ihren öffentlichen Charakter annahm, zutage trat. Das war meine liebste Zeit: Darcy im Schatten des Morgengrauens, warm vom Schlaf, ihr Haar aufs Kissen gebreitet.

Ihre häuslichen Rituale hatten etwas Beruhigendes, wie sie Sammelpunkte von Packungen schnippelte (die sie nie einlöste) oder ihre einsame Kücheneinrichtung schrubbte und dabei mitfühlend meinen neusten Berichten aus Ashton lauschte. Das Kofferpacken für ihre Reisen verursachte ihr ständiges Kopfzerbrechen. »Ich bin zu fett für diese Hose«, jammerte sie. »Ich hab so einen fetten Hintern, Billy.«

Das stimmte natürlich nicht. Wenn überhaupt, dann nahm Darcy ab. Aber diese plötzlichen Anfälle von Selbstzweifel waren notwendig, um sie aufrecht zu halten, sie waren Überbleibsel ihrer Mädchenjahre, Erinnerungen an die unbeholfene Streberin, die hinter ihrem beeindruckenden Charme verborgen war. Dieser Teil von ihr brauchte mich.

Es war blöd von mir, die republikanische Wahlversammlung im Fernsehen anzuschauen. Aber eine Art morbide Neugier trieb mich an. Ich wollte sehen, wie Jesse Helms plötzlich als Verfechter von Toleranz wieder geboren wurde. (Was würde er wohl anhaben? Einen Sarong?) Und außerdem hatte ich es Darcy versprochen. Sie war Delegierte des Staates Pennsylvania für Bush.

Was mich an der Psyche der Republikaner immer verblüfft hat, ist ihre ungeheure Schamlosigkeit. Da tagte nun also die Partei, die Einwanderung immer bekämpft hatte, und ließ ihre farbigen Alibifiguren auf dem Podium aufmarschieren; die Partei der traditionellen Familienwerte fuhr plötzlich ein paar schick herausgeputzte Lustknaben auf. Und hier kam »Big Dick« Cheney – der als Kongressabgeordneter gegen das Bildungsprogramm *Head Start* gestimmt hatte – und klagte Clinton an, er tue nicht genug für die Schulbildung benachteiligter Kinder. Es nahm kein Ende, und nicht ein Einziger explodierte vor Heuchelei!

Darcy rief mich jede Nacht an und war völlig aufgedreht, weil alles so gut lief. »Hast du mich auf *CNBC* gesehen?«, fragte sie. »Deb Borders hat mich interviewt. Hast du Christie Whitman gesehen, Billy? War sie nicht unglaublich? Okay. Du brauchst nicht zu antworten. Ich vermisse dich, Billy. Vermisst du mich auch? Wirklich?«

»Natürlich.«

»Liebst du mich?«, fragte sie plötzlich.

»Das weißt du doch.«

»Sag es.«

»Ich liebe dich, Darcy.«

Und ich liebte sie wirklich. Ich konnte nichts dagegen machen.

»Ich liebe dich, Billy. Ich liebe dich so sehr.«

»Wo bist du?«, fragte ich. »Bist du in deinem Zimmer?«

»Ich liege auf meinem Bett.«

Und so fuhren wir fort mit unserer aufregenden Trennung.

Ab Oktober war Darcy voll beim Bush-Team beschäftigt. Sie lebte nur noch aus dem Koffer, kam mit tiefen Schatten unter den Augen nach Washington zurück und schlief zwölf Stunden am Stück. Ich sah es als meine Pflicht an, ihr intime Zuflucht zu gewähren.

Und Darcy erwiderte meine Hingabe. Selbst gegen Ende des Wahlkampfs stürzte sie sich noch mit Schwindel erregendem Schwung auf mich, hungrig nach Zuwendung, nach einem privaten Raum, in dem sie die sorgsamen Verstellungen ihres Aufstiegs abwerfen konnte. Als wir eines Abends mit vom Gin geröteten Wangen im Wohnzimmer lagen, kündigte sie eine Überraschung für mich an, hockte sich hin, zog ihren Slip aus und lehnte sich zurück. Von ihrem Schamhaar war nur noch ein zarter, schmaler Streifen übrig.

Ich war gerührt, den Tränen nahe. Dieses wundersame Wesen, völlig ausgelaugt vom Wahlkampfstress, lag kurz vor dem Wahltag in meiner Wohnung auf dem Rücken und zeigte mir ihren Mösen-Iro. Sie warf mir einen verführerischen Blick zu, senkte die Augenlider, fuhr mit der Zunge über ihren herrlichen Eckzahn und forderte mich auf, näher zu kommen. Was machte es da schon aus, dass sie gegen Waffenkontrolle war?

In der Wahlnacht rief ich Darcy um 2 Uhr 42 an. Die Fernsehsender hatten gerade ihre Falschmeldungen aus Florida verbreitet, und Nachrichtenikone Dan Rather stand offenbar unter Koffeinschock, als er Amerika aufforderte, George W. wie daheim in Texas im Weißen Haus willkommen zu heißen.

Darcy war am anderen Ende der Stadt im Radisson Hotel. Im Hintergrund hörte man Jubelschreie und Echos einer schlechten Jazzband.

»Herzlichen Glückwunsch«, sagte ich.

»Billy! Ach, ist das süß von dir!«

»Schlechte Verlierer kann niemand leiden.«

»Es war so knapp«, sagte Darcy. »Es ist eigentlich traurig, dass überhaupt jemand verlieren musste!« Es wurde laut im Hörer, und Darcy schrie fröhlich auf. »Lass das! Hör auf!« Sie sprach wieder zu mir. »Das war Trent.«

»Kannst du herkommen?«, fragte ich. »Ich würde dir gerne persönlich gratulieren.«

Darcy holte tief Luft. »Würde ich so gerne. Das wäre wirklich schön. Aber ich habe ein paar Leuten versprochen, dass ich hier bleibe. Jedenfalls bis zu *Dubyas* Rede.«

Ich schwieg einen Augenblick.

»Schatz«, sagte sie, »alles in Ordnung? Bist du sauer?«

Vielleicht war ich ein bisschen sauer. Aber ich wusste auch, wie hart Darcy für dieses Ergebnis gearbeitet hatte, wie viele Hoffnungen sie darauf gesetzt hatte. Sie hatte sich mitten ins Getümmel des Rennens gestürzt, mit tapfer ausgebreiteten Armen, ihre hübsche kleine Brust ungeschützt, während ich bloß voller Abscheu meine Hände gen Himmel gereckt und Nader und seine Grünen gewählt hatte.

»Nein«, sagte ich. »Ich bin stolz auf dich, Darcy. Du verdienst es.«

»Ich liebe dich, Billy.«

»Ich liebe dich auch«, sagte ich leise. »Du verrückte Republikanerschlampe.«

Sie lachte. Ein Chor tiefer Stimmen schwoll im Hintergrund an, und Darcy wurde fröhlich kreischend von irgendwelchen Albernheiten davongespült.

Manchmal fragte ich mich, warum sie sich nicht einfach für einen echten Kerl aus ihrer Partei entschieden hatte, mit gut trainierten Muskeln und den richtigen konservativen Ansichten. Sie hätte sich jeden aussuchen können. Das wussten wir beide. Aber so funktioniert unser Herz nicht. Es folgt tieferen Bedürfnissen. »Ich versuche, nach der Rede rüberzukommen«, flüsterte Darcy. »Ich will dich sehen.«

Zwei Wochen später saßen wir in Darcys Wohnung und versuchten immer noch zu begreifen, was geschehen war. Al Gore versuchte auf CNN, einen Menschen aus Fleisch und Blut zu imitieren.

»Warum gibt er nicht auf?«, murmelte Darcy.

»Warum sollte er aufgeben?«, fragte ich.

»Weil er verloren hat.«

Wir hatten beide angenommen, die Wahl würde allen Spannungen ein Ende setzen. Die eine oder andere Seite würde gewinnen, ein sauberer Schnitt, und wir würden weitermachen.

»Du kannst nicht behaupten, dass er verloren hat, bevor sie nicht alle Stimmen gezählt haben«, sagte ich. »Es ist einfach zu knapp. Siehst du das nicht ein, Süße?«

Darcy seufzte. Sie hatte sich die Haare schneiden lassen, eine Art Bob, der sie ein wenig streng aussehen ließ. »Warum hat Gore nur in vier Bezirken eine Nachzählung verlangt? Er will keine vollständige und richtige Zählung. Gib es doch zu. Er will so lange zählen, bis er gewonnen hat.«

»Sie wollen beide gewinnen. Das nennt man Wettkampf.«

»Tu nicht so herablassend, Billy.«

»Ich wäre nicht herablassend, wenn du nicht alles so unzulässig vereinfachen würdest.«

Darcy stellte den Fernseher ab. »Warum redest du so, Billy? Warum musst du alles auf eine persönliche Ebene ziehen?«

»Und den Präsidenten absetzen wollen, weil ihm jemand einen geblasen hat? Das ist *keine* persönliche Ebene? Oder euer Rammbock DeLay, der seine Schläger nach Miami geschickt hat, um die Wahlhelfer einzuschüchtern? Was ist das? Ganz normale Politik? Meinst du das ernst?«

Darcy schüttelte den Kopf; die Enden ihres neuen Haarschnitts sägten durch die Luft. »Ich kann mit dir nicht darüber reden. Du wirst immer so wütend.«

»Wir sind doch beide stocksauer.«

»Nein«, sagte sie. »Ich will nur, dass es vorbei ist.«

Mehr sagten wir nicht, aber der Schleier von Wut hing über uns. Und als wir uns ins Schlafzimmer zurückgezogen hatten, versteckte sich die Wut in unserem Begehren und fuhr aus unseren Körpern, und wir hofften, dass wir sie damit austreiben konnten. Wir prallten aufeinander und keuchten und klammerten, wir taten, was wir konnten, um den anderen zu erregen, während wir gleichzeitig ein bisschen an Mord dachten, an gemeinsames Sterben, doch stattdessen wachten wir am Morgen reumütig und mit blauen Flecken auf.

Ich stimmte Darcy schließlich zu. Ich wollte auch, dass diese Wahl endlich vorbei war. Ich wollte nicht wütend auf sie sein, denn ich liebte sie, und diese Liebe war wichtiger als jede Wahl. Ich versuchte *wirklich*, die Auseinandersetzung zu ignorieren. Was ging es mich an? Gore hatte einen schrecklichen Wahlkampf geführt. Er verdiente es zu verlieren.

Aber nach und nach kam die erschreckende Wahrheit ans Licht: Es waren viel mehr Leute in Florida in der Absicht zum Wahllokal gegangen, ihn zu wählen. Die Statistiker hatten das begriffen, und die Experten für die Wahlmaschinen, und sogar die aufgeweckteren unter den Fernsehjournalisten, die sich die Mühe machten, das Ganze zu Ende zu denken.

Die Strategie der Republikaner bestand darin, diese Wahrheit zu verschleiern, eine nähere Untersuchung der Wahlzettel unter allen Umständen zu vermeiden. So wurden sie zu Gegnern der Demokratie. (Man kann es nicht anders ausdrücken.) Was mich wirklich erstaunte, war die Verve, mit der Bush seinen Betrug vollführte. Seine Strategen logen ununterbrochen und maßlos, seine Kumpane stürmten mit Schaum vor dem Mund vor die Kameras.

Wir Demokraten begriffen nie ganz, dass es sich hier um eine Straßenschlacht handelte. Uns fehlte die nötige Niedertracht, die hirnlose Loyalität. Das war schon immer die Achillesferse der Linken: Wir halten unsere eigene Anständigkeit in zu hohen Ehren und misstrauen unserer Wut. Wenn die gekauften Schläger die Arena betreten, laufen wir davon und nennen es Würde.

Der kalte Dezembernebel legte sich auf die Hauptstadt, und ich saß in meiner Wohnung, starrte wütend auf die *CNN*-Nachrichten und stellte mir vor, Ex-Außenminister James Baker, dem Oberdemagogen der Republikaner, eine Kugel in den Kopf zu jagen. Darcy rief über den Anrufbeantworter nach mir, ihre Stimme vom Rotwein gelöst. Mein Name klang auf ihren Lippen undeutlich und hoffnungsvoll.

Und dann klopfte es eines Nachts, kurz nach der endgültigen Bekanntgabe der Stimmenanteile aus Florida, an der Tür. Darcy stand da, in ihrem blauen Rock und mit ihrem herrlichen Lächeln, das den schiefen Zahn zeigte. Sie atmete schwer, und einen Augenblick stellte ich mir vor, sie sei von weit her zu mir gelaufen, vielleicht aus Georgetown, durch die finsteren, verwunschenen Sumpfregionen des Prince George County, oder von den goldgelben Ebenen Pennsylvanias.

»Wir müssen uns unterhalten«, sagte sie.

Sie fiel mir entgegen und roch nach Gin, Flieder und Zigaretten. Diese zarte, weiche Person, durch und durch weich. Ich fühlte mich schrecklich verantwortlich.

»Wo kommst du denn her?«

»Aus dieser Bar an der Ecke.«

»Dem *Versailles*?«

»Mm hm.«

»Was hast du da denn gemacht?«

Sie sah zu mir hoch. »Meine Freunde sagen, ich soll dir den Laufpass geben.«

»Und was sagst du?«

»Ich weiß nicht. Du bist gut im Bett.« Sie zupfte an meinen Jeans. Aber es war nur vorgetäuschte Lust, vom Alkohol geborgt. »Wo zum Teufel bist du gewesen?«

»Nirgendwo. Hier. Hör mal, es tut mir Leid. Ich wusste nicht so genau, was ich machen sollte.«

»Du hättest zum Beispiel mal zurückrufen können, klar? Klar, Mr. Super-Sensibel?« Darcy schaute ins Wohnzimmer, wo Pizzakartons zwischen Kleiderbergen lagen. Sie schüttelte den Kopf. Bush war jetzt auf dem Bildschirm, er starrte wie ein erschrockener Affe in die Kamera. »Oh bitte, Billy: Sag nicht, dass du immer noch wegen dieser Wahl schmollst.«

»Es ist eher eine Art konstruktives Grübeln.«

Darcy ließ sich auf die Couch fallen. Sie presste die Knie aneinander, und ihre Waden standen sich angelehnt gegenüber wie Zweikämpfer. Das ließ sie wie ein Possenreißer aussehen – als müsste sie jeden Moment aufspringen und einen Stepptanz hinlegen. »Warum tust du dir das an?«

»Ich tue mir gar nichts an.«

»Ich verstehe einfach nicht, warum du mir das vorhalten musst. Ich mache dir doch auch keine Vorwürfe wegen deiner Ansichten.«

»Du gewinnst ja auch«, murmelte ich.

»Was?«

»Ihr gewinnt. Ihr könnt euch die Gnade der Toleranz leisten. Aber eins sag ich dir, wenn diese ungültigen Stimmen jemals nachgezählt werden und Gore in Führung geht, dann wirst du und der Rest deiner –«

»Das wird nicht passieren«, sagte Darcy scharf. Sie strich mit dem Handballen ihren Rock glatt und atmete tief ein. »Du weißt genauso gut wie ich: Wenn es umgekehrt wäre, würde Gore das Gleiche tun wie Bush.«

»Würde er vielleicht«, sagte ich. »Aber wenn er das täte, hätte er genauso Unrecht. Und ich hoffe doch, dass ich so anständig wäre, das auch einzusehen.«

»Und ich bin *nicht* anständig?«

»Das will ich damit nicht sagen. Ich will bloß sagen …«

Aber *was* wollte ich denn sagen? Sagte ich nicht genau das?

Darcy kniff die Augen zusammen und wartete auf meine Erklärung.

»Ich weiß, dass du eine ganze Menge in Bushs Sieg investiert hast. Du hast hart dafür gearbeitet. Und ich weiß auch, dass wir verschiedener Meinung darüber sind, wie die Probleme gelöst werden sollten. Ich möchte nicht, dass du eine Liberale wirst. Aber ich rede hier über das grundsätzliche Prinzip. Demokratie bedeutet, dass man alles versucht, jede Stimme zu zählen. Dass man versucht, die Wahrheit herauszufinden.«

»Bitte, Billy. Ich bin hergekommen, um über uns zu reden.«

»Aber es *geht* doch um uns«, sagte ich. »Wir müssen uns doch über die grundsätzlichen Dinge einig sein. Wahrheit. Gerechtigkeit. Ich rede doch gar nicht von dieser bescheuerten Wahl. Ist mir ganz egal, wer gewinnt. Für mich sind sie beide Republikaner. Es geht darum, woran du glaubst und woran ich glaube.«

»Wenn du dir mal zuhören würdest!«, sagte Darcy. »Das ist doch bloß Politik, Billy. Herrgott, du klingst genauso schlimm wie Gore.«

»Bitte, schieb das nicht nur auf die Politik. Ich möchte, dass wir uns einigen können.« Ich schrie nicht gerade, aber meine Stimme erstickte immer wieder, weil ich ahnte, worauf wir zusteuerten, und es mir im Herzen wehtat.

Darcy schüttelte den Kopf. »Ich wusste, das war ein Fehler. Du weißt nicht einmal, was heute für ein Tag ist, oder?« Sie redete jetzt ganz leise, wie sie es in den frühen Morgenstunden tat, wenn die Hektik ihres Alltags von ihr abfiel und die Enttäuschungen an die Oberfläche traten. Das weckte den Wunsch in mir, sie festzuhalten, mich um ihre Hüften zu wickeln.

»Vor einem Jahr, Billy. Heute vor einem Jahr haben wir uns kennen gelernt.«

Einen Augenblick sah es so aus, als würde die Gerechtigkeit siegen. Das Oberste Gericht von Florida traf die Entscheidung, die von Anfang an hätte gefällt werden müssen: die Stimmen im ganzen Staat noch einmal von Hand zu zählen. Aber dann mischte sich natürlich das Oberste Bundesgericht mit einem Urteil ein, in dem es irgendwie um gleichen Schutz von irgendwas und noch undurchsichtiger um die Verfassung ging, und dass man natürlich nicht genug Zeit hätte, dieses ganze Durcheinander aufzuklären – *so ein Durcheinander!* –, also schiebt gefälligst nicht uns die Schuld zu, wir versuchen ja nur zu helfen: Bush ist der Sieger.

In ganz Washington waren die Republikaner begeistert. Sie hatten sich das Weiße Haus gesichert und dabei bloß die Integrität jeder staatlichen Institution im Lande untergraben. Was für ein Schnäppchen! Ich trank den ganzen Abend Jack Daniels mit Ginger Ale, heulte auf Darcys sämtliche Mailboxen und stellte mir vor, ich könne sie schmecken. Unsere Lage war ungeklärt. Womit ich sagen will: Sie rief mich nicht mehr zurück. Gegen ein Uhr morgens fuhr ich zu ihrer Wohnung.

»Verschwinde«, sagte sie durch die Gegensprechanlage. »Du bist betrunken.«

»Bin ich nicht. Ich liebe dich, Süße. Ich will mich entschuldigen.«

»Ich werde nicht mit dir reden, Billy.«

»Ich will nicht darüber reden. Versprochen. Lass mich rein, Süße. *Bitte.*«

Sie trug ein altes Nachthemd aus labberiger und verwaschener Baumwolle. Ihr Gesicht war ein wenig verquollen. Diesmal fiel ich gegen sie, küsste sie auf die Stirn und bettelte. Ihr Körper wurde steif.

»Ich hatte Unrecht«, sagte ich. »Ich war ein Trottel. Ich fühle für niemanden so wie für dich. Wir passen zusammen, verstehst du. Unsere Körper passen einfach zusammen.«

Sie stellte sich auf die Fußballen, aber sie schob mich nicht weg. »Du bist viel zu wütend«, sagte sie. »Ich mag es nicht, wenn du so wütend wirst.«

Ich sank auf die Knie und schlang die Arme um ihre Hüften. »Es tut mir Leid. Ich bin dann nicht mehr ich selbst. Ich grübele zu viel.«

Natürlich war Darcy Republikanerin. Aber sie war auch eine Frau und deshalb der Vergebung nicht abgeneigt. Ich drückte meine Wange an sie und atmete warm auf ihren Bauch. Ihre Muskeln entspannten sich allmählich.

»Kein Grübeln mehr, Billy. Kein Streiten mehr. Es ist vorbei.« Mit den Fingerspitzen lüftete sie den Saum ihres Nachthemds. Die winzigen blonden Härchen an ihren Oberschenkeln hatten sich aufgerichtet. Meine Zunge schmeckte Waschmittel. Aus der unterhalb liegenden Höhle stieg ein schwerer, rosafarbener Duft empor.

Und als sie sich dann aufs Bett legte und sich mir öffnete, als ich ihre weichste Haut küsste, konnte ich da ahnen, dass meine Wut wieder aufsteigen würde? Wer kann das schon wissen? Es ist eine Reaktion auf Vergangenes, die Geschichte findet einen passenden Moment, in den sie sich hüllen kann. Ich wollte meiner Geliebten nur Befriedigung schenken und dafür Vergebung erlangen. Aber warum konnte ich dann, als sich ihre Knie öffneten, als ihr Atem tiefer wurde und in Keuchen überging, als ihr Fleisch zu pulsieren begann, nur an James Baker denken? Er stieg aus den dunkelsten Regionen meiner Liebe auf, seine Zunge so gespalten wie ein alter Schuh. Abscheu umgab ihn wie eine Aura. Warum musste ich an diesen Mann denken, während Darcy vor mir aufblühte wie eine Rosenknospe?

Vielleicht, weil Darcy (so vermutete ich düster) diesen Baker überhaupt nicht als Finsterling betrachtete. Sie hatte von ihm als einem aufrechten Mann gesprochen, ein bisschen wie ihr Opa Tuck. Und nun stellte ich mir Baker plötzlich im bescheidenen Aufzug eines Landpfarrers vor, der meine eigene Ehe schloss.

Darcy grub ihre Finger in meine Nackenmuskeln und murmelte *weiter weiter weiter*. Ihr Körper spannte sich. So stellte sie sich das Leben vor: einen heftigen Orgasmus und einen Mann, der wusste, wann man das Maul hält. Ich dachte an meine Eltern, wie sie in die üblen Vororte New Havens marschierten, um Wähler zu registrieren. Sie hatten es getan. Sie hatten geglaubt. Meine Lippen wurden taub. Ich war mir nicht mehr sicher, ob ich noch atmen konnte. Über mir begann das große Zittern. Darcys Schenkel schlossen sich um mich. Wie ich diesen Augenblick geliebt hatte! Das Heulen der Motoren auf der Startbahn, das plötzliche Abheben. Ich schloss die Augen und atmete ihren Körper ein. Aber da war Baker wieder – und jetzt zwinkerte er mir zu.

Ich hob den Kopf.

Darcys Hände griffen in die Luft. Ihr Mund keuchte meinen Namen.

»Das Oberste Gericht«, sagte ich, »hat eine Einstweilige Verfügung erlassen.«

»Nein, Billy. *Weiter.* Ich bin so dicht dran.« Darcys Augen waren halb geschlossen. Sie hatte ihre Hände sanft um die Brüste gelegt. Ihre Hüftknochen standen wie kleine Knöpfe hervor. Was in Gottes Namen war los mit mir?

»Billy. Los. Das ist nicht witzig.«

Ich spürte, wie sich meine Kehle vor Kummer zuschnürte.

Darcy hob ihren Kopf vom Kissen. Ihre Augen wurden langsam klar. »Was treibst du da eigentlich?«

»Wenn das Oberste Gericht entscheidet, gibt es keine Berufung mehr.«

Darcy wich zurück. »Weißt du eigentlich, wie ekelhaft du dich benimmst? Oh Billy, du bist wirklich bemitleidenswert.« Darcy schloss die Beine und zog sich wie in einem Hollywoodfilm ein Laken vor die Brust. »Die Wahl ist vorbei. Begreifst du das nicht? *Vorbei.*«

»Darum geht es doch gar nicht«, sagte ich leise.

»Darum geht es nicht?« Darcys Fäuste hielten das Laken krampfhaft umklammert. »Weißt du überhaupt, worum es hier geht? Es geht um uns, klar? Es geht darum, ob du mich wirklich liebst. Darum geht es, Billy.«

Darcy erwartete, dass ich etwas Heldenhaftes sagte. Und das schien auch angeraten: meinem kleinlichen polemischen Herzen den Mund zu verbieten, das Primat der Liebe zu bestätigen. Was war ich schon für ein toller Liberaler? Und im Film, wo sich alles bis zum Abspann in Wohlgefallen auflöst, wäre es sicher so gelaufen. Obwohl ich Darcy liebte, die Musik ihres Körpers mich faszinierte, ihr Elan mich beeindruckte, konnte ich mir einfach nicht vorstellen, mit der Enttäuschung über ihre Haltung zu leben.

Und ich begriff auch nicht, wie sie mich lieben konnte, wenn sie doch meine tiefsten Überzeugungen naiv und bemitleidenswert fand? Vielleicht war das die Gabe der Republikaner: die Fähigkeit, unangenehme Widersprüche zu ignorieren. Oder vielleicht konnte sie einfach besser lieben, ohne Urteile zu fällen. Letztlich zählt nur, dass ich ihr in jenem Augenblick nicht sagen konnte, dass ich sie liebte.

»Du solltest jetzt gehen«, sagte Darcy leise. Ihre Stimme schwebte durch die Dunkelheit. »Mach, dass du wegkommst, Billy. Und komm nicht wieder.«

Meine Freunde sagten, ich hätte mich richtig entschieden. Sie waren sehr vernünftig und total bescheuert. Ich kannte die Wahrheit: Darcy war die aufregendste Geliebte, die ich je haben würde, weil ich sie immer auch ein bisschen hasste und nie richtig verstand, und weil sie mir das verzieh und mich deshalb mit mehr Risiko liebte, ohne sich auf gemeinsame Überzeugungen oder die langweilige Übereinkunft der Kameradschaft zu verlassen.

Ich sah mir die Inauguration des Präsidenten nur an, um einen Blick auf sie zu erhaschen. Sie stand in der Menge direkt vor dem Podium. Die Kamera fing sie zwei Mal ein: eine hübsche Frau, die mit geröteten Wangen und einem breiten, traurigen Lächeln in den frostigen Regen starrte.

Schon bald würde sie das Amt bekleiden, das ihrem Talent entsprach, und ihre Leidenschaft einem anderen Mann schenken. Irgendwann würde sie aus Washington nach Arlington oder Bethesda hinausziehen, wo noch stattliche Eichen stehen und bläuliches Gras wogt. Sie würde sich mit leuchtendem Einsatz den Pflichten des Regierens und der Mutterschaft widmen. Und sie würde jedes Jahr schmerzlich schöner werden, wie alles, woran wir mit Reue denken.

Washington war jetzt ihre Stadt. Das begriff ich. Mir fehlte die Schläue, die Fähigkeit zum Kompromiss, die Gabe, meine Wünsche an die Welt von ihren traurigen Fakten zu trennen. Ich saß auf meinem Sofa, während die Eide geschworen wurden, und hielt nach Darcys blondem Haar Ausschau. Es flatterte im Wind, der übers Kapitol wehte, und dann war es verschwunden.

# Pornographie

Als ich neunzehn war, sah ich einen Faustkampf zwischen zwei Frauen auf einer Straße in Athen. Zuerst sah ich, wie die Größere ausholte und der Kleineren eine kräftige Ohrfeige verpasste. Die Große war ungeheuer hässlich. Sie hatte ein Gesicht wie eine rostige Schaufel.

Die Kleine war hübsch und blond und schlank, kreischte und versuchte davonzulaufen. Aber die Große erwischte sie an der Bluse und riss sie zurück wie einen Fisch an der Angel. Die Blonde drehte sich um und holte zu einem unbeholfenen Schlag aus, *schlug zu wie ein Mädchen*, wie wir auf dem Schulhof zu sagen pflegten, die Größere jedoch traf sie ins Gesicht, und ihre Nase begann zu bluten. Die Große lächelte und winkelte den Arm an, und die Blonde, die blutige Tränen zu weinen schien, schüttelte den Kopf und hob ihren Arm, aber die Große schlug wieder zu, und wir alle, die Männer im Café und auf dem Bürgersteig, wandten uns von unseren Backgammon-Brettern oder zerkochten Hühnchen ab. Wir hörten das irgendwie feuchte und doch feste Geräusch, sahen die Blonde zusammenbrechen und die Große sich hinunterbeugen, um noch einmal zuzuschlagen.

Aber die Panik weckte eine tief sitzende Raffinesse in der Blonden. Sie riss mit einer Wut und Kraft am Haar ihrer Peinigerin, die bedeutend und fast musikalisch wirkte. Die Große kreischte. Ihr großer, unansehnlicher

Kopf ging zuerst zu Boden, gefolgt von ihrem Körper und ihrer kräftigen Stimme. Die Blonde rappelte sich auf. Wir nahmen an, sie würde nun wegrennen. Aber da hatten wir sie unterschätzt. Sie wollte Rache nehmen, nicht bloß an den Haaren ziehen, sondern plötzlich ins Gesicht ihrer Gegnerin treten, um diese bluten zu lassen, wo man am schnellsten blutet.

Darf ich sagen, dass das Ganze etwas Zartes an sich hatte? Dass wir Männer unsere eigene Rolle dabei nicht bemerkten? Oder eingriffen, um die Gewalt zu beenden? Nein. Nur so viel: dass niemand lachte, weder die Betrunkenen, die an den Türschwellen auf Schlaf hofften, noch die Kaufleute, die ihre Drachmen umklammerten, noch der zahnlose Backgammonkönig, der die Würfel bescheiden in der hohlen Hand hielt. (Und ich ganz sicher auch nicht. Ich stand nur da und versuchte zu begreifen, warum meine Fingerknöchel feucht wurden und vibrierten, warum sich meine Lenden zusammenzogen.)

Die Blonde trug hochhackige Stiefel. Das schien eine absurde Ausrüstung für einen Faustkampf auf der Straße. Aber sie war schließlich eine schöne Frau. Sie war sicher nicht Straßenkämpferin von Beruf. Sie trat elegant zu, konnte aber nur schlecht das Gleichgewicht halten, und die Große hatte sie schon bald umgeworfen und umklammerte sie. Ihre Bewegungen wurden enger und verbissener, und auch dieser Intimität schauten wir zu, vom heißen Atem, der zerkratzten Haut und dem verschmierten Dreck des Bürgersteigs angezogen.

Ein junger Polizist kam zufällig vorbei und legte die Hand vorsichtig auf seinen Polizeiknüppel. Ich glaube, es missfiel ihm, selbst eine wichtige Rolle in diesem Drama einzunehmen. Aber dann tauchte plötzlich der Mann auf, der im Mittelpunkt der Auseinandersetzung stand: ein magerer Kerl, das muss man sagen, mit einem schmierigen Toupet und billigen Plastikschuhen, der mit den Händen wedelte wie ein Dirigent, nutzlos herumschrie und sich an uns wandte. Er beugte sich hinab und versuchte die große Frau loszubekommen. Er griff ihr unter die Arme und flüsterte ihr ins Ohr. Nach etwa einer Minute lockerte sie ihren Griff und ließ sich aufhelfen. Mit einer ritterlichen Geste, die gar nicht zum Anlass passte, warf der Mann seinen Mantel über ihr zerrissenes Kleid und zog sie fort.

Da lag die Blonde schließlich mit zerfetztem Hemd, ihr Gesicht furchtbar zugerichtet. Der junge Polizist erinnerte sich widerwillig seiner Pflichten, half ihr auf die Beine und führte sie langsam davon, während wir Männer das offenkundig unbeabsichtigte Wiegen ihres Körpers betrachteten, ihre schönen, bleichen, blutverschmierten Brüste, die hässlichen Striemen an ihren Beinen. Wir schauten ihr schweigend nach, solange wir sie sehen konnten, schwer enttäuscht von uns selbst. Wir genossen diese Enttäuschung und warteten, wie es die Scham immer tut, dass das Verlangen zurückkehrte.

# Körper in Extremsituationen

Ich war gerade aus einer kleinen Stadt in eine große gezogen. Die Kleinstadt hatte mir nicht gut getan. Ich geriet ständig in heftige und lächerliche Auseinandersetzungen. Die Frau, die mich als ihren Protegé betrachtete, rief mich eines Nachts betrunken an und wollte unbedingt mit mir flirten; als ich nicht darauf einging, wurde sie wütend. Mit meinem Vermieter schlug ich mich beinahe. Die Leute reagierten einfach zu heftig auf mich. Ich wurde des Öfteren gefragt: »Sind Sie aus New York?«

Die Großstadt war besser. Die Leute zogen sich besser an und sprachen schneller. Sie waren immer in Unruhe, was jedes Getue auf ein Minimum reduzierte. In den Kinos liefen alle Filme. Die Straßenmusiker waren nicht alle Scheiße.

Am Abend meiner Abreise aus der Kleinstadt sagte mir meine Freundin Pam, ich solle mich doch mal bei ihrer Freundin melden, die auch gerade in die Großstadt gezogen sei. Sie zeigte mir ein Foto, im Halbprofil aufgenommen, und ich sah, dass Ling Chinesin war und schöne Beine hatte. Sie saß zurückgelehnt in einem Sessel und rauchte. Sie hatte augenscheinlich eine coole Pose eingenommen.

Ich dachte: *Ich würde sie gern ficken.*

Immer, wenn ich ein Foto von einer begehrenswerten Frau sehe, oder auch nur einer einigermaßen begehrenswerten Frau, sogar von einer gar nicht so begehrenswerten Frau, die aber immerhin eine begehrenswerte Eigenschaft besitzt, denke ich daran, sie zu ficken. Manchmal brauche ich noch nicht einmal ein Foto. Eine Beschreibung oder ein Name genügt, und schon denke ich: *Ja, Monique, wie wäre es wohl mit Monique?* Ich denke daran, die Nachrichtensprecherin Jane Pauley von NBC zu ficken. Ich denke (oder dachte) daran, Prinzessin Diana zu ficken. Ich habe sogar mal kurz daran gedacht, Martha Stewart zu ficken. Die meisten Männer unterziehen Frauen dieser imaginären Prüfung. Wenn sie ehrlich sind, geben sie es zu. Und wenn sie anständig sind, handeln sie nicht entsprechend.

Meine Phantasien sind selten präzise. Der Eindruck wäre ganz falsch. Ich sehe keine verschlungenen Glieder oder bebende Schamlippen vor mir; eher Bilder allgemeiner Art. Könnte ich sie wohl überreden, es mit mir zu tun? Wie sieht sie nackt aus? Welche Geräusche würde sie machen? So etwas. Wie wäre es, die Intimität, die Sicherheit? Es hat wahrscheinlich etwas mit Besitzdenken zu tun.

Ich war der Arbeit wegen umgezogen, die unter anderem bedeutete, dass ich 18-Jährigen das Schreiben von Essays beizubringen versuchte. Ich war vierunddreißig. Meine Freunde waren alle verheiratet. Die meisten hatten Kinder. An den Wochenenden rief ich sie an und lauschte dem fröhlichen Chaos im Hintergrund. Ich war dreifacher Patenonkel.

Ich begann, meinem Haaransatz übertriebene Aufmerksamkeit zu widmen. Ich begann sorgfältig zu kämmen. Kein Über-die-Glatze-Kämmen. Nicht so schlimm. Aber ein wenig nach vorne kämmen, um die Geheimratsecken zu verdecken. Ich blätterte Hochglanzmagazine durch und starrte die Anzeigen für Bauchmuskeltrainer an. Ich nahm ihre düsteren Warnungen vor *Bauchverschie-*

*bung* ernst. Ich kannte das Problem. Es war lange her, dass ich meine Hose beschwerdefrei zugeknöpft hatte.

Mein soziales Leben war eher zurückhaltend. Das ist eine meiner Schwächen. Ich kann mich nach einem Umzug immer schlecht auf die neue Umgebung einstellen, obwohl ich seit dem College erstaunliche elf Mal umgezogen bin. Ich weiß nicht, wie man Leute kennen lernt, wenn nicht bei der Arbeit. Kneipen und Kontaktanzeigen – nein. Dazu braucht man eine Mischung aus Draufgängertum und Naivität, die ich nie aufbringen kann.

Nach ungefähr zwei Wochen rief ich Ling an. Sie hatte eine tiefe Stimme, irgendwie männlich, was ich nicht erwartet hatte. Sie sprach schnell und ungehemmt. Sie vermischte verschiedene Arten von Slang. Sie sagte, sie stamme aus San Francisco, aber als ich nachfragte, musste sie zugeben, dass sie mit sechs weggezogen war. Sie war in Südkalifornien aufgewachsen – *Bingo*, dachte ich –, obwohl sie das eher als Strafe ansah, die nur durch die Tatsache gemildert wurde, dass sie in Nordkalifornien zum College gegangen war und kurz dort gearbeitet hatte. Sie war zweiundzwanzig.

Lings Wohnung lag am Ende einer kleinen Sackgasse, im obersten Stock eines alten Hauses. Es roch nach feuchtem Teppich und vergammelndem Holz. Sehr gemütlich. Niedrige Decke, Futon-Sofa, CDs in einer alten Milchflaschenkiste, schicke neue Armaturen, die ihre Mutter ihr gekauft hatte. Ihr Gesicht war breit und irgendwie gummiartig. Ihre Nase erinnerte an einen Klumpen Ton, den jemand mit dem Daumen flach eingedrückt hatte. Ihr Hintern war jedoch von beeindruckender Form, nicht so flach wie bei den meisten Asiatinnen. Sie trug eine dünne Cordhose und ein Top, das hinten einen schmalen Streifen ihres Rückens sehen ließ.

Auf dem Weg ins Kino begegneten wir einem jungen Pärchen, das überall gepierct war.

»Ich kenne eine Frau, die hat quer durch ihre Brustwarzen so Stäbe.«

»Stäbe?«

»Steigern die Erregbarkeit.«

»Hättest du keine Angst, dass sie abreißen?«

»Nein«, sagte Ling. »Ich nicht.«

Ling studierte Maschinenbau. Sie war entschlossen, ihr Image davon nicht beeinträchtigen zu lassen: das einer abgebrühten Szenegängerin. Sie sprach ungeschminkt über Sex. Sie rauchte. Sie trank viel und redete noch mehr übers Trinken. Sie hörte Bands wie *Pavement* oder *Loaf*, die es besonders darauf anlegten, nicht zu angestrengt zu wirken. Hinter dieser zur Schau gestellten Coolness steckte natürlich die innere Panik, die in ehrgeizigen Immigrantenfamilien geschürt wird. Aber Ling, die ihre ersten Schulklassen übersprungen hatte, lernte sich ihrer älteren Umgebung anzupassen – neurotische Impulse zu unterdrücken. Sie arbeitete hart und wollte dabei gerne sorglos wirken. Sie arbeitete hart daran, sorglos zu wirken.

Mein grundlegendes Problem, oder vielmehr ein Symptom meines grundlegenden Problems zu der Zeit, war mein Hunger nach Sex, nach Entladung, dem ungelenken sinnlichen Zusammentreffen der Körper in Extremsituationen. Vorstellungen von Sex beherrschten meine Gedanken. Ich onanierte bis zu vier Mal am Tag, vor allem, um diese Ablenkung auszuschalten und meine Arbeit tun zu können.

Ich wollte einen Körper, einen weiblichen Körper, von irgendwoher bei mir gelandet, einen ganz neuen Rücken, eine Brust, einen Hintern, einen Rumpf. Aber ich war vollkommen ungeeignet, einen zu finden. Tagsüber unterrichtete ich picklige Teenager mit zu großen Zähnen, und abends korrigierte ich ihre Aufsätze oder redigierte Texte, um mir etwas Geld nebenbei zu verdienen. Und onanierte.

Wenn ich mit Ling zusammen war, funkte oder blitzte es nicht, mein Puls ging nicht einmal schneller. Es gab lediglich Anzeichen. Anzeichen für ein mögliches Arrangement.

* * *

»*Beyond Seven*«, sagte Ling. »Das sind die Besten.«

»Noch nie gehört«, sagte ich.

»Es sind die Besten«, sagte sie.

»Woher weißt du das?«

»Was glaubst du wohl?«

»Und man merkt wirklich einen Unterschied, ja?«

Ling lachte über meine beklagenswerte Unwissenheit. Nicht zum ersten Mal in unserer Bekanntschaft spürte ich den Altersunterschied. Sie war im Amerika der späten Reaganära aufgewachsen und hatte ihre sexuellen Erfahrungen auf dem Höhepunkt der AIDS-Welle gemacht. Für sie waren Kondome etwas Selbstverständliches. Ich betrachtete sie immer noch als etwas Unanständiges, Verbotenes.

»Natürlich merkt man den. Es ist in dir drin, David. Es berührt dich im Innersten.«

Ling zog an ihrer Zigarette. Sie war aus moralischen Gründen Vegetarierin, aber sie rauchte aus Geschmacksgründen Camel Lights. Ihre Lippen waren dick, aber schön geformt. Sie saßen in ihrem Gesicht wie vom Regen aufgequollene Blütenblätter.

Dann kam die Nacht mit Scrabble und Jack Daniels, die sie beide in meine Wohnung mitbrachte. Wir hatten uns per E-Mail über die Trinkregeln verständigt: Für jedes Wort über fünfzig Punkte durfte man einen Schluck trinken, ein Wort mit sieben Buchstaben erlaubte zwei Schluck und so weiter. Die Regeln waren jedoch unnötig. Wir wollten beide trinken und betrunken werden, und dann lag sie auf dem Fußboden, mit dem Rücken zu mir, und schaute sich eine meiner CDs an, und der Streifen vollkommen haarloser Haut war zu sehen. Meine Hände legten sich auf ihre Schultern.

Es gibt immer einen Moment der Spannung – wird die Annäherung zurückgewiesen? –, und wenn das geklärt ist, stellt sich die köstliche Frage, wie man das Ausziehen angeht. Sie ließ einen kleinen Seufzer hören, ein kehliges Geräusch, und sagte, »Komm, wir legen uns hin«.

Von Anfang an war unser sexuelles Zusammentreffen von heftigster Intensität und Ausdauer geprägt. In der ersten Nacht vögelten wir eine Stunde lang, dann hörten wir auf, fingen wieder an. So ging es bis zum Morgen. Wir bewegten uns mit solcher Leidenschaft, dass wir zwischendurch innehalten mussten, um nach Luft zu schnappen. Zuerst lag sie auf mir, glitt an mir herab und nickte schnell, als ich nach dem Fleisch ihrer Hüften griff. Dann richtete sie sich auf, nahm meine Hüften zwischen ihre Knie, und wir probierten lange Zeit Winkel und Geschwindigkeiten aus. Schließlich schwang sie ihre Beine herum und ließ sich auf den Bauch fallen. Irgendwann im Laufe dieser Verwicklungen stolperten wir in eine Stellung, in der unsere Beine sich wie Scheren kreuzen und unsere Becken ungehindert zueinander fanden. Wir waren beide verblüfft, lagen hinterher nebeneinander und versuchten, diese Energie zu begreifen. Wir grübelten und sagten ab und zu Sachen wie *Wow* und *Oh Mann*. Und kicherten.

Ich rede nicht von sexueller Leistungsfähigkeit. Es war einfach ein verblüffendes Zusammenpassen von Nervenenden und Bedürfnissen. Ich hatte endlich eine Frau gefunden, die ebenso begierig war, etwas zu spüren, ebenso hungrig nach greifbaren Genüssen. *Wow.*

Zu Thanksgiving kam unsere gemeinsame Freundin Pam mit noch ein paar Bekannten zu Besuch. Ling meinte, wir sollten nichts von unserem Arrangement erzählen. Dazu gäbe es keinen Grund, sagte sie. Wir wüssten doch beide, worum es dabei ginge. Wenn wir es Pam erzählten, würde das alles nur komplizierter machen. Ich stimmte ihr zu. »Es ist ja nicht so, als würden wir uns gegenseitig Herzflattern verursachen«, sagte sie, und ich ignorierte den verächtlichen Ton in dieser Bemerkung.

Ach, wir hielten uns für so raffinierte Biester, wir reizten uns gegenseitig mit heimlichen lüsternen Gesten und Berührungen, während wir uns an der Oberfläche so formell benahmen, dass es schon komisch war, und unser frivoles Geheimnis gab uns ein Gefühl von Macht. Als alle Gäste gegangen waren, stürzten wir uns aufeinander. Danach, als wir nackt und kribbelnd und nach Fisch riechend dalagen, taten wir so, als stünde Pam in der Tür.

»Er ist mir einfach reingerutscht«, sagte ich, und Ling sagte, »ja, ein paar hundert Mal«, und ich sagte, »einfach reingerutscht – so was passiert eben«, und Ling sagte, »und dann ist er immer heftiger reingerutscht«, und ich sagte, »du hast mir gar nicht gesagt, dass Ling so feucht ist«, und sie sagte »du hättest mir von Davids Zustand erzählen sollen«, und ich sagte, »können alle deine Freundinnen so gut blasen?«, und sie sagte, »nur so kriege ich ihn mal ein paar Sekunden weich«, und ich sagte »kriegen alle deine Freundinnen so viele Orgasmen?«, und sie sagte, »rutschig, total rutschig«, und ich fing an, *Slip Slidin' Away* zu summen.

Wenn ich in sie eindrang, saugte Ling an meiner Lippe. Sie erzählte mir, dass sie immer den Drang zum Zubeißen verspüre. Sie mochte es ein bisschen rauer, wollte, dass ich ihre Brüste so fest packte, dass sie blaue Flecken bekam. Ihre Brustwarzen ragten von eher flachen Brüsten auf. Sie waren sehr sensibel und an der Spitze ein bisschen breiter als am Ansatz, was sie wie die Schrauben von Frankensteins Monster aussehen ließ. Sie mochte gern hineingebissen werden. Sie mochte es, wenn ich in unvorhersehbarem Rhythmus in sie hineinstieß, mochte die Aggression, das Zucken, vielleicht sogar die Gewalt dabei, und manchmal stützte sie sich mit den Händen an der Wand ab. Sie wollte massiert werden, überall, und sehr fest. Eigentlich gefiel ihr fast alles, obwohl sie Stellungen bevorzugte, in denen sie an meinen Lippen saugen oder hineinbeißen konnte.

Beim Sex wird das Gesicht ein anderes. Ein Gesicht wie das von Ling, flach und etwas gewöhnlich, erwacht zu wundersamem Leben. Das asiatische Gesicht erscheint uns im Westen immer eher ausdruckslos, weil es weniger Kanten, Senken und Schatten hat; weniger Dramatik. Aber es ist natürlich nicht ausdrucksloser.

Lings Wangen waren breit und beinahe quadratisch. Ihr ausladender Kiefer hatte einen leichten Unterbiss, sodass ihr Mund an einen Fisch erinnerte. Ihre Augen saßen in flachen Höhlen und waren von den Lidfalten halb verdeckt. Ihre Augenbrauen waren rechteckig, aber konturlos. Selbst ihre Ohren waren unansehnlich: Sie waren zu groß und sahen abgekaut aus – die Ohren eines alten Mannes, die versehentlich am Kopf einer jungen Frau hingen.

Aber was für eine Verwandlung in diesem Gesicht: Ihre Augen wurden größer und glasiger. Das kleine Stück

Haut über der Nasenwurzel zog sich zusammen. Ihre Lippen schmollten verführerisch. Blut kroch rot an die Oberfläche ihrer feuchten Haut, ihren Hals hinauf und über die Wangen. Manchmal erblickte ich von unten ihre Nase und bewunderte die vollkommene Rundung ihrer Nasenlöcher. Das ganze Gesicht drückte ungeheure Konzentration aus, eine entschlossene Anstrengung in Richtung Hingabe. In diesen Momenten wurde alles, was sonst stumpf und unpassend schien, auf reizende Weise schräg. Sie sah wie ein sehr junges Mädchen aus, das von den Möglichkeiten seines Körpers überwältigt wurde, gleichzeitig erregt und erschreckt, der offene Mund am Rand der Panik. Ihr Seufzen ließ meinen Herzschlag jedes Mal stocken, so wie der Gedanke daran mich jetzt gleichzeitig erregt und einsam werden lässt.

Lings ganzer Körper hatte etwas Widersprüchliches, wie eine langweilige Schönheit mit einer aufregenderen Kehrseite. Ihr Haar war lang, kräftig und widerspenstig, wie bei den meisten Asiatinnen. Es hing ungezähmt herab und machte sie weiblicher, war außerdem ein großartiges sexuelles Spielzeug, obwohl es auch büschelweise ausfiel und kahle Stellen hinterließ, auf die sie erschreckend offen hinwies.

Ihr Körper wirkte plump. Ihre Hüftknochen saßen tief und waren eher schmal, ihr Bauch saß breit darüber. Ihre Arme waren fleischig und muskulös, ihre Schultern so breit wie meine. Aber man musste nur miterleben, wie sie diese Kraft konzentrieren konnte, sich heftig drehte, aufrichtete, fallen ließ, geschmeidig und gespannt, um zu begreifen, dass dieser Körper im Bett zu fast vollkommener Grazie fand. Auch ihr Geschlecht war bezaubernd, tief in zarten rosa-violetten Ornamenten verborgen, die mich an die Muster der Sahne im Kaffee erinnerten.

Die Unvollkommenheiten nahmen mich schließlich

gefangen, denn sie erforderten ein besonderes Maß an Toleranz, die sich bald in unerwartete und unauslöschliche Zuneigung verwandelte. Ihr Schamhaar: strähnig, rau, ein Widerspruch zur darunter verborgenen Schönheit. Ihre Füße: platt und grob, wie zwei schmale Spaten. Ihre Fingernägel: kaputt und abgekaut wie meine eigenen.

Ling bezeichnete sich selbst als »starkes, lautes Asien-Mädchen« und prahlte damit, dass sie nie etwas anzuziehen fand, wenn sie ihre Familie in China besuchte. Sie rülpste und knackte mit den Fingerknöcheln. Sie betrank sich gerne so weit, dass sie ihren schlüpfrigeren Impulsen nachgeben konnte. Eine Woche nach unserem ersten Sex rief sie mich um ein Uhr morgens aus einer Bar an. »Hey«, sagte sie. »Hey.«

Ich hatte schon geschlafen.

»Ich gehe nicht allein nach Hause«, sagte sie. »Holst du mich ab?«

Aber als sie dann sicher in meine Wohnung gelangt war, legte sie die dreiste Selbstsicherheit ab und schwankte nur noch hoffnungsvoll. Sie wollte ihren Lover, ihren neuen Lover, und sie wollte nackt sein und zupfte ohne Erfolg an ihren Kleidern herum, und als ich sie ins Schlafzimmer führte, war sie schüchtern und dankbar.

In jener Nacht, wie in vielen anderen, gab es einen Augenblick, in dem wir uns ansahen, unsere erblühten, durchbluteten Körper, und zu begreifen versuchten, wie gut und richtig etwas so Unkontrollierbares sich anfühlen konnte. Wir wussten, dass wir uns auf ein Arrangement eingelassen hatten, auf etwas Zweckdienliches. Aber wenn unsere Körper für uns die Verhandlungen übernahmen, die Fahne unserer Haut entrollten, dann senkte sich eine Art heilige Atmosphäre herab, und wir konnten einander nicht mehr ins Gesicht sehen und schlugen unsere Zähne stattdessen in die sahnige Oberfläche von Hals und Schultern.

Was ich sagen will: Unter dem Feuerwerk der Orgasmen, dem maßgeschneiderten Hedonismus lag Zärtlichkeit. Manchmal lag ich am Ende auf ihr mit vor Glückseligkeit fassungslosem Körper. Nach und nach klang ihr Atem angestrengter, und ich spannte meine Muskeln, weil ich wusste, dass ich sie erdrückte, und dann schlang sie ihre Arme um mich und murmelte *nein, noch nicht* und wir blieben noch eine Weile so liegen und berührten so viel voneinander wie möglich.

Aber wie immer gab es auch ein Leben jenseits der Matratze, die langen, unsicheren Abende, wenn wir wie Kinder, die am Esstisch sitzen bleiben müssen, auf die Erlaubnis warteten, uns unseren Körpern zu widmen. Regelmäßig erlitten wir beide Enttäuschungen, wenn wir uns an einem Restauranttisch gegenübersaßen und uns wenig zu sagen hatten.

Ihrer Jugend wegen griff sie auf einen Fundus von Anekdoten aus ihrer Collegezeit zurück, die sie alle mit den Worten »Mann, das war so witzig« einleitete und die nie tatsächlich witzig waren, sondern eher alltäglich, oftmals tragisch alltäglich. (Die Geschichte, wie sie bei der Einführungsveranstaltung zum College das Wort *erogen* falsch betont hatte – auf der zweiten Silbe –, musste ich mir mindestens vier Mal anhören.)

Mein eigenes Gejammer war sicherlich kaum erträglicher. Vielleicht erzählte ich etwas ausgefeilter. Und ich wiederholte mich nicht. Aber die Themen waren immer dieselben: neurotische Litaneien gegen unfähige Vorgesetzte und schwachsinnige Schüler.

Wir heuchelten Interesse, machten die nötige Konversation, scherzten, so gut wir konnten. So versuchten wir zu rechtfertigen, was später passieren würde.

* * *

Im Bett schlugen wir der Etikette ein Schnippchen; unser Charme, unsere Gemeinsamkeiten drangen durch. Ling sprach über ihre Familie und enthüllte einen unglaublichen Reichtum, den sie sonst sorgfältig verbarg: die heimliche Dekadenz von Privatköchen und exotischen Früchten, eine tief sitzende dynastische Loyalität. Wenn sie Chinesisch sprach, wurde ihr Mund breiter, ihre Stimme höher, und ihre Zunge schwebte wie ein Schmetterling über die Silben.

Ich las ihr leise vor, schmiegte mich an ihren langen Körper und wärmte ihren Hintern mit meinem frisch gerundeten Bäuchlein. Manchmal hielt sie ihr Altmänner-Ohr an meine haarige Brust und hörte zu, wie ich wie der frühe Bob Dylan jodelte, bis sie einschlief. Morgens bereitete ich ausgiebige Frühstücke, brachte ihr Tee mit Honig, und wenn wir gegessen hatten und immer noch nackt waren, erwachte unser Appetit wieder, und wir wälzten uns den ganzen Vormittag im Bett, konnten alles sehen und frische Spuren hinterlassen.

Aber dann musste ich sie in ihre Wohnung zurückbringen, und auf der Fahrt wurde uns schmerzlich klar, wie wenig wir voneinander hielten. Sie wurde wieder zu einer trendbewussten, aber unsicheren jungen Frau, und ich wieder ein alternder Pädagoge, knietief in Melancholie watend.

In der Weihnachtszeit traf Ling eine plötzliche Entscheidung: Wir mussten einen Zeitplan aufstellen, ab wann wir nicht mehr miteinander schlafen würden. Ich willigte ein, nicht weil ich ihrer Meinung war, sondern weil die Zustimmung nötig war, um das Luftschiff Libido flugtauglich zu halten. Hätte ich sie bedrängt, hätte ich eine Begrenzung unserer Abmachung grundsätzlich in Frage gestellt, hätte Ling mit Sicherheit die Reißleine gezogen. Das festgesetzte Datum für den Abschiedskuss war der 14. Februar. Ich hatte den Valentinstag in einem Anfall von Sarkasmus vorgeschlagen, und Ling war sofort einverstanden. Das hieß, nach ihrer Rückkehr aus den Weihnachtsferien blieb uns noch ein Monat.

* * *

Wenn Trennung die zarten Gefühle verstärkt, dann lässt ein Ultimatum sie außer Rand und Band geraten. Ling befahl mir, im Bett ihre Arme festzuhalten, als wäre sie gefesselt, und ich stieß so heftig in sie hinein, dass ich die Sehnen meiner Lenden an ihre Beckenknochen prallen spürte, und manchmal hörte ich, oder bildete es mir ein, ein verdächtiges und erregendes Knacken. Und wenn sie sich auf mir niederließ, befahl sie mir, ihren hübschen Hintern immer stärker zu schlagen, bis das Klatschen von den Balken über meinem Bett widerhallte und ich spürte, wie ihre Muskeln sich unwillkürlich zusammenzogen.

Die Grundregel des *Safe Sex* – die sie theoretisch immer noch hoch hielt – wurde außer Kraft gesetzt. Wir leckten einander überall, und unsere gierigen Zungen übertrugen den Schweiß und den Speichel und andere dunkle Düfte, die sich in den Laken vermischen und in unserem Geruchsgedächtnis für Sex stehen. Hätten wir unser Benehmen in nüchternem Licht betrachtet ... aber im Kegel dieses Lichtes waren wir nicht mehr. Wir waren woanders. Zehn oder zwölf oder vierzehn Stunden lang war die einzige Regel, die in meiner Schlafzimmerhöhle galt, die Regel der Befriedigung. Der Schlaf wurde auf ein Minimum reduziert, nicht aus eigenem Entschluss, sondern wegen des Überschwangs unserer Körper, die sich nicht in Ruhe lassen konnten.

Am Valentinstag, einem Freitag, stiegen wir ins Bett und verließen es bis zum folgenden Abend nicht mehr. Ling hatte ihre Tage, und ihr Blut floss ziemlich heftig. Lange, nachdem ich sie nach Hause gefahren hatte, stand ich vor meinem Badezimmerspiegel und bewunderte das getrocknete Blut auf meinem Bauch, sog seinen metallischen Geruch ein und zupfte die Krümel aus meinen Haaren, in stiller Freude über eine Leidenschaft, die solche Spuren hinterließ, und dann ließ ich mich in eine heiße Badewanne sinken, in der sich das Wasser stellenweise purpurn färbte, bevor es wieder verblasste.

* * *

Es ist nie vorbei, besonders dann nicht, wenn der Körper ein klares Motiv hat. Wir hielten es zehn Tage aus, knapp zwei Wochen, in unser Regelwerk gezwängt, und als wir uns genug bestraft hatten, gaben wir unserem Antrieb nach, dem Verlust näher, beschämter und gleichzeitig begieriger als je zuvor.

Oder vielleicht sollte ich sagen, dass Ling beschämter war.

Ich konnte mir mein Verhalten eher verzeihen. Wenn man längere Zeit in seinem Körper zugebracht und mehr unter einsamer Vernachlässigung gelitten hat, fällt einem Dankbarkeit leichter. Ich sagte ihr, dass wir meinetwegen unser Arrangement sofort wieder aufnehmen könnten, und sie schien von dieser Beiläufigkeit eher überrascht. Wichtig war, so meinten wir beide, dass wir uns einvernehmlich trennten, denn wir hatten ja diese liebe gemeinsame Freundin Pam, die eventuell auch bald in unsere Großstadt ziehen wollte. Und so klammerten wir uns an die vage Möglichkeit, dass unser sexuelles Verhältnis allmählich in eine zurückhaltende Freundschaft überführt werden könne. Wenn wir vorsichtig wären.

Um Ling machte ich mir da nicht allzu viele Sorgen. Ihr Herz war vom neuen Schlag. So sah ich es jedenfalls. Ich machte mir eher Gedanken über mein eigenes Verhalten, und dass die Zurückweisung meines Begehrens womöglich zu heftigen Reaktionen führen und ich alles verderben könnte. Ich zog das Ausmaß ihrer Gefühle gar nicht in Betracht. Ich dachte nicht daran, wie sie manchmal meinen Namen ins Dunkel zwischen uns stellte – *David, David* –, mit einer Stimme wie ein feuchter Grashalm, mit abgewandtem Blick, als wolle sie etwas verbergen oder abstreiten.

Männer haben einen Vorrat an privaten Erinnerungen, visuelle Andenken an Vergangenes, die sie in Zeiten der Sehnsucht hervorholen. Mit peinigender Klarheit sehe ich eine ehemalige Freundin, die sich auf meinem Schoß niederlässt und wieder erhebt, ihr Hintern leuchtet blau im Mondlicht, die Rundungen nehmen mich auf. Eine andere lehnt sich zurück, schlingt ihre Waden um meine und sprudelt Flüssigkeit hervor. Oder Ling, die ausgestreckt unter mir liegt, von allen Seiten bearbeitet, mit den Fingern über Nase und Lippen fährt und mich bittet, dahin zu kommen, *genau dahin.*

War das erniedrigend, oder erlauben die Extreme der Leidenschaft ein vollständigeres Bild? Ich kann nur sagen, dass ich nichts lieber wollte, als sie zu beflecken, zur Schau zu stellen, was sie angerichtet hatte, sie von der Wange bis zum Bauch zu beschmieren. Diese fröhliche Beschmutzung gefiel uns beiden, und wir malten mit den Fingern auf ihrer Haut, bis ich ein Handtuch holte und sie mich abwischte.

Wir waren auf dem Weg zum Flughafen, um Pam abzuholen, als Ling sich mir zuwandte und sagte: »Ich habe jemand anderen kennen gelernt.« Mein Herz schlug um die Hälfte schneller. In mir keimte die Panik eines Mannes auf, dessen Glückssträhne sich dem Ende zuneigt. Ich starrte hinaus auf die schwarze, regenglänzende Fahrbahn, auf die golden leuchtenden Wolkenkratzer. Um meine Verwirrung zu unterdrücken, sagte ich rasch, »Toll. Finde ich wirklich toll.«

Ling fügte mit ihrer tiefen Stimme hinzu, ausdruckslos wie ein zugefrorener Teich: »Ich meine, wir wissen doch beide, wo wir stehen.«

»Klar«, sagte ich.

Sie fragte, ob ich noch ein bisschen über den Typen hören wollte. Das war bei Licht betrachtet eine grausame Frage, aber wir spielten jetzt Rollen. So weit war es gekommen. Wir waren jetzt gute Freunde. Und Freunde hörten zu, wenn ihre Freunde von neuen Lovern schwärmten.

Er war ein Kommilitone von ihr, auch ein angehender Ingenieur. Er hatte einen Fischroboter gebaut, der sie sehr beeindruckte. Ich hatte mir schon mal angehört, wie sie begeistert davon erzählte, und nach seinem Sinn gefragt. Sollte er der Forschung dienen? Gab es einen praktischen Nutzen? Brauchte die Welt dringend Fischroboter? Wäre die Erfindung eines Angelroboters nicht womöglich ein besserer Weg, sein Wissen anzuwenden? Darum ginge es doch gar nicht, hatte Ling mir entgegnet. Ich verstünde nicht, worum es ginge.

Dass sie unser Arrangement auf dem Weg zum Flughafen beendete, wo wir unsere gemeinsame Freundin abholen wollten, in einem nebenbei fallen gelassenen Satz – das war schon eine Provokation. Aber sie war zweiundzwanzig, über beide Ohren verliebt, und hatte zweifellos Angst vor meiner Reaktion. Es war vielleicht rücksichtslos, aber vom taktischen Standpunkt aus sauber geplant. Sie hatte sich einen Zeitpunkt ausgesucht, der minimale Gegenwehr erlaubte.

Also zum Flughafen. Ling stapfte in ihren albernen Armeestiefeln herum und erzählte ihre bescheuerten Geschichten, während ich in wütendem Schweigen neben ihr her stolperte. Im Terminal fand ich eine Toilette und starrte mich im Spiegel an, mein dämlich nach vorn gekämmtes Haar. Der Typ am anderen Waschbecken fragte: »Na, haben Sie auch Ihr Gepäck verloren?«

Als ich wieder herauskam, war Pam da, die fröhliche, freundliche Pam, die nichts von unserer Lage wusste, die zwei Freunde besuchte, die zu ihrem Entzücken ebenfalls locker befreundet waren. Auf der Rückfahrt plapperten sie und Ling überschwänglich, während ich vorgab, mich auf die nassen Straßen zu konzentrieren.

Am nächsten Abend holten Pam und ich Ling zum Essen ab. Wir polterten die Treppen zu ihrer Wohnung hinauf. Ich hatte mich mit ein paar Cocktails warm getrunken. Drinnen brannte Licht, aber die Tür war abgeschlossen. Wir klopften und riefen, klopften noch einmal. Ungefähr eine Minute verstrich. Man hörte ein leises Scharren und Murmeln, und ich glaube, ich ahnte schon etwas, obwohl ich vertrauensselig oder eitel oder verletzlich genug war, es mir nicht einzugestehen. Wir nahmen an, Ling stünde unter der Dusche.

Pam zog ihren Gästeschlüssel aus der Tasche und öffnete die Tür, und vor uns stand ein junger Mann, derangiert und errötend. Aus dem Augenwinkel sah ich, wie sich die Badezimmertür rasch schloss. Dieser eine lange Augenblick war wie eine Entdeckung im Traum: erstaunlich, aber unvermeidlich. *Wie kann sie nur?* und *Na klar.* Nicht, was ich sah, war schwer zu ertragen, sondern – wie die Fernsehjournalisten es immer nennen – das Vertuschungsmanöver: dass sie nicht nackt und umschlungen gewesen waren, einander an den Lippen hingen, sich hastig anzogen.

»Du bist bestimmt John«, sagte Pam. »Von *dir* habe ich ja schon viel gehört.« Sie drängte ihn auf einen Stuhl an Lings kleinem Küchentisch. »Und? Was habt ihr beide gerade getrieben? Gelernt? Eine kleine Arbeitsgruppe?« Sie lachte. »Wir gehen essen, John. Komm doch mit.«

John, von naiver Freude durchdrungen und ebenso ahnungslos über die wirkliche Lage wie Pam, versuchte die Stirn zu runzeln. »Ich muss noch Hausaufgaben machen.«

*Hausaufgaben*, dachte ich. *Mein Gott.*

»Die kannst du später machen«, sagte Pam. »Hast doch die ganze Nacht Zeit.«

Ich setzte mich John, dem Fischboy, gegenüber und sah mir sein Gesicht an, suchte nach einem Hinweis, warum er Ling Herzflattern verursachte. Er hatte dicke Lippen, schläfrige Augen, zerzauste braune Haare. Er war jung, wie sie. Und ich war ein alter Mann, durch Gefühle verblödet.

»Es wird nur eine Stunde dauern«, sagte ich hilfsbereit.

Wieder versuchte Fischboy, die Stirn zu runzeln.

»Na klar kommst du mit«, sagte Pam.

Und dann kam Ling aus dem Bad, ging zu Pam und umarmte sie kurz und lächelte verlegen und gleichzeitig triumphierend. Pam ging pinkeln, und Ling setzte sich ans Tischende, Fischboy zu ihrer Rechten und ich zu ihrer Linken.

Ich dachte an Lings Mund, breit und fischartig, an ihre begeisterte Beweglichkeit, wie sie ihr schwarzes Haar zur Seite strich, ihre Zunge herausstreckte, wie sich die Oberflächen trafen, die Intimität, mit der sie meine Gestalt umfing, wie hungrig sie gewesen war, und wie sehr ich diesen Hunger brauchte, und dass ihr Mund jetzt an diesem anderen Körper hing, just in dem Moment, als Pam und ich die Treppe emporgestiegen waren.

»Was für Hausarbeiten musst du denn machen?«, fragte ich Fischboy.

Er hielt ein Lehrbuch hoch. »Designzeugs. Dasselbe wie Ling.«

»Cool.«

»Und Sie sind der Lehrer, ja?«, fragte er. »Ling hat mir von Ihnen erzählt.«

Ich nickte und fummelte an meinem Schlüsselbund herum. Ich wollte auf keinen Fall meine Gefühle zeigen. Gleichzeitig wollte ich Ling eine reinhauen. Ich wollte sie schütteln, so heftig, dass ihr Kopf gegen die Wand schlug.

Pam kam aus dem Bad, und wir diskutierten ein paar Minuten darüber, wo wir essen wollten. Pam versuchte weiter, Fischboy zum Mitkommen zu überreden. Ich auch. Was war ich doch für ein guter Verlierer! Was für ein feiner Kerl! Schließlich entschuldigte er sich und ging. Ling sagte, »Ich bring dich zur Tür«, und stolperte hinter ihm her. Sie fummelten noch eine Minute im Flur herum.

»Waren wir zu früh?«, fragte ich Pam.

Sie lachte. »Offensichtlich.«

Von einem bestimmten Punkt an ist Stolz eine Frage des Selbstschutzes, egal, wie hohl er einem vorkommt.

Ling tut so, als hätte sie nichts Böses getan, und ich tue so, als wäre ich nicht rasend. So lief unser Abendessen, während Pam hirnlos plapperte. Ich sah Ling nur einmal an. Ihre Haut trug einen roten Streifen vom Hals zur einen Wange hinauf. Ausschlag vom Sex. Ich wusste, wenn ich nochmal hinsah, würde ich anfangen zu zittern.

Wenn man so sehr und auf diese Weise betrogen wird, bleibt immer eine Art Missklang zurück. Es gibt den Menschen, den man früher kannte, und den Menschen, den man jetzt kennt. Und das ist nicht derselbe Mensch. Wenn man also an die beiden denkt, dann nur, um zu begreifen, was man verloren hat und nie wiederbekommen wird. Man vermählt sich dem Müll der Erinnerung, man liegt allein im Bett und denkt an das, was vorbei ist.

Wir wollten ein sauberes Ende. Das hatten wir schließlich beide gelobt. Aber so wie die Sache jetzt gelaufen war, wie Ling den Ausgang manipuliert hatte, schien genau das Gegenteil garantiert zu sein. Zuerst hatte ich gedacht, sie fühlte sich von mir unter Druck gesetzt, oder sie hatte Angst, hatte die schmerzliche Einsamkeit in meinem Leben gespürt, wie ich verzweifelt nach allem um mich herum griff, und hatte sich für einen Ausweg entschieden, der kein Klammern zuließ.

Meine Freunde waren überzeugt, dass sie furchtbar wütend auf mich sei, weil ich nur ihren Körper benutzt und ihr übriges Wesen ignoriert hatte. Vielleicht hatte sie sich doch mehr für die Art unserer Beziehung geschämt, als ich vermutet hatte, für den bequemen Ausbruch aus der Isolation. Und vielleicht stand ich, nachdem sie endlich einen anderen Weg gefunden hatte, symbolisch für ihre verzweifelte Vergangenheit. Aber da war schließlich noch unsere sexuelle Beziehung. Und da war nichts vorgetäuscht oder langweilig oder beschämend gewesen. Die Gefühle waren eher zu wirklich, geradezu übertrieben gewesen. Vielleicht hatte sie das erschreckt. Vielleicht hatte sie als junge Frau von zweiundzwanzig Jahren das Gefühl gehabt, sie könne diese Besessenheit nur austreiben, indem sie eine öffentliche Ablösung inszenierte.

Es kommt auch nicht drauf an. Die meisten dieser Gefühle waren ohnehin unbewusst, nichts, was sie zugeben würde. Sie würde vielleicht sagen, dass sie nicht auf die Uhr geschaut, einen Fehler gemacht habe, aber keinen schlimmen, sie hatte schließlich das Ende unseres Arrangements verkündet. Im strengen Sinne, wie ein Anwalt oder ein Ingenieur sich ausdrücken würde, hatte sie sich nichts zuschulden kommen lassen.

Diese Motivforschung half mir allerdings in keiner Weise, den Schmerz zu lindern. Ich dachte einfach nur darüber nach, um nicht an die bevorstehende Melancholie denken zu müssen, die mit ihrem Nudelholz auf mich wartete, oder daran, was Ling – oder irgendeine der Lings dieser ganzen weiten Welt – zu dieser späten Stunde wohl in ihrer gemütlichen Wohnung am anderen Ende der Großstadt trieb.

Wenn man so viel Zeit mit sich selbst zugebracht hat wie ich, dann lernt man eine gewisse Demut im Angesicht der Not. Und dann lernt man sie noch einmal. Es dauert Jahre, bis man so weichherzig und hoffnungsvoll wird wie ich. Ich hätte mich gar nicht auf diesen Tanz mit einer so jungen Frau einlassen dürfen. Ich hätte es besser wissen müssen.

Das Herz ist nicht nur ein einsamer Jäger, obwohl es das ganz sicher ist. Es ist auch ein ertrinkender Handlungsreisender, ein Clown mit blutiger Nase, eine unheilbare Krankheit. Für jede seiner Entscheidungen bezahlen wir teuer. Ein paar Glückliche, die an bestimmten lebenswichtigen Stellen schon tot sind, lernen ihre Leidenschaften zu bezähmen.

Aber ich bin sicher, dass auch Sie eine Geschichte erlebt haben, die sich mit dieser vergleichen lässt, einen verrückten Fehltritt, bei dem Sie Ihr Körper, Ihr dummer, dummer Körper, an den Rand des zärtlichen Ruins gebracht hat. Und manchmal liegen auch Sie bestimmt nachts wach und fragen sich: Wie konnte ich so etwas tun? Wie um alles in der Welt konnte ich mich so zum Narren machen? Wie höre ich damit auf? Und wann? Wann? Wann werde ich sie wiederbekommen?

# Danksagung

Dieses Buch würde ohne die Hilfe der folgenden fantastischen Menschen nicht existieren: Richard und Barbara Almond, Peter Almond, Alice Rosenthal, Tom Finkel, Pablo Salopek, Holden Lewis, Pat Flood, Emma Trelles, Ann Clark Espuelas, Keith Morris, Victor Cruz, Liz Vondrak, Rachel Garber, Kirk Semple, Amy Williams, Dave Blair, Jim Clark, Tim Huggins, Ana Jamolca, Jenni Price, Lad Tobin, Eve Bridburg, Shane Dubow und Steve Amick. Danke auch an alle Lektoren, die meine Arbeit unterstützt haben, vor allem Adrienne Brodeur, Alice Turner, Jodee Rubins, Michael Griffith, Colleen Donfield, Lois Hauselman, Michael Czyzniejewski, und natürlich Brendan Cahill. Und schließlich vielen Dank all meinen wundervollen Studenten, die mich ebenso viel gelehrt haben wie ich sie.